A MORTE USA GRAVATA

Brian A. Copolla

A MORTE USA GRAVATA

Um réquiem para aqueles do escritório

PandorgA
NACIONAL
2017

Direção Editorial
Silvia Vasconcelos

Produção Editorial
Equipe Editora Pandorga

Preparação
Inari Fraton

Revisão
Márcio Barbosa

Diagramação
Abreu's System

Composição de capa
Marco Mancen

Texto de acordo com as normas do Novo Acordo Ortográfico da Língua Portuguesa (Decreto Legislativo nº 54, de 1995)

Dados Internacionais de Catalogação na Publicação (CIP)
Ficha elaborada por: Tereza Cristina Barros - CRB-8/7410

Copolla, Brian A.
A morte usa gravata : (um requiém para aqueles do escritório) / Brian A. Copolla - 1.ed. - São Paulo : PandorgA, 2017.
272 p. ; 16 x 23 cm.

ISBN 978-85-8442-188-6

1. Romance brasileiro. I. Titulo.

30.11/039-2016 CDD-869.93

2017
IMPRESSO NO BRASIL
PRINTED IN BRAZIL
DIREITOS CEDIDOS PARA ESTA EDIÇÃO À
EDITORA PANDORGA
RODOVIA RAPOSO TAVARES, KM 22.
CEP: 06709-015 - LAGEADINHO - COTIA - SP
TEL. (11) 4612-6404

WWW.EDITORAPANDORGA.COM.BR

A todos os mortos dos quais as histórias não foram contadas.
E para os professores: Laura, Macaxeira, Josy, Ivan e Alice.

Sumário

O capítulo que não existe, ainda

Você já se viu em algum lugar, mas não conseguiu lembrar que caminho tomou? Como se tivesse deixado seu corpo ir, enquanto seu cérebro dormia? Parecia pouco tempo, agora parece que foi tempo demais.

Temo ter um pequeno homenzinho na minha cabeça que me trancou no banheiro, e passou a operar sem minha permissão. Esse, leitores, é um sujeitinho que eu gosto de chamar de "pequeno operário". Gostaria de apelidá-lo carinhosamente de Murf. Esse é o Murf mais inútil e sem sentido que há. Tudo aos meus olhos se tornou tolice agora.

Tentei lembrar-me da minha infância. A única coisa que me veio foi a Barbie. Sim, leitores, comerciais e mais comerciais de bonecas caras. Lembro, também, de fazer o maior escândalo no chão da loja, chorando, nariz escorrendo, minha querida mãe tentando me dizer que ela não tinha dinheiro para o brinquedo. Aquele dos bloquinhos que eu, com certeza, iria brincar um dia e largar de lado na garagem como todos os outros. Alguém queria que eu comprasse, o Murf apenas viu na TV.

– Por que existem mais comercias de bonecas para as meninas? – Essa é a deprimente resposta para a pergunta que Sauro me fez.

Ele sorriu, acenou a cabeça e tomou um gole do refrigerante. Ter feito pouco caso me assustou, não acredito que a Morte já tenha ouvido resposta pior.

– A maioria pede perdão, mais uma chance, querem se despedir. Fazem propostas e trocas. Nem sequer conversam. Todos chatos. Você acabou de acordar e não está chorando, isso já salvou o meu dia. Pensa num povinho arrependido!

E não, senhoras e senhores, vocês não leram errado: Sauro é a minha Morte; e não, eu não estou morto, passei disso há meia hora. Essas não são memórias póstumas.

Sauro era o único que não estava de férias e...

Acho que estou indo um pouco rápido demais, melhor eu rebobinar a fita. Mas devo alertar os senhores: uma vez que se dispuserem a ler este livro estarão na pele de um maníaco. Essa história pode lhes causar a sensação de estar mastigando vidro. Na melhor das hipóteses, será uma experiência desgostosa.

Boa leitura, enfim, para aqueles que ficam.

Um capítulo a menos

Perdi até o fio da meada pra começar esta história. Distraído, olhando aquela família, que não era uma família de verdade. Pele clara, sorrisos enormes, um filho loiro como o pai, e uma filha morena como a mãe; todos bem vestidos e em boa forma física. É difícil ver um gordo ou um solitário com espinhas no rosto nesses cartazes de companhias de viagens. Será que não é possível uma pessoa solteira viajar por aí, sozinha? Bem ao lado via-se outro cartaz do governo sobre alistamento militar.

Tédio e sono sentam-se ao meu lado na espera do ônibus, milhares deles, mas o meu nunca chega. A dor de cabeça também se faz presente. Tinha os remédios no bolso, já nem me pegam de surpresa. Interessante como eu aprendi todos os nomes de remédios depois dos 20 anos. De repente, tenho mais remédios do que amigos.

Tanto barulho: carros circulando, pessoas jogando alguma coisa em seus celulares, ambulâncias pedindo passagem a cada cinco minutos, lojas fazendo propaganda de pagamento sem juros.

Eu esperava o ônibus atentamente, torcendo pra encontrar um com destino à Lua. Longe dos sons, onde pudesse me esquecer da física, ou das regras, deixar de respirar. Onde a pressão pudesse fazer minha cabeça inchar e explodir em paz, espalhar pedaços do meu lobo frontal para Aquário e uma parte do occipital para Orion.

Fico ali, parado, segurando uma sacola com meu jantar, um fast-food qualquer pra não ter que fazer nada quando chegar; hoje eu estou cansado. Finalmente posso ir pra casa, vou até o fundo caçando um lugar para sentar. O *busão* continua sua rota, tomo alguns calmantes pra chegar em casa rápido.

Então um sujeito entra. Impossível não ser notado. Homem de rosto com feições engraçadas que, ao primeiro olhar, você deixaria escapar um sorriso. Cabelos negros encaracolados, barba rala, camisa laranja um pouco amassada com desenhos de fogo em vermelho e preto, calça jeans e tênis com cadarços prestes a romper. Até aí tudo bem, o problema é que o cara tinha um colar um pouco diferente. Enrolado em barbante preto havia um celular com uma caveira, onde se lia: "Sem bateria". Acha que parou por aí? Engano seu. Para encantar ainda mais, um prego fino atravessava o aparelho de cima a baixo, de forma a evitar que o celular se partisse. Enquanto os demais pagavam a entrada, ele simplesmente cantarolava *You've got to pick up every stitch!*[1]. Balançava a cabeça e fazia pausas curtas, dando ênfase a cada palavra. Os mais novos riam, os mais velhos olhavam com desconfiança. Não pude ser diferente das crianças e deixei escapar um sorriso, afinal, aquela música me fez lembrar um antigo colega da escola. Essa música era uma de suas preferidas. No fim da aula, nós costumávamos subir no pé de árvore logo ali em frente e tocar violão para as meninas que passavam. Aquela árvore era pequena e tinha o formato ideal para isso, árvore que já foi cortada, foi o melhor palco de nossas vidas.

– Está um belo dia para uma montanha-russa, não? – perguntou o estranho homem ao cobrador.

O homem não viu muita graça, apenas o ignorou. O tal sujeito continuou sorrindo enquanto procurava um lugar para se sentar. Ninguém queria dar espaço, então precisou sentar na minha frente, ao lado de um senhor já de idade. Quando virou as costas pra mim, pude ler "flibusteiros" em sua camisa.

– *Tic-tac, tic-tac, tic-tac...* – repetia o maluco, até que parou por um momento para observar uma mulher que começou a brigar com seu celular. Sabe aquelas mulheres escandalosas? Então já viu, *né*?!

– Porcaria, justo agora a bateria acaba? Meu Deus, vai demorar tanto pra chegar em casa! O tempo não passa, e eu preciso responder minhas mensagens, amiga! – disse ela, balançando as mãos de forma agoniada.

Aquele papo me causava dores de cabeça, mas para o flibusteiro era motivo de risada. Voltou para a sua cantoria, e dessa vez eu pude ouvi-la.

[1] *"Você tem que catar cada ponto". Referência tirada da música de Donovan chamada:* Season of the witch.

Tic-tac, tic-tac
A cada batida do meu coração,
Tic-tac um novo perdão, um novo perdão.
Tic-tac, tic-tac
A culpa é sua
Tic-tac.
Ora, a culpa é minha? Desculpa
Tic-tac. Ah! Ah!
Eu ganho a minha vida!

Não adianta atirar para o alto
Ou bater o pé no chão,
Crianças mimadas são meu ganha-pão
Com seus pedidos eu sorrio
Com o riscar da caneta eu confirmo
O lindo assobio do seu último suspiro
Tic-tac. Ah! Ah!
Eu ganho minha vida!

Boa noite, linda moça,
Seu sofrimento vai acabar,
Mas prometo recompensar,
Se depois do serviço
Me deixar entrar na cama
Tic-tac. Ah! Ah!
Eu ganho minha vida

Por que tanto olhar o horizonte?
Se encontrará apenas eu?
Veja só, seu pote no fim do arco-íris
Nada mais que uma despedida.

Eu trago as notícias que você não quer ouvir
Se me encarar, eu tiro meu chapéu
Mas se fizer uma mancada sequer, lhe levo pelo pé
Tic-tac...

Aquela cantoria estava, de alguma forma, me incomodando. Cada palavra, por mais inocente que fosse, soava como uma idiotice, como um vapor quente que entrava em meus ouvidos e transformava minha cabeça numa bela sauna para o Murf.

Admita, você já passou por isso, não importa o quão calmo você seja. Você, provavelmente, já sentiu raiva de cada som que ouvia, aparentemente sem razão. Apenas um lado seu do qual você, talvez, seja escravo. E foi aí que eu explodi.

– Cala a boca – falei. – Cala a droga dessa boca, que eu não suporto mais.

O sujeito parou e se voltou para mim, alinhou seu olhar ao meu, como se eu fosse de grande interesse. Aquele mesmo olhar que muitos outros já me deram no mercado, nas filas do banco, nas sinaleiras. Como se estivessem vendo bem mais do que minha aparência.

– Você é a pessoa mais desprezível daqui. Todos os outros são realmente cegos, mas você finge que não vê. – Fez uma pequena pausa, olhou no relógio em seu pulso e resmungou alguma coisa sobre 60%.

Como assim eu sou cego? Quem esse cara pensa que é pra dar uma de entendido? Ainda mais um sujeito com essa aparência cômica.

– Mais respeito para falar comigo, rapaz. Sou um trabalhador cansado que tem que acordar cedo pra pegar esses malditos ônibus, eu não tenho que ficar aturando otários como você.

– Todo o meu respeito ao senhor, mas por que você não parece feliz afirmando tudo isso? Você está revoltado, e não é comigo. Por quê?

Ele olhou novamente em seu relógio, fez uma cara de espanto, sorriu como alguém que ganha um presente. Dessa vez, jogou a palavra "20%" no ar e, sem mais nem menos, iniciou uma conversa com um jovem que não parava de balançar a perna.

– Você está bem? Parece agoniado.

– Estou bem, é só que... acabei de ver uma amiga minha, passamos bem na frente da imobiliária em que ela trabalha – disse o jovem, um pouco nervoso.

– Sei... Uma amiga – disse o flibusteiro. – Por que não faz uma visita?

– Não, acho melhor ligar pra ela.

– Ei, cara, ela tá trabalhando. Não é certo ficar mexendo no celular no trabalho, talvez você queira ver um apartamento... O que separa você dela é apenas uma quadra.

– Não, ela deve estar muito ocupada.

– Estar ocupada é o trabalho dela, meu bom rapaz! Você nunca sabe quando será a última vez em que você vai ver uma pessoa de quem gosta.

O ônibus parou no ponto, e quando ia começar a partir...

– Vou fazer uma surpresa – disse o jovem ao se levantar – Espera! Eu tenho que descer também!

Quando o menino pisou com os dois pés fora do ônibus, o flibusteiro olhou no relógio e disse bem baixinho:

– Hum... 10%. Ei, trabalhador, quais foram as últimas palavras que você disse antes de sair de casa?

– Não tenho ninguém em casa para dizer tchau – respondi.

– E tem pressa para voltar pra casa? Tem que acordar cedo amanhã, *né*? – Riu o flibusteiro, virando-se pra frente e voltando a cantar o *tic-tac*.

Nossa, como eu odeio esse cara. Nem sequer pude absorver toda a cena, fui jogado para o vidro, depois eu estava no teto e nem sei onde mais. Só sei que bati meu estômago em alguma coisa, cacos de vidro entraram nos meus olhos, e tudo se apagou.

3

Dois capítulos a menos

Acordei ao som de sirenes, com a boca no asfalto. Coloquei a mão na minha barriga e me virei. Senti sangue escorrer na minha mão, mas não sabia se estava quente ou frio.

– Uma viagem muito louca, não é? – ouvi uma voz me dizer. – A primeira vez a gente nunca esquece.

Tentei enxergar a face escondida na escuridão da noite, minha visão turva foi melhorando e logo reconheci o homem ao meu lado. Era o flibusteiro, novamente com aquele sorriso. Passei a odiá-lo ainda mais.

– O que foi que aconteceu? – perguntei, buscando ao redor alguma explicação. Apenas vi carros da polícia e ambulâncias.

– Bem, você morreu, ora essa.

– O quê? Vai se foder, seu maluco! Não enche meu saco.

– Alguém bateu no ônibus, que perdeu o controle e caiu da ponte – disse ele, ignorando meus insultos.

Realmente uma parte da ponte estava quebrada, e, logo embaixo, estava o ônibus todo amassado. Minha pele estava mais pálida e havia um buraco enorme na minha barriga, que eu não me sinto bem em descrever. Coloquei a mão no peito, nenhum batimento. O toque final era o meu dedo mindinho, entortado pra trás em noventa graus... Sutil, morte... Sutil.

– Analise calmamente os fatos, eu espero.

Peguei o resto de mim que estava na calçada e joguei dentro do buraco em minha barriga, torcendo pra tudo voltar ao lugar.

– Onde estão todos os outros? – perguntei.

– Estão mortos também.

– Você está morto, então. Também estava no acidente.

– Não. Deixe-me apresentar: eu sou a Morte. Bom, uma parte dela. Meu nome é Sauro, Sauro Dino.

Sim, também não pude evitar uma risadinha, caro leitor. Vamos, pare de ler um pouco. Ria, agradeça a seus pais por um nome decente, reflita se vale a pena continuar lendo nomes ridículos e depois volte; a história continuará a mesma, você não. Muito bem, pensou um pouco? Vamos lá.

– Todos morreram, e só eu estou aqui? Por quê? – perguntei.

– Você é a famosa alma penada – disse Sauro. – Você não pode ir pro reino dos mortos porque ainda é virgem. Você está condenado a vagar por este mundo procurando uma mulher para conseguir uma transa fantasma até o fim dos tempos.

– Como é que é?

Sauro morria de dar risada e, agora, eu realmente odiava aquele cara.

– Calma, meu amigo. Eu estou brincando com a sua cara, meu trabalho pode ser bem chato, às vezes. Deixe-me ver o seu nome aqui.

Ele tirou uma caderneta e uma caneta do bolso e começou a ler.

– Bem, aqui diz que seu nome é Brian, homem branco, magro, arrumadinho, loiro, com cabelos bem aparados, barba feita, trabalha num mercado, tem uma cicatriz na nádega esquerda. Várias outras informações que eu não sei nem por que eles mandam. Tudo *blá-blá-blá*. De fato, você é uma pessoa bem comum. O importante é que já viu a morte antes. Certo?

– Bem... Já.

– Ufa! Tinha um cara parecido com você lá atrás. Imagina só se eu tivesse me confundido, o problema que ia ser? E de jeito nenhum que eu ia olhar a sua bunda!

– Você ainda não me respondeu. Se eu morri, por que ainda estou aqui?

– Tenho uma proposta para lhe fazer, mas calma. Primeiro, vamos ver qual a causa da sua morte. Isso se estiver curioso, claro.

– Você é a causa da minha morte! – gritei contra aquela carinha de inocente de Sauro.

– Não, eu não – respondeu-me com a maior calma do mundo.

Fomos para perto do local do acidente onde havia várias pessoas curiosas e policiais que não gostam de curiosos.

– Quero lhe apresentar a Morte – disse Sauro, apontando para um médico.

– O quê? Pensei que você fosse a Morte.

– Sim, sou a sua Morte, mas você não quer que eu vá atrás de todo mundo, quer?

Nós nos aproximamos de uma ambulância e logo vimos a tal Morte fazendo seu serviço. Parou assim que percebeu nossa presença e fez um sinal pedindo para esperarmos um pouco. O buraco no meu estômago já tinha se curado milagrosamente e, por isso, estava muito grato.

– Aquele ali é o Carlos, trabalha no hospital das Boas Graças – disse Sauro. – Aquele outro lá atrás perto dos corpos queimados é o Rodrigo, trabalha no mesmo hospital e divide o turno.

– Todos eles são a Morte? – perguntei sem conseguir tirar os olhos de um cérebro esparramado ali perto. – Vocês são mais de um?

– Sim, veja bem: nem a Morte pode estar em todos os lugares ao mesmo tempo. Uma pessoa só não conseguiria dar conta do serviço. Somos vários, apenas pessoas normais de todas as etnias. Desde o início dos tempos acompanhamos de perto cada passo da humanidade, a descoberta do fogo, as cruzadas, Nero queimando Roma, Primeira e Segunda Guerra, feudalismo, socialismo e capitalismo. Já estávamos aqui antes mesmo de "descobrirem" a América. A gente só se adapta e vive conforme o mundo gira. Tá certo, naquela época nós éramos em um número bem menor, mas a demanda cresceu, abrem-se cada vez mais vagas.

– Espera aí! Mesmo com um número enorme de gente, seria impossível acompanhar todas as mortes. E aqueles que morreram perdidos nas florestas ou no oceano?

– Acredite em mim, a gente dá um jeito.

Foi um belo golpe em minha cabeça, estremeceu as paredes do meu crânio e provavelmente acordou o Murf. Agora, finalmente, pude ver. Estava tudo na cara, eu só me fazia de cego. Pense bem você, caro leitor. Médicos, policiais, jornalistas, detetives, bombeiros, andarilhos. Eu já tinha visto todos eles. Tinha visto todas as pistas. Em todo lugar que eu passei, sempre notei alguém diferente, com algo a mais, porém nunca imaginei uma coisa dessas. Não tente fugir, leitor, não finja que é piada, que é apenas um livro. Talvez a pessoa ao seu lado, enquanto está lendo, no ponto de ônibus, na sala de espera de um hospital, na escola, ou no avião, seja um famoso "ceifador". Nem a sua doce vovozinha, que faz aquele delicioso bolo de chocolate, escapa. Preste bem atenção, mas não tenha medo, talvez eles nem estejam atrás de você... Talvez.

– Esse é o novo aspira? – ouvi uma voz perguntar, e logo identifiquei ser a de Carlos. Fiquei tanto tempo organizando as ideias que nem me dei conta de que ele estava do meu lado.

– Sim, mas não fiz a proposta ainda – explicou Sauro. – Nós gostaríamos de saber qual foi a causa da morte primeiro.

– Eu já disse, foi você, Sauro! – respondi. – Você é a Morte, foi você que causou todo o acidente.

Carlos e Sauro riram.

– Ai, ai, novatos são sempre divertidos – disse Carlos. – Bem, acontece que é mais uma perseguição policial; esses bandidos roubaram um carro, atravessaram na contramão e acertaram a lateral do ônibus em alta velocidade e, sem se importar, foram arrastando tudo. Essa foi a sua *causa mortis*, novato, portanto, guarde na lembrança. Para mais detalhes, assista ao jornal.

– Viu só, Brian, não fui eu quem matou você – disse Sauro, sorrindo para mim. – Foi aquele maluco no volante.

– Está tentando me dizer que vocês não matam?

– Pessoas matam pessoas – ambos me disseram.

– Então, pra que raios vocês servem?

– Vamos fazer um passeio, te explico tudo no caminho.

Nós nos despedimos de Carlos e subimos a rua. Fiquei imaginado toda essa história. Será que estava sonhando? Isso era real? Tudo porque eu entrei naquele ônibus? Será que, se tivesse ido embora a pé, ainda estaria vivo? Mas lhe pergunto de novo, "vivo" é a palavra certa? Continuaria a minha rotina: acordar cedo, fazer um café expresso, colocar o uniforme do mercado e pegar um ônibus para ir trabalhar.

Quem gosta de ir ao mercado é quem não trabalha lá. Passo o dia arrumando aquelas prateleiras, todas bem certinhas, assim como eu arrumava minhas meias e cuecas, separadas pela cor e marca. A prateleira dos enlatados lembrava o que me esperava em casa, um jantar rápido, fácil e solitário. Arrumava tudo milimetricamente, pra ver os clientes bagunçarem tudo de novo. Eles vivem largando suas compras em qualquer lugar. Uma vez encontrei uma pomada vaginal no freezer junto com os bacalhaus.

Fazia tudo que mandavam, até mesmo limpar o vômito de alguma criança gorda no corredor três. Varrer aqueles pedaços de chocolate e salsicha mal digeridos era o que eu chamava de vida. A melhor parte era a folga para o almoço, se você puder chamar aquilo de melhor parte. Não tinha tempo de ir para o apartamento almoçar, então tinha de comprar um lanche fast-food, ficar um tempo sem fazer nada e voltar para o trabalho.

Eu não sou idiota, sabia qual seria a oferta de Sauro, mas tinha medo das duas respostas.

Três capítulos a menos

Atravessamos vários semáforos enquanto Sauro me dizia para olhar bem para as pessoas que passavam, das mais normais até as mais estranhas, para que eu tentasse encontrar pessoas que sabem da existência de suas almas; muitos acham que sabem, mas realmente não acreditam. Pode até parecer difícil, mas depois da morte fica bem mais fácil perceber quem não tá ocupando a moita.

De fato, é surpreendente. A cada esquina, eu via dez Mortes, todas disfarçadas, olhando vidraças de lojas com amigos ou bebendo cerveja. De cinco em cinco minutos, mais ambulâncias passavam; antes eu achava todo aquele movimento normal, agora imaginava toda aquela baderna de forma orquestrada. Alguém sabe o que está acontecendo e com quem aconteceu, a situação se tornou tão banal que ninguém se importa. Senti um soco no estômago e um mal-estar, finalmente caiu a ficha sobre tais palavras: *ninguém se importa.*

– Ei, Sauro. Vocês não deveriam usar um capuz preto, andar com uma foice ou coisa do tipo? – perguntei

– Nesse calor? – respondeu ele. – Sai fora, está muito fora de moda desde a Renascença.

Avistamos a pizzaria da qual Sauro tanto havia me falado. Era envolvida por uma mata do lado de fora com algumas flores amarelas, mesas de madeira brilhando graças à luz branca forte que as lâmpadas emanavam. Com certeza, o lugar mais iluminado da rua, era bem fácil enxergar o letreiro: Ultra Pizza. Estava a meia quadra de distância agora.

Passamos ao lado de um morador de rua deitado com sua velha mantinha cinza, e bem atrás dele havia uma famosa loja de roupas femininas. Pude ler uma propaganda sobre encontrar uma bolsa que combina com o seu ser e o que você quer ser.

Sauro jogou duas notas de 50 reais para o homem, sorriu e pôs-se a caminhar novamente. Antes de entrarmos na pizzaria, ele me pediu para lembrar-lhe de levar uma pizza para o homem deitado na rua, caso ele ainda estivesse lá. As mesas estavam lotadas, porém o único barulho que se ouvia era do jornal passando na televisão, e de vez em quando algum comentário ou alguma risadinha, mas isso só depois que as pessoas paravam de mandar mensagens pelos celulares. Escolhemos uma das melhores mesas, com janela para a rua, que permitia uma vista um pouco elevada de todo aquele caos. Assistir a todas essas pessoas caminhando, sem que eu saiba para onde vão, sem saber do futuro, me dava conforto; eu era apenas mais um ponto imperceptível, assim como todos os outros, ninguém podia me julgar.

– A pizza daqui é muito recheada, ótima pra encher a barriga – disse Sauro.

– Não estou com fome. Pra falar a verdade, não sinto nada.

– Vai me agradecer quando sair do modo *Caetana*.

O garçom se aproximou da mesa e entregou os cardápios.

– Eu acho que você já sabe o que vou lhe perguntar, certo? – perguntou Sauro, logo após pedir uma pizza grande à moda da casa com tudo o que tinha direito.

– Tá na cara que você quer me oferecer um emprego como ceifador, só não sei se devo aceitar. Talvez você devesse me levar de uma vez por todas. Tive uma vida boa.

– Vida boa? – perguntou Sauro, voltando toda a sua atenção para mim. – Só isso? Você não quer saber o sentido da vida? Por que você nasceu? Pra onde vamos? E todas as outras besteiras?

– Estou morto, não me interessa mais. Sei que vou acabar descobrindo.

Sauro riu, passou a língua entre os dentes, ergueu sua mão e começou a roçar a barba. Depois, colocou os cotovelos sobre a mesa e se inclinou para frente, sem perder aquele sorriso característico dele, um sorriso zombeteiro, de criança tirando sarro.

– Então, você pensa que fez o seu trabalho, que cumpriu seu dever? Quero que imagine toda a sua vida, tente lembrar de alguma coisa que você deixou pra trás e me diga o que é. Se você não souber o que é, então sentirei pena de você.

Foi aí que eu fiz uma pequena pausa, busquei nas outras mesas um ponto para poder fixar meu olhar e assim poder deixar minha mente vagar. Muitos buscam tal ponto em objetos inanimados, uma gota deslizando sobre uma folha ou o vento soprando nas árvores. Eu olhava para as pessoas. Eram tão quietas e inanimadas como qualquer outro objeto, o único movimento perceptível era o de seus dedos mexendo em seus celulares, tirando fotos da comida. Se alguém levantasse da mesa para ir embora, ninguém notaria.

– Por que existem mais brinquedos para as meninas? – respondi, me sentindo um bobo.

– Viu só? Você pode até achar que viveu, Brian, mas você foi um mero peão. Vamos, me conte uma decisão que você tomou por conta própria, ou uma na qual você não atuou como telespectador. Você se veste da maneira que mandam, compra o que mandam e vai aonde mandam. Você só tá aí dentro assistindo a tudo.

Brinquedos de meninos e meninas. Será que essa era a grande questão da minha vida? Sauro estava certo, em algum momento da minha vida eu parei de tomar decisões, fiquei no piloto automático: copiei a estrutura de vida da sociedade, tomei-a como regra e apenas assisti as suas consequências, assisti a minha vida tomando rumo sozinha e quando me dei conta já estava deitado no asfalto. Uma obra de arte feita em giz e pintada de vermelho.

– Não, chega dessa loucura – eu disse, empurrando meu prato vazio. – Me leve logo, não quero trabalhar matando pessoas.

– Droga, Brian! Pessoas matam pessoas, nosso trabalho é bem mais burocrático.

Sauro fez uma pausa, ergueu a cabeça como se estivesse fazendo uma súplica, tomou um pouco de fôlego e continuou.

– E como eu odeio essa baboseira. Vou lhe explicar a verdade, Brian, ninguém controla você, o destino não está escrito. Você pode muito bem acordar com 70% de chance de sobreviver, mas talvez pegue uma rua errada e essa chance cairá para zero. Pode muito bem fazer uma dieta que acrescente mais um ano em sua vida, ou pode contrair uma doença que lhe dê apenas um mês. Nada é controlável.

Sauro se apoiou na janela, e só então reparei num detalhe: sua camisa não era mais laranja, agora ela era preta.

– Sabe, posso muito bem cuspir em quem passar e acabar salvando a vida de alguém – disse Sauro, sorrindo. – A questão é que a vida sempre muda, mas o meu trabalho não é impedir essas mudanças; eu não escolho quem deve morrer, assim como também não posso interagir para ajudar. Meu trabalho é só informar quem morreu, a vida está jogada no caos, por isso "pessoas matam pessoas".

– Como assim, não se intromete? – perguntei, indignado. – Lembro que você salvou aquele menino lá no ônibus. Você fez ele descer antes do acidente.

– Tudo que eu fiz foi jogar uma ideia pra ele. Não falei pra ele descer, não o obriguei a ir ver a garota de quem ele gostava. Disse que, talvez, ele quisesse ver um apartamento. Ele pensou bem, tomou uma decisão por conta própria e mudou o seu destino.

– Basicamente, uma brecha no sistema, você salvou ele entre as linhas – falei.

– Nosso trabalho é, na verdade, burocrático, eu recebo as características e a porcentagem de sobrevivência do indivíduo. Depois, eu marco se a pessoa morreu ou não.

– Por que marcar os que morrem? O que acontece se você deixar de marcar alguém?

– Então eles, tecnicamente, não estão mortos, não pra galera do escritório. Quando uma pessoa morre, sua alma leva uma hora para ser liberada. Por isso, a Morte deve ser informada antes, porque ela não terá passagem, não haverá lugar vago pra ela no reino dos mortos. Assim, elas acabam se tornando as famosas "almas penadas", vão ficar vagando por aí até que alguma Morte bondosa a encontre e encaminhe para a fila de espera.

– Escritório? Pra onde eles vão depois que passam do escritório?

– Calma – disse Sauro –, só posso lhe contar até aqui, você ainda não aceitou a minha proposta. Lembre-se, depois que aceitar o emprego, não vai poder pedir demissão, nunca!

– O que vai acontecer comigo?

– Duas coisas: ou você aceita minha proposta e volta a viver normalmente, porém sendo a Morte, ou você morre agora e vai para o reino dos mortos. De qualquer forma vai descobrir o que há depois da vida.

– Mas, lembre-se de um detalhe – continuou Sauro, mudando várias vezes o tom de sua voz, hábito com o qual eu demoraria um pouco para me acostumar –, você realmente viveu a sua vida de maneira adequada para desfrutar da porta certa?

Eu não queria voltar para a mesma rotina, não queria ver a cara do meu chefe, não queria mais trabalhar no mercado, não queria voltar para o apartamento e passar a noite inteira assistindo a propagandas na TV, e definitivamente não queria mais ver aquele rostinho bonito da Angélica. Seus lábios carnudos que me davam tanta vontade de morder, seus olhos castanhos que me prendiam mais do que qualquer rede televisiva, suas bochechas redondas e fofas, uma baixinha que nunca andava de salto alto e que gostava de sorrir. Cá entre nós: você, com certeza, conhece alguém feliz por nada, e pessoas felizes conseguem acalmar nossas almas, nos fazem esquecer do mal-estar social, porque hoje em dia não estamos acostumados a receber sorrisos verdadeiros, mas sim aqueles forçados e plastificados de *botox*.

Não queria sentir o cheiro do xampu de seus cabelos, sempre amarrados para trás, que lhe dava a impressão de ser mais jovem. E, principalmente, não queria ouvir a voz de Sérgio, nem topar com os dois juntos se agarrando no elevador do condomínio; estou cansado de fingir que não me importo e de ser um cara legal com o intrometido do Sérgio.

A lembrança de Angélica era uma faca de dois gumes cravada no meu peito. Gostaria muito de voltar para vê-la, poder abraçá-la sem razão, mas ela também me trazia dor por ser tão distante, por eu ser tão fraco para mudar alguma coisa, por vê-la entrar no carro do Sérgio e ir embora. Sentia ódio dela por isso. Sim, meus amigos, eu consigo sentir ódio e amor pela mesma pessoa, e admito que esse tipo de comportamento é coisa de gente louca, mas não venha bancar o santinho, aposto que muitos de vocês já sentiram o mesmo.

A vida, ou a Morte, me apresentou uma proposta, talvez eu devesse tomar uma decisão própria dessa vez…

– Ai, bem que eu podia pegar uma daquelas solitárias pra ver se emagreço um pouco, não é? – Foram as palavras que me tiraram dos meus pensamentos. Se eu fingia não ter ouvido, Sauro, por outro lado, ria enquanto procurava a mulher dona da frase.

– Por que eu, Sauro? – perguntei, apoiando minha cabeça na palma da mão, tampando o olho direito.

Sauro riu de novo.

– Não vá pensando que você é diferente, Brian. Não pense que você foi escolhido, ou que tem uma obrigação agora. Nada disso. Nós precisamos recrutar muita gente, muitas pessoas morrem hoje em dia, e você era o único naquele ônibus que já tinha assistido à Morte ao vivo. Isso te coloca na lista, bem na frente dela. Não era pra eu te conhecer, tive que voltar das minhas férias mais cedo por causa de vocês. Saco.

– Férias? Vocês tiram férias?!

– Claro, você não quer que eu morra de trabalhar, não é? Ah! Ah! – Sauro riu histericamente, regurgitando a alegria de sua própria piada. – Ah, não, sério, estava de férias, sim. Poderia estar nas Bahamas agora, mas eu não podia dizer mais que estava com o braço quebrado, então fui convocado para ir ver vocês e "convidar" mais alguém para a nossa corporação. Apostei com um amigo meu e acabei perdendo... Adeus, Bahamas!

– Quer saber, Sauro? – falei, ficando impressionado. – Eu acho que vou aceitar o emprego, se até a Morte tira férias. Talvez me salve da rotina, talvez me salve de mim mesmo. Eu quero trabalhar com vocês.

Eu não tinha certeza do meu futuro após a morte, ninguém nunca sabe se foi uma pessoa boa o suficiente, então talvez tivesse mais tempo para me redimir sendo a própria Morte. Se me perguntassem hoje, eu não saberia dizer por que aceitei o emprego, eu só queria que alguém mudasse a minha vida. Por isso, leitores, não me julguem.

Sauro ergueu a mão para selar o nosso acordo, estendi a minha e o cumprimentei com uma queda de braço. Senti um forte choque passar pelo cérebro, como se tivesse alimentado minhas baterias, senti o calor voltar ao meu corpo na temperatura certa, meu coração mostrava sinais de funcionamento e voltei a sentir fome, muita, mas muita fome! O cheiro e o gosto da comida voltaram a ser sentidos. Nunca senti tanta fome em minha vida, quase devorei a pizza inteira.

Entregamos outra pizza para o morador de rua que conhecemos, o nome dele era Sebastião, e descemos a rua, até o momento sem rota. Já eram onze horas da noite, as pessoas ficavam com medo ao ver minha camisa manchada de sangue, mas eu não me importava; sentia-me numa passarela, Morte Fashion Week.

Sauro e eu paramos em um semáforo, fiquei observando-o brincar com uma bolinha azul, jogando no chão e pegando de novo, por uns três minutos. O sinal abria e fechava, mas Sauro só queria ficar encostado ali brincando com a bolinha.

– Eu sou o seu patrono legal agora, eu serei o seu guru espiritual de sabedoria além vida e *blá-blá-blá*. Entendeu, neném? – disse Sauro. – Droga, só de pensar na papelada que terei que assinar... Sabia que devia ter escolhido tesoura.

Sauro nem deu moral pra minha cara de "como é que é, Zé?", então resolvi deixar pra lá, perdi toda a minha base de vivência comum mesmo.

– Amanhã você não vai trabalhar no mercado – disse ele. – Seu treinamento começa às dez horas da manhã.

– O que eu vou dizer ao meu chefe? Ele vai me demitir.

– Peça perdão, diga que pegou diarreia ou alguma doença venérea. Se quiser, posso lhe dar uma licença-maternidade, quem sabe – disse ele, me olhando de cima a baixo.

– Um atestado para gonorreia será melhor – continuou ele –, amanhã lhe entrego. Você deve descansar o resto desta noite, precisa de tempo pra se adaptar. Prepare sua mente porque você terá sua primeira missão. Vou mostrar como tudo funciona e te apresentar à galera, entendeu? Você é aquela criatura chamada estagiário.

Tenho certeza de que ia responder alguma coisa, mas antes que eu pudesse falar, um homem de moto bateu em um carro em alta velocidade e foi parar dentro de uma loja de cosméticos.

– O último do dia – disse ele, mexendo em seu relógio. – Cem por cento de certeza.

Algumas pessoas presentes ligaram para a ambulância e, no meio do movimento, Sauro desapareceu. Fui caminhando até o meu apartamento, já um pouco velho e pintado com um tom de azul. Peguei o elevador para o terceiro andar, passei pelo número 321, o apartamento de Angélica. Aposto que Sérgio estava lá, deitado com ela na cama, apreciando tudo o que o pequeno e delicado corpo de Angélica podia oferecer. Só de pensar, tive o desejo de disparar o alarme de incêndio e acabar com uma noite maravilhosa para os dois, confortar a minha mente.

Acredito que os leitores já tenham notado ou, melhor ainda, questionado a maneira idealizada como descrevo Angélica, como se eu fosse romancista. O que posso fazer, companheiros? Estou apaixonado!

Apartamento 323. Abri a porta sem precisar da chave, ladrões não me preocupavam. Vocês podem até ter a impressão, já que sou homem e solteiro, que meu apartamento é bagunçado, com folhas em cima da mesa, louça de uma semana para lavar, roupas espalhadas pelo quarto, mas, acredite se quiser, esse não é o caso. Tenho mania de limpeza, gosto de usar um prato a cada dia da semana; um para o almoço e outro para o jantar, roxos e verdes, rasos e fundos, redondos e quadrados. Tudo bem arrumado. Minha mãe também gostava das coisas bem arrumadas. A comida segue a mesma linha, nunca fui muito bom de cozinhar, então o que eu como mesmo é miojo, ovo e atum enlatado. O telefone na mesinha da sala é para enfeite, desliguei-o há muito tempo, odiava o som, e, quando eu atendia sempre era o banco, falando do cartão de crédito, odeio tudo isso. O apartamento é pequeno e só tem uma janela, que nunca deixo aberta. Embaixo da minha porta havia uma pequena cartinha onde se podia ler: "A visita será cobrada da sua conta". Peguei o papel, amassei e joguei no lixo. Liguei logo a TV para ver a programação, deitei no meu sofá velho e estiquei o braço para pegar minha lista em cima da mesa.

Acho que vocês não sabem ainda, mas essa lista não é de coisas para fazer e sim de prostitutas, uma para cada noite da semana, assim como todo o resto. Se hoje é terça-feira, então quem deixou a mensagem embaixo da minha porta foi a Catarina, uma mulher que demonstra já em sua face o desgaste da vida; é jovem, mas sua aparência é de senhora. Rugas no rosto tentando ser escondidas por maquiagem, olhos cansados como se estivesse pronta pra dormir, voz cansada e roupas extravagantes que vocês já sabem... É uma mulher legal, apesar de tudo. De vez em quando conversamos, ou melhor, reclamamos da vida juntos. Ela parece ser uma pessoa bem agradável, pena que sempre pergunta se eu vou pagar alguma hora extra...

Tudo começou quando eu tinha dezesseis anos. Depois de mais uma frustração amorosa, não consegui mais me relacionar com garotas normalmente. Eu não mexia em redes sociais, nem tinha computar na época, andava de bicicleta, não conseguia acompanhar os outros garotos comprando roupas caras, então pouco a pouco fui perdendo destaque. As meninas passaram a me ignorar, nem sequer queriam conversar pessoalmente. Tudo evoluiu tão rápido, e é triste contar o que aconteceu com o passar dos anos. Acabei ficando viciado em prostitutas; depois de um dia horrível, eu só queria sentir prazer antes de dormir. (Você se acha capaz de me julgar? Bem, fique à vontade!) Metade da minha renda é gasta com elas, tenho conta na *zona*, nem preciso ligar, escolho, faço encomenda, deixo os horários já marcados, pago tudo com antecedência. O sistema sabe se articular muito bem e, se você prestar atenção, perceberá que passei a trabalhar para sustentar prostitutas. Muitas vezes deixo de comprar comida, ou até pasta de dente, porque eu não consigo mais ficar sem sexo. Aliás, é o único contato corporal que eu tenho com as mulheres.

Sim, tenho saudade dos tempos mais simples, mas uma coisa leva à outra, e aqui estou eu mais uma vez na frente da televisão, sentindo um mal-estar sem explicação, um sentimento ruim por nada. Droga! Fiz tudo certo, tudo que me pediram! Por que eu não ganhei tudo que me prometeram? Cadê a continuação dessa estrada? Cadê as mulheres, os carros, as piscinas, as festas, a felicidade? Já não tinha tempo para tudo isso. O que eu fiz da minha vida? Meu mundo está de cabeça para baixo, ainda mais depois de todo aquele papo de morte com perguntas ainda não respondidas.

E pensar que, um dia, eu já dormi num troço chamado "cama". Agora durmo sempre no sofá, afinal é lá perto dele que está a TV, ora essa! Passou a ser a minha companhia, meu remédio pra dormir. Se tornou a minha mãe contando histórias de ninar, só que dessa vez elas são sobre roubo, assassinato, futebol, corrupção etc.

A baba escorria da minha boca aberta e esparramava no sofá. Tentei variar e colocar naquele canal do boi, mas essa é a hora da noite em que só passa propaganda de eletrodomésticos ou aparelhos para fazer exercícios. Uma dessas propagandas me chamou a atenção:

"Você não odeia quando está no shopping com os amigos e, de repente, a bateria do seu celular acaba? Você já está cansado de ter que levar o seu o carregador ou baterias extras junto com você para todo lugar? O seu celular desliga sempre quando você mais precisa enviar uma mensagem? Nós, da Vision Enterprise, solucionamos todos os seus problemas. Graças aos avanços da tecnologia, você não terá mais que se preocupar com a bateria de seu celular. Nosso novo celular V-Fone sempre estará carregado, graças à energia fornecida por você! É isso mesmo o que está pensando: nosso novo produto é

capaz de recarregar a partir da bioeletricidade química que o próprio corpo humano gera. Fácil e rápido! Os celulares são conectados por um fio na cabeça, fazendo conexão direta com seu sistema nervoso central! Sim, agora você pode levar seu celular para qualquer lugar, graças a um longo cabo que alcança até o seu bolso. Vá à loja da Vision Enterprise mais próxima de sua casa, fale com nossos técnicos, e eles encaminharão você a um médico especializado no procedimento de instalação do nosso V-Fone. E tem mais: se você pedir agora, receberá, de forma totalmente gratuita, cabos personalizados com as cores do seu time de futebol favorito! Não perca tempo, compre já!

Quase consegui dormir, mas à uma hora da madrugada, para meu infortúnio, a campainha toca. Levanto-me com muito esforço, abro a porta e tenho uma surpresa desagradável: Sérgio parado ali, sem camisa, suado, apenas de short e meias no pé.

– E aí, Brian, meu *brother*! – disse ele, enquanto entrava no meu apartamento sem permissão. – Sabe, você não tem nenhuma cerveja por aí? É que a Angélica não comprou, até porque fiz uma surpresa pra ela hoje.

Esse era Sérgio, aparentava ser boa-pinta, voz macia, como se não tivesse nenhuma culpa para carregar nas costas, fingindo ser meu amigo de muito tempo.

– Tenho algumas latinhas na geladeira – respondi.

E esse era eu, fingindo não me importar com nada, engolindo em seco toda essa história de "amigo". Novamente, apenas assistindo para ver o resultado.

– Porra, cara, você não tem nenhuma comida que presta aqui? – perguntou ele, enquanto vasculhava minha geladeira. – *Tô* com uma fome de lascar.

Ele se contentou com algumas bolachas, depois foi ao banheiro.

– Como vai a Angélica? – Arrisquei em perguntar.

– Bem, bem até demais. Falando nisso, você não tem uma camisa aí pra me emprestar? Angélica rasgou a minha. Digamos que foi sem querer. – Riu Sérgio.

Voltei para o sofá, enquanto Sérgio fuçava no meu guarda-roupa buscando uma camisa. Não só camisa, mas meias, sapatos e perfume. Pelo visto, Sérgio ainda queria passear na rua com Angélica. Agora, ele se travestia de mim e ainda era namorado de Angélica. Aquele cara, usando minha camisa branca e prestes a abraçar Angélica, poderia ser eu. Mas será que eu me defino pelas roupas que eu uso? Sérgio poderia ser eu usando minha camisa? Poderia chamar a atenção de Angélica se me vestisse como Sérgio? Ainda bem que todas essas perguntas foram caladas.

– Ei, cara, *tô* pegando umas roupas emprestadas aqui e amanhã eu te devolvo, beleza? – disse ele. – Posso esconder uns DVDs pornôs meus aqui? Angélica vai passar o fim de semana lá em casa, e não quero que ela olhe debaixo da cama, saca? Se quiser, pode assistir também, tenho uns filmes ótimos que você vai gostar.

Limitei minha resposta a um simples "tá" e agradeci por ele finalmente ir embora. Tentei dormir de novo, lembrando a promessa de uma vida diferente vindo junto com o amanhã. Queria algum vestígio de ter feito a escolha errada, mas qualquer dica que fosse desapareceu com a visita de Sérgio. Trabalhar como Morte podia ser a saída para tudo isso: saída dos ônibus, do mercado, da minha falta de coragem, do meu passado, principalmente de Sérgio. Odeio, odeio e odeio tudo ao meu redor.

Fechei os olhos e comecei a pensar no meu dia inteiro, sobre mortes e meu novo trabalho. Comecei a sentir algo ruim no meu corpo, um certo desconforto que atrapalhava o meu sono. Então, uma voz doce e serena me disse: "Acalma a tua mente, você a controla. Lembre-se das coisas boas, as pessoas que ama. Amanhã será um novo dia e você deve ser um homem forte".

Levantei-me tentando descobrir de onde vinha aquela voz, mas não vi nada, só um ventilador rangendo e a televisão com uma propaganda de algum grill. Peguei o controle e a desliguei.

Fechei os olhos mais uma vez, lembrei-me de minha mãe, como ela fazia falta, como eu queria que ela estivesse ali no sofá acariciando minha cabeça e colocando meu mundo de volta no lugar. A única pessoa que realmente me amou na vida. Tenho certeza de que ela iria me obrigar a tomar um banho antes de dormir pra não sujar a cama, seria bem a cara dela. Quem sabe, talvez, eu pudesse voltar a vê-la.

Mal sabia o que estava por vir, companheiros.

5

Quatro capítulos a menos

O dia depois da sua morte com certeza é o melhor. Acordei com a sirene dos carros de polícia lá fora. Eu me sentia revigorado. Parece até que dormi tudo o que não dormi nos últimos anos. Eram 9h53. Escovei os dentes, peguei os analgésicos em cima da pia, mas me detive antes de tomá-los.

– Hoje não... – O reflexo no espelho me disse.

Lá estava eu, de novo, agindo por impulso. Não sentia dor alguma, mas fazia aquilo todos os dias, por isso acabei acostumando, sendo apenas um telespectador. Troquei de roupa e fui direto para a cozinha fazer café, até que alguém bateu na porta.

Olhei pelo olho mágico e vi um sujeito com um sorriso perturbante que fez beicinho e mandou beijos. Abri a porta e Sauro logo me cumprimentou com um abraço. Então, qualquer dúvida de que a noite passada não tinha sido um sonho desapareceu junto com as palmadinhas em minhas costas.

– O dia parece ainda mais brilhante, não é? – disse Sauro, sempre sorrindo. – Mas o que é isso, cara? Vê se desencana um pouco, aqui está o atestado médico pra gonorreia.

– Obrigado... Eu acho.

– Pra que terno e gravata, rapaz? E esses sapatos? Isso não é uma entrevista de emprego, você já tá lascado de qualquer jeito. Vai lá, troca de roupa e coloca um tênis. Aliás, apenas camisas pretas para os novatos.

Meio irônico, eu admito, mas não fiz objeção, fui correndo imaginando o que estava por vir. Talvez o meu primeiro serviço seja com um velhinho na casa dos 80 anos, que dormiu e não acordou mais. Voltei pra sala e vi Sauro mexendo na mochila que trouxera, não só isso, ele estava pegando minhas coisas!

– O que você pensa que está fazendo? – gritei. – Eu paguei caro por esse celular!

– Dinheiro bem gasto, em vista do que há na cozinha – disse ele. – O que mais você tem de valor aí? Ou o que você pensa que é valor?

– Você está me roubando? Mas pra que tudo isso?

– Essa é a primeira etapa. Dá pra ver, Brian, que você se sente mal, mas não sabe o que está causando isso. Se sente trapaceado, sem rumo. Eu estou aqui para mudar isso.

Ele foi até o banheiro, catou todos os meus remédios, depois foi até o meu quarto e começou a revirar tudo, até meu lixo, e pegou a minha lista de prostitutas que eu havia jogado.

– Caraca, você não perde tempo mesmo, hein? – disse ele. – Marcado para a semana toda! Não venha mentir, esses DVDs pornôs escondidos no armário lhe entregam. Danadinho!

– Não são meus – afirmei. – Estou guardando para um amigo.

– Sei, sei...

– Droga, deu tanto trabalho pra deixar esse quarto arrumado – resmunguei.

Sauro agachou-se para olhar embaixo da cama, puxou uma maleta velha mas, quando ele ia abrir, eu chutei com toda força, ela deslizou pelo quarto inteiro e, com um baque, parou na parede.

– Adivinha só quem não foi pra Copa! – disse Sauro, se erguendo. – Acho que aquela maleta é exatamente o que precisamos.

– Não tem nada que lhe interessa naquela maleta, nada!

– De fato, é verdade, não me importo com o que tem dentro, mas é justamente o que precisamos.

Tentei correr para pegar a maleta, mas Sauro me empurrou. Caí batendo as costas no armário. Sauro ergueu a maleta na minha cara.

– Coisas que fazem um homem ter um comportamento infantil é o que procuramos. Por que você defende tão cegamente esta maleta? Não é vergonha, que eu sei... Depois da morte, esse tipo de coisa vira besteira. Quero saber o que te prende neste quarto. Não há nada aqui pra você, por que ainda está aqui? O que você faz com a tua potência? Tua vontade? Gasta tudo com coisas que te prendem neste quarto? Por acaso, você já tentou procurar mulheres, ao invés de esperar elas virem no seu apartamento? Você usa sua potência contra si mesmo?

Ele deu um tapinha no meu rosto, tentei controlar as lágrimas. Senti-me pequeno, da mesma forma que meu pai me fazia sentir. Todo meu ânimo se foi, queria que Sauro fosse embora, queria não ter aceitado a proposta.

Abanei meus braços contra as mãos de Sauro, tentando impedir seu contato, e não consegui mais olhar em seu rosto. Tática inútil, pois Sauro jogou meus braços para o lado e segurou minha cabeça contra o armário com as duas mãos, fazendo um círculo entre os meus olhos com o polegar e o dedo indicador, de modo que eu não pudesse desviar o olhar. De uma maneira meio psicopata, estilo perfeito para Sauro.

– Não, nunca mais, meu amigo! – disse ele, com uma feição séria pela primeira vez. – Seus dias de se esconder acabaram. Ninguém vai vir te salvar, Brian, eu não sou a tua redenção. A morte não é redenção. A morte não é a resposta! Pelo contrário, eu vou te destruir, daí terá de ser você aquele que vai se reconstruir. Hoje você não irá fugir pro seu mundinho de autopiedade.

Ele me largou no chão, pegou a maleta e voltou para a sala para buscar a sua mochila. Fiquei um tempo no chão frio. Sei que devia pensar no que Sauro havia me dito, sei que deveria ter pensando em algo teórico, criado teses e argumentos, mas a única coisa que vinha em minha cabeça era comprar um carpete novo para aquele chão no qual minha cara estava estatelada. (De fato, se tivesse um carpete, eu não estaria com a cara fria)

– Vamos, erga-se, meu amigo! – disse Sauro. – Temos muito o que fazer, e gostaria de terminar essa primeira parte ainda hoje.

Andamos e andamos, atravessamos a cidade inteira a pé. O sol queimava minha cabeça e meu tênis machucava, mas era o único com listras e quadrados azuis que estava na moda. Tive de comprar esse de qualquer forma. Andamos ainda mais e comecei a ver árvores e terra, tinha até me esquecido como era. Bem no centro havia um pequeno lago cercado, devia ser mais um daqueles lagos particulares, alugado para as famílias ricas ou estrangeiras para passar as férias. Afinal, locais em que se poderia respirar sem inalar fumaça de escapamento se tornaram produto de comércio. Tudo começou com as empresas de turismo que vendiam viagens para lugares paradisíacos, depois, quando ninguém conseguiu proteger a área ambiental, privatizaram para muitas companhias de turismo ou empresários de outros ramos que, de fato, vendem "horas com a natureza". Eles alegam que essa é a única forma de protegê-la.

– Chegamos! – disse Sauro. – É aqui.

Não havia nada de mais no local, apenas uma pequena porção de terra. Prestando mais atenção, eu percebi que, na árvore ao lado, estavam apoiadas duas pás.

– O que você pretende fazer com essas pás? – perguntei.

– Eu, particularmente, nada. Agora, você vai cavar – ele respondeu.

– O quê? Por acaso você acha que tem algum tesouro aqui? Eu não vou fazer isso.

– Não tem mais volta, você decidiu o seu destino ontem, lembra? – perguntou ele, apontando para mim.

– Sem chance, eu vou embora!

– Então, quer dizer que você não quer mais ser a Morte?

– Sim, já chega de tudo isso.

Meu peito começou a arder, comecei a sentir calor, tirei a camisa e, na região do coração, surgiu o desenho de uma caveira como se fosse uma tatuagem. Aos poucos, foi queimando mais e mais.

– O que é isso? – perguntei, coçando meu peito.

– Você está sendo um moleque danado, Brian, isso não se faz. Logo essa queimação vai se espalhar por todo o seu corpo. Quanto mais o tempo passa, mais a dor se intensifica. Eu já vi pessoas fortes que passaram por isso por vinte horas antes de enlouquecer.

Tentei ir embora do mesmo jeito, comecei a me arrastar no chão, me apoiei em meu joelho direito e me levantei, mas aquela delicada voz sussurrou no meu ouvido de novo: "Por que sentir dor, meu pobre emissário? Pra que tanto sofrimento? Por que você se odeia tanto? Você deve largar o orgulho e aceitar, depois voltará à sua vida normal e poderá dar adeus ao seu tutor".

Sauro passou por mim, foi até a árvore, pegou a pá e a arremessou aos meus pés. A dor que eu sentia foi sumindo conforme eu me agachava para pegar a pá.

– Vou cavar um simples buraco? – perguntei.

– Você vai cavar uma cova – disse Sauro.

– Há duas pás, você não deveria me ajudar?

– A outra é para o caso da primeira quebrar.

– Claro, como eu pude pensar que você iria me ajudar? É tão óbvio.

Não tive outra opção, tive que começar a cavar, mesmo sem entender o motivo, e não demorou muito para eu começar a suar e surgirem calos nas mãos.

– Como isso deveria ajudar a me tornar a Morte? – perguntei, parando o serviço para descansar.

– Você é um hipócrita, Brian. É um cego, e a Morte não deve trabalhar desse jeito. Você aceitou o emprego porque pensou que seria livre, que fugiria da sua vida, e pior, que eu iria te libertar. *A verdade vos libertará* – disse Sauro, sentando-se no chão e começando a desenhar alguma coisa na areia com um graveto. – Quer saber a verdade? A verdade é a Morte! A verdade é que não existe liberdade total. Hoje em dia é impossível ser independente de um sistema, você sempre precisa de dinheiro pra fazer aquilo que você quer. Quanto mais dinheiro, mais livre você é. Só existe uma liberdade, que é a liberdade da alma; ninguém pode prender a sua alma, só você mesmo, e você é hipócrita demais pra isso. Você diz que quer ser livre, mas a única forma de ser livre de verdade você desperdiça com vícios. Tais vícios são as únicas correntes que prendem a alma, e a culpa é sua.

– Quer dizer que trabalhar duro pra conseguir minhas coisas é errado? – perguntei, desafiando-o.

– Não, é errado trabalhar duro para alimentar os donos dos meios de produção. Cara, você tem uma panificadora caseira! Então me diz pra que um homem solteiro que trabalha no mercado precisa de uma panificadora caseira? Quantas vezes você já usou aquela coisa? Se você usou uma vez já foi muito. Seu estoque de comidas enlatadas? Está se preparando para o inverno? Por que não compra um frango e se diverte fazendo novas receitas? Para de comer todos aqueles fast-food na folga do almoço. Isso sem mencionar os pratos, tantos pratos, e você nem tem amigos para lhe fazer visitas.

– Tenho amigos, sim, aqueles que trabalham comigo.

– Companheiros de trabalho, estão do seu lado porque são obrigados a estar ali. Qual é o segundo nome do seu melhor amigo lá, então?

Desviei meu olhar e voltei a cavar, tentei fugir da pergunta, mas assim respondia o que era óbvio: eu não fazia ideia de como era a vida dos meus companheiros fora do trabalho, até então tal fato não me incomodava.

– E aí, se sente liberto? – Riu Sauro.

– A verdade é a morte, ou a verdade é que não existe liberdade?

– E por que você quer homogeneizar a verdade? Por que você quer fazer com que todas as pessoas, todas as mentes pensantes, todas as dores, deixem de ter essa movimentação, essa criação de razões, para juntá-los todos embaixo de uma verdade só? Sendo que a verdade que você gosta pode machucar os outros? Por que um universo precisa de uma verdade absoluta? E, afinal, o que você considera verdade?

– Se a morte é a verdade, isso implica dizer que a vida é uma mentira?

– Bem, você pode fazer da sua vida uma mentira, mas é só você que pode fazer isso. A vida é uma verdade, ela é o que é. É algo que atesta a verdade e deve ser vivida por si mesma. Ela é só uma verdade que tem fim, só isso.

As horas foram passando e minha cova foi criando forma e profundidade. O que eu realmente queria era terminar logo, enterrar de uma vez aquelas coisas, esconder de uma vez a minha mala e partir direto para a fase boa do emprego.

– Ei, Sauro, se você só anota quem morre, por que você estava dentro do ônibus? Quero dizer, você bem que podia observar tudo do lado de fora, não é?

– E deixar a diversão toda pra vocês? – perguntou ele abrindo sua mochila e me arremessando uma garrafa de água.

Parei por um instante para beber, depois olhei para ele, incrédulo. Continuava com um sorrisinho maroto, escorado na árvore embaixo da sombra, e não escondia nada; ele realmente disse o que quis dizer.

– Você acha tudo isso uma brincadeira?

Ele tirou a sua bolinha azul do bolso e começou a jogar ela para cima repetidas vezes.

– Eu gosto de estar no meio do fogo cruzado, de sentir na pele a emoção. É claro que nem sempre é assim, eu não sou louco, mas quando é possível estar junto, participo. Também acho justo estar presente.

– Bem, acho que anos de serviço transformam as pessoas em você – falei. – Há quanto tempo você trabalha?

– Quinze longos anos, meu amigo. Eu comecei a trabalhar logo após testemunhar minha primeira morte.

– Sério? Como foi?

– Vou lhe contar, mas depois você me diz o que tem dentro da mala.

– Você ia abrir ela de qualquer forma.

– Mas eu quero ouvir você me dizer, Brian. Bem, por onde eu começo? Podia lhe contar da vez em que eu fui caçar tatu voador, ou da vez em que coloquei um monte de bombinhas embaixo da cama da senhora Laura, ou mesmo da terrível noite dos mil gatos sanguinários.

– Tatu voador? – questionei, rindo e continuando a cavar.

– Em todas elas eu cheguei perto da morte, mas perto não é bom o suficiente! Tais histórias ficam pra outro dia. Deixe-me contar o que importa:

eu tenho poucas lembranças de minha mãe, só lembro do dia em que ela me trouxe para os cuidados do meu pai e depois partiu. Meu pai já era casado com outra mulher, com a "verdadeira mulher de sua vida", costumava dizer. Laura convenceu meu pai a cuidar de mim por dó, mas por dentro ela também me odiava, eu era a prova das infidelidades de seu "grande amor". Numa pequena cama, em um quarto azul com desenhos de carros, estava o resultado da união entre os dois, meu irmãozinho, o recém-nascido Sansão.

Sauro parou de brincar com sua bolinha, olhou para o lago do outro lado por um tempo. O sol já estava indo embora.

– Meu pobre e indefeso irmão, Sansão – disse ele. – O coitado nasceu com problemas nas artérias, estreitamento da aorta. Eram constantes as visitas dele ao hospital para saber sobre alguma cirurgia, mas dona Laura preferiu deixá-lo crescer um pouco para diminuir o risco, pois esse tipo de problema em um recém-nascido é fatal. Além disso, o garoto era proibido de ir muito longe de casa, nosso pai tinha medo de que alguma coisa acontecesse ao seu querido filho, então era eu o incumbido de vigiá-lo. No início, odiava aquele pirralho que só sujava as fraldas pra eu dar banho nele, mas com o passar do tempo vi que ele era inocente naquela história toda. Diferentemente de nossos pais, ele ficava do meu lado porque realmente gostava de mim. Passei a retribuir o carinho, comecei a amar aquele moleque, até porque ele era o único que não tinha brigado comigo. Vi seus primeiros passos, colocava pra dormir, ensinei-o a empinar pipa, até levava a culpa quando ele quebrava algum copo, ou quando ele fez xixi no vestido novo da dona Laura.

Sauro começou a rir.

– Ah, eu tinha muito orgulho daquele moleque, ele sempre queria brincar, sempre brincar...

Fez uma pausa, respirou um pouco e prosseguiu.

– Um dia, meus pais foram ao mercado, então ficamos nós dois assistindo à TV, até que ouvi alguém bater palmas e me chamar no portão de casa. Era uma menina chamada Patrícia, na época com doze anos, morava no fim da rua e costumávamos brincar juntos na escola. Ela me disse que o tio dela tinha ensinado uma nova brincadeira para ela e que só dava pra brincar de dois. Mandei Sansão ir para a casa de Dona Lurdes, uma velha senhora que morava na rua de cima, era sozinha neste mundo, não tinha filhos e o marido falecera. Ela adorava as visitas de Sansão, e Sansão adorava os pudins, as tortas, os bolos que dona Lurdes fazia. Mandei que ele me esperasse lá. Quando Sansão saiu, levei Patrícia para o meu quarto; fazia muito frio, então entramos embaixo de uma coberta grossa, e as coisas realmente começaram a esquentar! O engraçado é que ela me ensinou mesmo, mostrou onde era o buraco e me disse o que fazer. Na época, eu nem sabia o que era sexo direito, mas não demorou muito para eu pegar o jeito da coisa. É verdade que meninas amadurecem primeiro que os meninos, mas aquilo era ridículo, cara!

Sauro fez uma pausa para rir e olhar para o céu.

– Ah, como eu era inocente. Eram tantas as posições que aquela guria sabia, e eu, na febre do rato, acompanhei, é claro. Afinal, eu era jovem e queria cada vez mais, comigo não tem essa de descansar, está ouvindo? Se alguma mulher me desmentir, é porque ela é muito feia pra ser verdade.

O sorriso no rosto de Sauro desapareceu conforme ele abaixou a cabeça e começou a pegar um pouco de terra na mão para deixar escorrer por entre seus dedos.

– Estava tudo indo muito bem, até que ouvi um barulho na porta, Sansão voltou cedo demais. Disse pra ele ficar me esperando lá no fundo da casa, apesar de ele insistir em me chamar pra brincar... Continuei as minhas peripécias com Patrícia, mas ouvi um barulho e guinchos fortes vindos da cozinha. Lembrei-me de Sansão e saí correndo pelado, mesmo naquele frio. Quando cheguei lá, Sansão estava se contorcendo no chão, respirava forte como se estivesse se afogando. Não estava sozinho; ao seu lado estava o filho do vizinho e a maletinha proibida do papai. O chão estava coberto por um pó branco, e seus narizes tinham o mesmo rastro. Perdoe-me, mas eu chutei aquele moleque chorão que ficava me pedindo desculpas esfarrapadas. Peguei Sansão nos braços e saí pela rua pedindo socorro para os vizinhos, mas não adiantava mais, meu pobre irmãozinho morreu ali naquela rua, eu abraçando-o e pedindo para não ir embora. Falhei em protegê-lo. Infarto na infância é coisa rara, e teve que acontecer logo com meu irmão. Meus pais chegaram junto com a ambulância, nem preciso explicar como meu pai reagiu. Bateu em mim, disse que eu era um inútil, que era culpado. Tentei me defender dizendo que o culpado era ele por ser a influência, o que o fez me bater ainda mais e me expulsar de casa.

– Sinto muito pelo seu irmão – disse para Sauro.

Ele suspirou e balançou a cabeça, depois continuou a história.

– Meu pai me colocou no carro e me largou no centro da cidade, então vaguei perdido entre todos aqueles prédios enormes que me faziam parecer ainda menor. Pela primeira vez, me senti esmagado, com as pessoas e as lojas caindo por cima de mim... A noite foi chegando e a chuva começou a cair, senti saudade da minha coberta. Não conseguia sentir as minhas mãos, meu Deus, tão geladas, e eu estava com tanta fome... Entrei em todas essas lojas bonitas de roupas, com cartazes de gente sorridente, implorava para as moças me darem uma jaqueta qualquer, a pior de lá, só pra eu não passar tanto frio. O máximo que aqueles gananciosos fizeram foi me dizer pra trazer a minha mãe pra poder comprar alguma coisa. Em nenhuma daquelas malditas lojas eu vi alguém com alma! Pedi guarda-chuva para as pessoas, mas ninguém me deu moral, tinham repulsa de mim. Entrei nas padarias, mas nem pão me serviram; alguns, pela minha aparência surrada, nem me deixaram entrar. Ninguém se importa com quem mora na rua, ninguém doa roupas de frio, ninguém dá comida pra quem passa fome. Então, fiz uma besteira maior ainda, entrei numa loja e tentei roubar umas blusas sem ser visto; sei que foi errado, não me julgue, eu sentia muito frio, Brian. O dono estava de olho em mim, me pegou pelo pescoço e me deu a maior surra, cara. Meus olhos incharam tanto que eu não conseguia enxergar, não conseguia nem chorar direito. Fiquei mancando pelas ruas sem saber aonde estava indo. Meu estômago doía tanto, minha boca sentia falta dos dentes... Vaguei até não poder mais andar, perdi o controle do meu corpo, simplesmente não conseguia mais ir para frente. Caí encostado em alguma parede, enquanto a chuva continuava. Encolhi-me querendo me esquentar, mas não conseguia. Quis gritar pra alguém me ouvir e nem isso fui capaz de fazer. Estava preso dentro do meu corpo. Tremia sem conseguir parar. A cada rajada de vento eu sentia minha pele trincar. Não conseguia controlar minha respiração. A cada soluço, uma dor no peito. Minha cabeça começou a doer tanto que eu desejava apenas dormir e morrer ali naquele canto escuro sem ser notado. Aos poucos, fui perdendo a consciência e, quando dei por mim, já havia morrido, foi aí que eu conheci o Gaspar.

– O seu patrono? – perguntei.

– Bem mais do que isso. Acordei com um homem jovem de guarda-chuva e jaqueta preta balançando meu ombro. Tinha um sorriso amigável, face magra como se tivesse passado muito tempo sem comer, nariz pontudo e barba rala começando a crescer. Em sua cabeça, uma touca preta onde se lia "Flibusteiro". Ele me levou para uma padaria ali perto, onde me deixou comer todos os salgados e doces que eu quisesse. Vou te apresentar a ele depois. Bem, essa é a história – continuou ele –, da minha primeira vez...

– Que morreu?

– Não, que eu fiz sexo!

– Tá certo, mas o que é esse negócio de flibusteiro, afinal? E esse celular com prego?

– Calma, malandragem. Eu contei a minha história, agora é a sua vez.

– Minha história não é nada de mais. Isto que você está vendo agora sou eu. Nunca mudei de jeito em anos, nunca fui grande coisa.

– Ai, que dó, nunca vi uma alma tão profunda e amargurada como a sua. Devia cantar blues, cara. Mas essa não foi a pergunta que eu te fiz. O que tem dentro da droga da maleta? Uma roupa de balé que você abandonou pelo fato de seu pai achar isso coisa de mulherzinha? Ou foi a mamadeira que sua mãe tirou de você?

Parei de cavar um momento para descansar, depois *taquei* um pouco de areia em Sauro.

– Ei! – disse ele, se levantando e limpando a camisa.

– Desculpa, cara, não vi você aí. Sabe como é difícil cavar uma cova, às vezes a gente não sabe pra onde jogar a terra.

Sauro terminou de se limpar e continuou a brincar com sua bolinha azul.

– *Tô* começando a gostar de você, Brian.

– Maluco – resmunguei baixinho.

– Deixa de enrolação e me diz logo o que tem na maleta!

– E se eu não quiser lhe dizer? Deixe-me em paz! Eu já estou cavando essa droga de cova, deixa eu enterrar isso tudo logo. Quanto mais cedo eu terminar, mais cedo eu vou pra casa e não preciso mais suportar essa sua cara.

– Tudo bem, então... Mas... Nada, não! – limitou-se a dizer.

O tempo foi passando e o dia, escurecendo. Foram várias as vezes em que eu pensei em desistir, não conseguiria cavar uma cova certa, mas não tinha escolha. Porém, por mais inacreditável que pareça, o buraco foi ganhando forma, graças aos conselhos intrometidos de Sauro. Seria bem melhor se, em vez de me ensinar como fazer, ele me ajudasse com a pá. Mas desisti de tentar fazê-lo mudar de ideia.

Já era noite, não posso afirmar a hora certa, talvez nove horas ou mais. Sauro acendeu um farolete que havia trazido e me supervisionou por cima. Eu não aguentava mais, meus braços latejavam, sentei-me no chão da minha cova para descansar um pouco, até que coisas começaram a cair na minha cabeça. Pratos de plástico roxo, sardinhas enlatadas, refrigerante diet, roupa de frio para cachorros, gravatas, celular, jornais velhos e muitas outras.

– Como se sente? – perguntou Sauro lá de cima, com as pernas abertas e as mãos na cintura. A luz do farolete vazava por entre suas pernas iluminando a poeira que se erguia, seu corpo ficava com um sombreado que não permitia distinguir metade de sua aparência.

– Isso tudo é pra quê? – perguntei a ele, baixando a cabeça.

– Eu que lhe pergunto: isso tudo para qual fim, Brian?

– Você me fez passar por tudo isso pra bancar o idiota?

– Engano seu, compadre! Não fui eu quem cavou a cova, lembra?

– Você me obrigou, seu maldito!

– Não vá colocar a culpa em mim pela sua vida! Você mesmo cavou a sua cova, Brian! Essas coisas que você veio amando não foram suas conquistas, são as coisas que você usou para cavar a sua cova! Cercou-se de tudo isso para poder se esconder, para poder passar o tempo e fingir que a vida simplesmente não aconteceu!

– Eu consegui com o meu suor! – berrei para ele.

– Ah, sim, uma roupa de frio para cachorros, sendo que você nem tem um cachorro!

– Eu tinha planos de comprar um.

– Tem uma caixa de ferramentas, mas não sabe consertar nada!

– Talvez eu precise fazer algum reparo em casa.

– Tem um celular, mas nenhum número na agenda!

– É para alguma eventualidade.

– Mil gravatas coloridas, mas nunca usa aquele terno velho!

– Bem, a moça da loja me aconselhou a comprar as gravatas primeiro. Depois, comprar mais ternos.

– Esse buraco em que você se encontra, a sua vida, não é mais do que um berço enorme para um homem adulto. Uma bela zona de conforto revestida com todos os mimos para nunca fugir!

– É o que me faz feliz! – respondi. – Não preciso de ninguém! Nunca precisei!

Sauro chutou um pouco de terra na cova, pôs a mão no rosto e suspirou. Saiu do meu campo de visão por um dez segundos e retornou com a mala na mão.

– Não, por favor, não mexe nela. Você não tem esse direito!

– O que você esconde nessa mala, Brian? O que te tortura?

– Nada de mais.

Ele ergueu a minha mala para cima e a jogou no chão. Fez isso repetidas vezes, sem se importar com o quanto eu estava gritando para ele parar, até que finalmente quebrou a tranca, abriu a mala e jogou seu conteúdo por cima do buraco. Pude ver que a roupa da minha mãe ainda tinha marca de sangue enquanto caía em minhas pernas. Batons, meias, esmaltes e, finalmente, um retrato de nós dois. A única foto minha com minha mãe, única sem meu pai, pelo menos...

Era uma mulher linda, jovem, de cabelos loiros, que beijava um garoto espinhento na bochecha. Por entre a fresta de seus olhos semiabertos via-se uma linda cor verde. Para alguns seria a beleza de seu sorriso que uma foto não poderia reproduzir com a mesma essência. Nunca uma foto como aquela poderia transmitir todo o amor que essa mulher manifestava, sua presença acalmaria até alguém que quebrou o pé. Comecei a chorar. Eu estava destinado à cova desde o dia em que ela partiu da minha vida.

– Por que você guarda tudo isso? – interrompeu Sauro.

– É a única coisa que eu tenho de lembrança da minha mãe.

– Por que escondeu isso de mim? – persistiu ele.

– Eu não sei! Eu não gosto de falar sobre isso. Ela foi a única prova de amor que eu tive, droga!

– E você tem medo de perder qualquer resquício de lembrança dela?

Não lhe respondi e continuei chorando.

– Como foi, Brian? Como ela se foi?

– Meu pai – respondi. – Meu pai a matou.

Sauro sentou-se na beira do buraco para ouvir melhor.

– Um dia eu cheguei em casa depois da escola e vi meu pai esfaqueando a minha mãe, depois ele se voltou pra mim chorando e... ainda disse que amava ela! Maldito bêbado sem juízo!

Não conseguia conter as minhas lágrimas. Pensava que já tinha superado tudo aquilo há muito tempo e, pelo visto, estava tremendamente enganado. Eu me dei conta de que meu coração batia muito forte e de que não conseguia controlar algumas partes do corpo, eram movimentos involuntários.

Correr, fugir: essas palavras eram um alerta vermelho em minha cabeça. Olhava para todos os lados, mas não tinha saída, não havia forma de escapar da minha própria cova.

– Fui separado de meu pai e enfiado numa droga de orfanato, aquele inferno – continuei. – Tive que aturar muitas piadas sobre um pai assassino lá dentro. Foi aí que minha vida acabou, perdi toda a vontade de viver.

– Pare de chorar – disse Sauro. – Veja só você aí, um homem feito, chorando em um buraco cavado por si próprio, isolamento de autopiedade. Era isso o que sua mãe gostaria de ver? Saia desse buraco.

– Eu não consigo.

– Levante-se, Brian, saia já desta cova.

– Eu não consigo – repeti.

Eu não aguentava mais, não tinha mais forças, passei o dia inteiro cavando aquele buraco, não daria conta de sair dele. Meus braços, meu peito e minhas pernas doíam. Não sairia dali nem com uma corda!

– Por que você não pode sair? – perguntou Sauro, curioso.

– Não consigo, sou fraco, não tenho mais forças. Desisto, Sauro, você venceu. Sou um cara patético, não consigo fazer as coisas sozinho. Só sou capaz de chorar aqui no fundo, agora me ajuda a sair daqui! Eu sou um derrotado!

– Por que você é derrotado, Brian? Diga-me. Aliás, isso não tem nada a ver com vencer.

– Meu pai não me amava, perdi a única pessoa que me amava por suas mãos! – Chorei soluçando. – Sempre me excluíram na escola por causa disso... Talvez... Talvez, por ser tão menosprezado, eu acabei acreditando. Acabei aceitando que eu não podia ser alguém de sucesso na minha vida, tanto profissional como social. Sou um fracasso mesmo. Não é isso o que você quer ouvir?

Sauro fez uma cara de espanto, que foi piorando ao longo do meu desabafo.

– Repita isso! – disse Sauro, apontando o dedo para mim.

– Sou um fracasso – respondi.

– Não, o que você disse antes.

– Acabei aceitando a minha vida como fracasso?

– É isso, Brian! Quem tomou as decisões além de você?

– Bem, todos me disseram o que fazer.

– Mas só você pode escolher se quer ou não dar ouvidos. Droga, Brian, você não viu o que acabou de fazer? Você é inteligente, veja só. Se você tem capacidade mental para refletir sobre quais são os problemas da sua vida por conta própria, então tem capacidade mental para pensar em uma saída para eles. Não entende? Você mesmo se analisou, agora saia de sua cova!

Consegui ficar em pé, pulei e agarrei a borda, mas meus braços não tinham força suficiente para me salvar. Tentava dar impulso com os pés, mas, quando me dei conta, já estava com as costas no chão de novo. Comecei a chorar mais, era muita dor, não conseguiria me salvar sozinho, e a ideia de minha mãe ter criado um filho como eu me entristecia.

– Sinto muito, mãe – sussurrei baixinho.

Passei um bom tempo ali com os dentes na terra, senti até uma minhoca passar por entre eles. Sauro se manteve sentado na borda da cova, apenas observando e olhando o relógio.

– Cinco minutos de choro é o suficiente – resmungou ele.

– Você é louco! – gritei. – Você não entende!

– Ah, papai não me amava, estou sozinho, nunca arranjei uma namorada, ninguém entende a minha dor, trabalho num emprego chato porque a vida "quis". – debochou Sauro.

– Quer saber, Brian? – continuou ele. – Que se fodam os maus pais, danem-se as namoradas, toda a repressão, todo o quebra-cabeça obrigatório! Isso tudo já passou. Você esqueceu que morreu, Brian? *Carpe diem* porcaria nenhuma pra você! Uma ova! Esqueceu que tem muito mais além da morte?

Parei um pouco de chorar, pois estava com raiva de todo aquele papo de Sauro, só pra variar.

– Saia daí, seu babaca, mamãe não está aqui pra te ajudar – disse ele.

Olhei para ele com o maior ódio do mundo. Como uma pessoa poderia ser tão estúpida?

– Quer saber, Sauro? Vou mesmo, vou sair daqui, dar uma porrada nessa sua cara e encontrar o maldito que condenou a minha mãe à morte, depois vou dar uma surra nele também.

Sauro revirou os olhos.

– Tá, vingança e etc. Só um detalhe: nós estamos aqui em cima, você aí embaixo, afundado no seu mundo. É preciso que você abandone a sua vida confortável e cega. Para nos pegar, é preciso ter coragem e fazer muitos sacrifícios. Tem certeza de que está preparado para fugir da sua cova?

– Vou mostrar pra você.

– Ui, agora ele vai bancar o herói vingativo, que foi iluminado graças à raiva gerada por um tratamento não convencional – zombou Sauro com os dedos entrelaçados.

– Eu sei o que você está tentando fazer.

– Sei que sabe, você é inteligente, sempre soube que você era diferente, apesar de tudo.

Juntei forças para me erguer, me agarrei na borda do buraco com uma ferocidade tamanha que senti minhas unhas perfurarem a terra, duas delas se quebraram, e me puxei pra cima. Não sei de onde tirei energia para tudo aquilo, sequer fiz questão de erguer minha cabeça, meu punho se levantou primeiro. Acertei em cheio o queixo de Sauro que, por sua vez, caiu de costas na areia e começou a rir. Ele olhou para mim e disse:

– Como é que você se sente, garotão?

– Bem. – Não pude mentir, apesar de odiar ter de concordar que Sauro estava certo desde o início.

O meu patrono sentou, se apoiou sobre os joelhos e ficou quieto, admirando a escuridão do horizonte. Parecia feliz, apesar de ter levado um soco no queixo, e parecia satisfeito em sentir o vento soprar.

– Brian, está vendo aquelas luzes? – perguntou ele, apontando para o aglomerado de prédios, com as janelas iluminadas feito pisca-piscas de Natal. – Não é fantástico?

– E o que que tem?

– Sabe, Brian, cada um deles sente dor. Veja, eu perdi meu irmão, você perdeu sua mãe, e eles também têm suas dores. Todos nós passamos por alguma dor desde que tenhamos vida, se você sofre, não sofre sozinho. Olha lá quantas janelas, ouça o som dos carros. Talvez, Brian, você possa esquecer de pensar só na sua dor, talvez você consiga reconhecer a dor de todos aqueles que vivem, acolher a dor de todos. Talvez assim consiga amar as pessoas...

Imaginei o que as pessoas nos prédios estariam fazendo naquele momento. Como seria interessante se pudéssemos entender as pessoas, suas causas e suas desculpas. Isso já me deixava menos zangado, naquele momento eu só estava bravo com Sauro.

– O que você pretende fazer agora? – perguntou ele.

– Já lhe disse o que vou fazer, mas primeiro eu quero que você me mostre como é ser a Morte.

– Olha, nunca tinha ouvido esse tom de voz autoritário vindo de você. – Riu. – Será que você está passando por uma metamorfose? Será que vai ser uma bela borboleta?

Me limitei apenas a pegar a minha mochila e ignorar o humorzinho de Sauro. O meu patrono se ergueu, verificou se o queixo dele ainda estava no lugar e disse:

– Cara, ainda bem que não mordi a minha língua, mas, enfim, parabéns! Você pode passar para a segunda etapa, você já está apto para ser chamado de Morte.

– Obrigado.

– Esse negócio de encontrar a Morte que condenou a sua mãe é idio... Ei! Aonde você pensa que vai?

– Vou para minha casa, onde mais?

– Ah, tudo bem, vai me deixar falando sozinho, seu querido tutor?

– Não acredito que você está reclamando, depois de tudo o que aconteceu.

Foi uma surpresa muito grande ver que Sauro ficou quieto dessa vez, não quis debater ou fazer piadas.

– Certo, cara, vá descansar um pouco. Amanhã você descobrirá tudo o que precisa saber e os meios para chegar aos seus objetivos. Mas aí é da sua conta. E quanto ao buraco, pode deixar, eu fecho pra você.

Virei e fui embora sem olhar para trás. Tive que suportar muita coisa naquele dia, muita coisa para absorver, mas, apesar de tudo, por mais estranho que pareça, a única questão que não saiu da minha cabeça no outro dia foi: como eu cheguei em casa?

6

Cinco capítulos a menos

Acordei em minha cama, coberto e, para minha sorte, limpo, sem cheiro de suor, sem barro saindo das minhas orelhas. Devo ter tomado banho antes de deitar. Dormi muito bem, tive sonhos longos, apesar de não me lembrar deles; eram bons, é a única coisa de que eu tenho certeza. Ao me virar para o lado, me surpreendi. Lá estava o retrato de minha mãe, o mesmo que eu deixei na cova no dia anterior. Estava sujo e trincado, e um bilhete azul embaixo dizia: "Algumas coisas merecem a lembrança".

Fiz muito esforço para me sentar na beirada da cama, meu corpo estava mole, sentindo os efeitos de um dia de exercícios, não pude me conformar. *Caraca, parece que já faz uma semana que eu saí desse quarto com Sauro e fui cavar buraco, mas não, isso tudo aconteceu ontem mesmo. Toda essa história absurda era real. Dois dias depois de aceitar o emprego, e até agora não vi nenhuma recompensa. A vida pode ser bem mais longa quando você morre, ou quando simplesmente se distrai.*

Uma coisa surpreendente aconteceu: senti cheiro de comida pela manhã. A sensação era estranha. Enquanto atravessava o corredor até a sala, ouvi uma voz cantarolar *tiburibirus* e *tibirubirás*. É, leitores, ele mesmo.

Quando, finalmente, cheguei à cozinha pude ver pão, leite, manteiga, café sobre a mesa e um cozinheiro rebolando enquanto fritava alguns ovos. Essa parte eu bem que poderia dispensar. Fiquei admirando aquela mesa por um instante, era a primeira vez que a via farta e bem colorida.

– O que você está fazendo? – perguntei.

– Isso, meu amigo, se chama "autossuficiência", e o resto em cima da mesa chama-se "café da manhã" – disse Sauro, como se estivesse ensinando um bebê a falar.

– Mas pra que tudo isso?

– Você poderia agradecer um pouco, não acha?

– Te agradecer me soa como piada.

Sauro também riu.

– Tá certo, mas a verdade é que você precisa comer, eu também, e eu não ia comer nada dessas suas comidas enlatadas aí. Eu como coisa boa!

– Você fez compras?

– Fiz, no seu apartamento não tem quase nada, só bolacha! Talvez seja por isso que você seja um cara tão pálido.

Não quis discutir por mais tempo, estava louco para devorar um pão com presunto e queijo e tomar um café quente.

– Isso, meu pequeno monstro, coma! Hoje você verá algumas mortes, até lá tem que estar de barriga cheia, talvez não tenha pausa para o lanche.

– Quer dizer que eu finalmente vou trabalhar? – perguntei, depois de engolir um pedaço de pão com requeijão.

– Você? – Riu Sauro. – Claro que não! Eu vou trabalhar, e a sua única responsabilidade é me observar, ouvir o que eu digo e aprender... Se der tempo...

– E aonde vamos?

– Bem – Sauro tirou uma caderneta do bolso –, às 10h13 temos que ir lá na praça do Florescer, primeira missão do dia; depois temos que ir lá no bairro japonês, às 17h; e, por fim, voltar para casa. Você tem sorte, é um dia de pouco serviço. Ainda bem! Tomara que nada aconteça, odiaria passar mais uma noite no escritório.

– Sei onde fica esse bairro japonês, em que rua nós temos que ir?

– Entre a Rua Wakare e a Aozora, se eu estiver pronunciando essa porcaria certa.

– Sei onde fica, faço entregas do mercado lá de vez em quando. Existe um café perto de um banco nesse cruzamento, podemos ficar lá esperando.

– Perfeito!

– Sauro, me diz uma coisa: quando vou ganhar essa caderneta?

– Se tudo correr bem, essa noite ganhará o seu relógio e, quem sabe, uma caderneta, se quiser.

Não levei muita fé no que Sauro disse. Afinal, você nunca pode levar a sério um cara como esse. Justamente quando terminei de comer, Sauro se levantou e disse:

– Vamos embora, tá na hora.

– O quê? Ainda são 8h45, cara.

– Mas eu não tenho mais o que fazer, você tem?

– Sim, ficar aqui descansando e esperar dar o horário aproximado.

– Isso me parece um tédio. Vamos andando para passear, fazer alguma coisa diferente!

– Mas é muito longe para ir a pé!

– A gente para pra descansar. Vamos logo, projeto de psicótico, você tem que me seguir, esqueceu?

O dia lá fora parecia muito bonito, um lindo dia ensolarado, mas não tão quente. Engraçado, nunca mais havia parado para pensar nisso, a não ser em como afetaria a minha ida até o trabalho, como dias de chuva, por exemplo. Hoje eu teria o privilégio de aceitar o dia como ele estava e voltaria a caminhar nessa selva de gente, porém, não seria mais o mesmo.

Acompanhei Sauro ao descer as escadas; faz bem, segundo ele mesmo disse. Não sei quanto a vocês, mas esse papo de caminhar e descer escadas não me agrada.

– Espera. Como o porteiro deixou você entrar, afinal de contas?

– Forneci todas as informações a seu respeito, esqueceu que você estava na minha lista? O porteiro acha que eu sou sua prima Aline, que fez cirurgia pra mudar o sexo e agora se chama Sauro.

– O quê? – Não pude deixar de rir.

Sauro também se pôs a rir e piscar o olho.

– Eu posso ser bem convincente, às vezes – disse ele.

Conversando com Sauro, nem pude perceber que, ao cruzar o portão, esbarraria em Angélica. Levei o maior susto e fiquei sem jeito. Sabe quando alguém tem um tique nervoso? Fiz algo parecido com meu ombro.

– Ah, oi, Angélica. Como vai? – falei, um pouco encabulado.

– Oi, Brian. Vou bem, obrigada. O que aconteceu com você? Anda sumido. Onde vem se escondendo, num buraco? – disse ela, sorrindo.

– Numa cova – disse Sauro, o intrometido.

Ela o fitou por um momento e ficou um pouco sem graça.

– Ah, desculpa, nunca vi você andando com seus amigos. Brian, por que você nunca me apresentou seus amigos? Acha que eu vou fazer você pagar mico? Olha que eu conto seus podres mesmo! – disse ela, colocando a mão na parte direita da boca, como se estivesse fofocando para Sauro.

– Esse aqui é o Sauro, ele é um conhecido meu – respondi.

– Ora, o que é isso, sabuguinho? É você que nunca me apresenta as suas namoradas – disse Sauro, passando o braço por cima do meu ombro e batendo a mão no meu peito.

– É... – Dei um sorrisinho de canto de boca, enquanto Angélica morria de rir. Encarei Sauro prometendo que ia matá-lo depois. Acho que ele entendeu o recado, mas não se importou.

– Nossa! Depois eu quero saber dessa história de sabuguinho, mas estou atrasada. Tenho que fazer almoço para minha sogra. Sérgio vai trazê-la. Ah, é... Sérgio é o meu namorado. Mas foi um prazer conhecê-lo, Sauro, é bom conhecer os amigos escondidos do Brian.

– O prazer foi todo meu, até mais – disse Sauro.

– Tchau – respondi.

– Caramba, cara, ela é linda – disse Sauro a uma certa distância dela. – Você tem bom gosto, cara, estou começando a te respeitar.

– O quê?

– Ah, não vem com essa, eu vi que você gosta dela, ela também sabe, o porteiro sabe, e a sua prima transexual Aline também sabe. E ela está esperando você avançar. Não viu que ela mencionou o namorado dela só pra te atiçar?

– Não, ela não fez isso pra me atiçar, fez isso pra me manter afastado, ou para manter você afastado.

– Há uma linha tênue entre essas duas possibilidades, a única coisa que indica que a primeira está certa é a maneira que ela falou. Foi num tom de desafio, e olhou diretamente para você quando mencionou o namorado, não percebeu? Ela deu um sorriso de canto de boca esperando pra ver se você correspondia.

– Desafio? Acho que você está viajando demais.

– Por que vocês complicam tanto? Por que se torturam tanto? Deviam apenas chegar a um consenso e se aceitar, ora essa. Por que complicar tanto?

Fingi que havia entendido o que ele disse.

– É, acho que estou sendo prepotente falando assim de assuntos tão dolorosos – disse ele.

Andamos uma quadra e meia em silêncio, sem nos olharmos. Não demorou mais do que isso para Sauro começar a conversar, nem prestei atenção, fiquei olhando os *outdoors* e os carros que passavam.

– O que acha? – perguntou Sauro, dando uma cotovelada de leve no meu braço.

– Hum? O quê?

– Vamos apostar uma corrida até a placa de Pare lá no fundo.

Três quadras abaixo via-se a placa.

– Qual é a necessidade disso?

– Nenhuma. Qual é, você não tá sentindo esse impulso de fugir? Você não sente os impulsos?

– Fugir? Pra onde?

– Já disse, para a placa de Pare! Não é óbvio? Só devemos parar de correr quando uma placa sinalizar isso.

– Ai, meu saco.

Sauro fez uma pausa brusca, parei também, meio que por instinto. Pior erro da minha vida. Sauro fez um sinal com o dedo, como se dissesse "escuta". Tentei ouvir, mas, enquanto estava distraído, Sauro me empurrou na grama e roubou o meu tênis.

– E agora? Você vai ter que me vencer se quiser o seu tênis de volta!

– Seu desgraçado!

Saí correndo atrás dele de uma maneira ridícula, já que estava com apenas um pé de tênis. Segui Sauro por impulso, apenas por impulso, deixei um certo instinto animal me guiar. Foi uma decisão precipitada, pois Sauro atravessou o sinal vermelho e passou por entre os carros. Um deles brecou e ele deslizou por cima do capô. Sim, podem usar essa palavrinha que veio em suas cabeças, leitores, ele era filho "dela" mesmo. Eu, por outro lado, tive que fazer muitas curvas para sair com vida daquele cruzamento. Sauro já estava do outro lado, na placa de Pare, me esperando com o tênis na mão. Poderia tê-lo xingado de muitas coisas, mas, primeiro, tinha de receber a minha dose de oxigênio diária, meu peito doía e eu estava suando muito. Realmente estava fora de forma.

– E aí, queimou essas gordurinhas? Não se sente cheio de vida? – Riu Sauro.

– Vai te lascar – falei, tentando respirar. – E devolve meu sapato!

– *Tá* aqui, ó, você merece.

Calcei meu sapato, tomei um pouco de fôlego e comprei uma água pra ir tomando pelo caminho. E que caminho, devo dizer! Segui Sauro por zigue-zagues sem fim, meus pés começaram a doer, já sentia calos.

– Você realmente sabe onde fica essa praça? – perguntei.

– Sei, ué.

– Falta muito para chegar?

– Ora essa, você está me seguindo?

– Claro, seu animal! Eu não sei onde fica!

– Calma, a praça ficou dois quarteirões pra trás.

– O quê? E a gente está andando em círculos, feito uns imbecis?

– Bem, talvez você seja um imbecil, mas eu sei por onde ando! Sei o que estou fazendo.

– Ah, é? E o que você está fazendo?

– Estou brincando de rato.

– Rato?

– Todo mundo faz isso, todos os dias. Eu faço isso, mas sei muito bem pra onde vou. Simplesmente quero encontrar paredes novas.

Agarrei meus cabelos e tive de juntar uma força de vontade muito grande para não arrancá-los um por um. Tentei me manter calmo, já esperava que sair com Sauro pudesse ser uma contribuição para um tumor cerebral.

– Vamos, por favor, à praça, logo?

– Ok, já que pediu com tanta educação.

Subimos uma rua à direita, depois fizemos o retorno para voltar mais duas quadras. Ao longe, no horizonte à nossa esquerda, se via o grande apogeu da sociedade moderna. Uma estrutura enorme em forma de redoma, essas são as *heavens ou shop-cities* – um termo mais popular usado nas ruas e na mídia. As *shop-cities* são justamente o que parecem. Basicamente uma cidade dentro de outra, aquela se chamava Roma Heaven. Ao longo dos anos, os famosos shopping centers foram crescendo cada vez mais e, além das empresas bancárias que já existiam, os shoppings passaram a copiar os demais aspectos da vida humana, para saciar o desejo de todos e, claro, mantê-los lá dentro. Criaram praças onde se podia caminhar, andar de bicicleta e até de skate. Isso tudo dentro de um ambiente controlado e climatizado. Perfeito, não é? Não parou por aí: houve a necessidade de hospitais para tratar todo mundo no local mesmo, depois alguns cursos escolares, por fim já não havia mais necessidade de sair dos shoppings. Apartamentos foram construídos e loteados, e agora todos podem viver lá 24 horas por dia. É possível ter tudo que a vida humana necessita lá dentro: saúde, segurança, educação, alimentação, entretenimento, empregos e wi-fi! Alguns até possuem rodovias para carros elétricos grudados no chão para trafegar pela vasta extensão desses shoppings. Claro, com o passar do tempo, esses "shoppings" deixaram de ser públicos, tanto que surgiu o termo *heavens* para sua designação. Mas fique tranquilo, ainda existem shoppings normais e públicos onde você pode passear, mas humoristas de plantão inventaram uma piadinha sobre eles, hoje são chamados de Shoppings de Pobre. Fazer o quê, não é, leitores?

Finalmente chegamos à praça. Percorremos um longo corredor com árvores à esquerda, pingos de ouro à direita, lugar perfeito para uma caminhada, com muita sombra. À nossa direita estava o interior da praça, bancos com mesa de xadrez, quadras de basquete e futsal e, no centro, uma academia ao ar livre. Ficamos na parte de cima, de onde podíamos ter uma visão privilegiada de toda a praça, ninguém escapava do nosso campo de visão. Encostei o pé em uma cerca, apoiei o braço sobre o joelho e fiquei esperando alguma coisa acontecer, já eram 10h58. Deixei minha mente vagar, observando os pássaros nas árvores, que iam e voltavam livres, sempre procurando migalhas para comer. Na TV do barzinho atrás de nós passava uma matéria sobre a vida animal, mostrava o ataque de uma cobra a um ratinho inocente em câmera lenta. Isso fez surgir várias questões em minha mente.

– Ei, Sauro, se somos a Morte, não deveríamos supervisionar a morte dos animais também? – perguntei.

– Já está fazendo esse tipo de pergunta? Veja só, a morte é inerente ao ser humano, desde o começo. Não me pergunte como começou, a única coisa que eu sei é que nosso trabalho vai até o *cogito, ergo sum*. É a única coisa que nos diz respeito.

– Hum? Cozinho ego o quê? – perguntei, confuso.

– *Cogito, ergo sum*, Brian. Significa "penso, logo existo". É o que Descartes deduziu quando começou a trabalhar com a morte, é a teoria sobre a morte mais aceita até hoje, claro, entre nós, os ceifadores. Os vivos têm suas abordagens, mas nós levamos esse dilema um pouco mais a sério, e apenas com quem tem consciência de si... Quer dizer que só trabalhamos com espécies cientes de si como um ser em um todo, ou quase, ouso dizer. A partir do momento em que você não está mais em um ciclo natural, em que você é ciente de sua existência e de suas relações de causa e consequência no ambiente ao seu redor, em plenas faculdades mentais, aí, meu caro Brian, é onde começamos a trabalhar. De fato, não é o sentido real de *cogito, ergo sum*, mas o termo pegou através dos anos, e sabe como é, não é? Quando um apelido pega...

Demorei um pouco para refletir sobre tudo aquilo.

– E quanto aos primeiros seres humanos, os mais primitivos?

Sauro parou, fez uma careta como se nunca tivesse pensado no assunto, olhou para o céu, para o chão e finalmente voltou-se a mim sem nenhum remorso.

– É como eu já lhe disse: *cogito, ergo sum.* – E sussurrou: – Se bem que eu poderia dizer a partir da paulada na cabeça, a paulada primordial.

Nosso raciocínio foi interrompido por uma agitação lá embaixo, na quadra de futsal onde alguns rapazes jogavam bola. Um deles se contorcia no chão, e os demais faziam um círculo em volta pedindo socorro e tentando fazer respiração boca a boca.

– Respiração boca a boca não funciona com ataque cardíaco – murmurou Sauro com uma feição de desgosto. – Olha aqui, vou te ensinar como funciona. O relógio da morte é a coisa mais importante que você terá. É ele que faz todo o trabalho. Ele não marca as horas, vive em ponto morto. Só ativa quando alguém está prestes a morrer. Embaixo aparece a probabilidade de morte, nessa parte minúscula digital; de 70% a 90% a pessoa está muito próxima de morrer, se estiver longe é de 10% a 40%. Nunca marca 0, nunca marca 100, é você que vai informar isso. Se a pessoa sobreviver, você não precisa fazer nada; se morrer, precisa apertar o botão na lateral superior direita, em cima do símbolo da caveira, e pronto, atestado de óbito.

A histeria continuou lá embaixo. Tentei prestar apenas atenção no relógio, mas não conseguia. Queria ligar para a ambulância, mas Sauro me proibiu. Fiquei cinco longos minutos vendo aquele coitado tentar com todas as forças se agarrar à vida, inutilmente. Enfim, ele parou de se mexer, enquanto seus amigos o carregavam para um carro. O relógio marcava 90% e, com um clique, Sauro confirmou a morte desse pobre homem, vítima da surpresa.

– E agora? O que vai acontecer com esse cara? – perguntei.

– Bem, agora nosso trabalho acabou. Ele pode passar para o outro lado.

Um menininho lá embaixo chorava enquanto os adultos levavam o homem embora de carro. Pude ouvir gritos de "pai". Fumaça do carro partindo foi o que restou para o pobre garoto.

– O que vai acontecer com o garoto? – perguntei.

– Vai continuar vivendo, suponho. Não é nossa responsabilidade.

– Tem certeza de que ele devia morrer?

– Se devia, eu não sei, mas foi o que aconteceu. Aliás, será mais fácil para ele se eu fizer o meu trabalho direito. Ele não terá problemas depois.

Eu era uma estátua sem expressão definida, enquanto olhava aquele garoto perguntar pelo pai. A voz de Sauro me pedindo para irmos foi um martelo que trincou as minhas estruturas e libertou meus movimentos novamente. Resolvemos dar uma volta pela cidade, simplesmente para brincar de ratos. Sauro sempre brincando com sua bola de borracha. Ambulâncias, bombeiros e policiais interpretavam suas personagens no grande espetáculo da cidade grande.

– A morte gera vários empregos – murmurou Sauro, enquanto caminhávamos. – De certa forma, alguns choram, outros sorriem.

– Me diz, Sauro, quem manda nisso tudo? Quem manda esses nomes? Quem sabe quando alguém vai morrer?

– Boa pergunta, a maioria não faz esse tipo de pergunta tão cedo – respondeu ele. – Ninguém, Brian. Já falei que está tudo largado ao caos. Aquele homem poderia ter saído vivo, quem pode dizer que não? Acontece que algumas pessoas simplesmente acordam com uma propensão maior para a morte em alguns dias. Isso não quer dizer que vão morrer. Imagina só todas essas probabilidades, é muito trabalho, por isso nós existimos. Haveria muitos erros, muitas almas perdidas e muita papelada.

– Afinal, o que é esse escritório de que você tanto fala? É o mundo dos mortos?

– Quase, é apenas uma ponte, se preferir chamar assim. É um lugar metafísico, como o primeiro andar de um prédio. Esse é o nosso andar.

– Onde fica?

– Não sei.

– Ué, como se chega lá, então? Como você sabe tudo isso?

– Calma, meu pequeno monstro. Tudo ao seu tempo. O Gaspar vai saber explicar melhor do que eu. Melhor que eu, duvido, mas é que ele tem saco pra essas coisas.

– Gaspar? Esse é o seu patrono, não é?

– Sim, ele mesmo.

– Ei, que tal irmos ao cinema? Deve ter algum filme bom para passar o tempo. Estou cansado de andar.

– Ah, jura?

Sauro sorriu inocentemente e ignorou a minha expressão zangada. Pegamos a sessão das 15h30 para um filme de ação, ou de comédia, como Sauro gostava de chamar.

– Principalmente os que possuem grandes explosões – disse ele. – Tantas mortes ao mesmo tempo me fazem rir. São simples e fáceis demais, tipo, absurdo cara! Adoro os filmes do Rambo.

Era um filme de soldados, não prestei atenção, pois não consegui parar de pensar no garotinho chorando. O que seria da vida dele agora? Será que Sauro mandou embora a única fonte de renda da família? E se eu tivesse ajudado de alguma forma? Sauro não podia ajudar, era o trabalho dele, mas não era o meu! Eu podia ter feito alguma coisa para reverter o caos, sei lá, ter dado uma chance qualquer para o homem. Os barulhos de tiroteio e explosões inundavam a sala do cinema, a cena do menino chorando invadia a minha mente; a cena do soldado caindo na lama em meio ao tiroteio, os gritos do cinema, tudo isso me enjoou. Resolvi sair para pegar um ar. Fui ao banheiro para me aliviar, lavei as mãos e depois joguei um pouco de água no rosto para ver se me sentiria melhor. Olhei no espelho novamente e a imagem refletida me disse: "Você não é culpado, não precisa carregar um peso que não existe".

Pois é, caros leitores, não era eu. Bem, a imagem era minha, mas era uma voz feminina que sussurrava. Olhei para os lados, mas não havia ninguém além de mim no banheiro, ainda mais no banheiro masculino.

– Quem é você? – perguntei, criando um eco no banheiro.

Não ouvi nenhuma resposta. *O que está acontecendo comigo? Essa voz é coisa da minha imaginação? Será que eu não posso mais confiar na minha própria mente?* Um homem entrou no banheiro e, assustado, parou ao perceber que eu o estava encarando. Ele só me cumprimentou com um aceno de cabeça e entrou na segunda porta.

A fila para a próxima sessão já estava enorme, o cheiro de pipoca demarcava o território do cinema como qualquer cão de rua faz. Fiquei sentado no banco de fora esperando a sessão acabar, mas comecei a sentir os efeitos reversos da felicidade: aversão à felicidade.

Famílias com crianças felizes tomando refrigerante.

Uma criança fica sem o pai do outro lado da cidade.

Namorados trocam carinhos e brincadeiras, logo estarão no escuro do cinema, ignorando o filme e se perdendo em beijos apaixonados.

Uma dor no meu peito.

Jovens passeiam com os amigos, utilizam seus V-Fones para fofocar com outros e trocar seus status nas redes sociais.

Um senhor catando resto de comida em uma lata de lixo do lado de fora. Hoje é seu dia de sorte, uma coxa de frango meio comida foi jogada fora.

Todas aquelas pessoas felizes, sem preocupações, incomodavam, como se eu não pudesse sorrir com elas e, só pelo fato de não estar feliz, tinha a sensação de que eu não era digno de estar em sua presença. Podia até ser inveja do fato de os demais serem sempre mais felizes do que você, mas esse é o problema da felicidade... Ela não é solitária.

Sauro saiu, fui ao seu encontro e perguntei se podíamos ir ao bairro japonês. Ele me perguntou onde eu estava, disse que o filme era muito bom e me deu outras informações que eram desnecessárias. Só então ele disse que podíamos ir.

O bairro japonês não carregava o mesmo "peso" do resto da cidade. Gostava de fazer entregas lá porque parecia outro mundo. Talvez eu apenas me sentisse diferente dos demais, pelo menos uma vez, isso só pelo fato étnico, que é uma besteira, eu concordo, mas é verdade. As pessoas vestiam roupas mais extravagantes, minhas roupas normais davam a impressão de que eu era normal, o que eu sempre tentei ser, sempre quis me enquadrar. Além dos enfeites orientais, que já são manjados em qualquer bairro japonês, o que me chamava a atenção eram alguns grafites pelos muros. Eram uma mistura de arte oriental com a cultura pop. Parabéns aos artistas, esses espíritos livres...

Ficamos tomando café e esperando que o relógio da morte começasse a funcionar. Aproveitei para pedir um salgadinho para matar a fome.

– Está vendo alguém suspeito? – perguntou Sauro. – Algum vestígio de alguém engasgando com a comida?

– Não, nada. Tudo parece ir muito bem.

– O relógio da morte está muito indeciso dessa vez, sobe e desce em fração de segundos!

Sauro avistou um cadeirante no meio da rua que queria subir na calçada, mas não podia, pois alguém havia estacionado o carro no local onde havia uma rampa. Teve, então, que descer a rua para subir pelo outro lado, na contramão. Sauro observava aquele homem como se pudesse se alimentar pela visão, lambia os lábios e olhava no relógio. De repente, ouve-se um barulho de impacto e os gritos de horror, mas veio de trás de onde estávamos. Eu e Sauro nos viramos para ver o que era: estatelado no chão jazia um corpo em uma poça de sangue. Seu braço estava voltado para trás e sua cabeça estava aberta pela metade.

– Desisto! – disse Sauro, emburrado, jogando os braços para cima. – Nunca dá para adivinhar de onde vem.

Com apenas um leve toque no relógio, Sauro pôs fim ao longo dia de espera.

– Tomara que esse não dê problemas mais tarde – disse ele, se levantando.

– Aonde você vai? Não vai lá ver? – perguntei.

– Já fiz mais do que ver. E não há mais nada que possamos fazer.

Uma multidão começou a se aglomerar para ver a cena, eram tantas pessoas que acabaram prejudicando o trânsito. Alguns subiam nas mesas e apontavam seus celulares para filmar aquele corpo sem vida. Alguns tiravam *selfies* fazendo sinal de paz e amor com os dedos.

– Tanta fome... – reclamou Sauro depois que uma mulher o empurrou para entrar no meio daquela floresta de algas e se aproximar do morto.

– Sete andares é muita coisa – disse ele, suspirando. – Tenho pena dos solitários.

– Solitários?

– É. Dê uma olhada na multidão, consegue ver alguém chorando?

Reparei bem, havia todos os tipos de expressão: espanto, alguns com vontade de vomitar, mas nada de choro.

– É triste – disse Sauro. – Não há ninguém que conheça a vítima entre os abutres.

– Não deveríamos chamar a ambulância ou os policiais?

– Acho que alguém aí se lembrou de fazer isso... Espero.

A multidão só aumentava.

– Vamos embora, Brian. Deixe os abutres se alimentarem em paz.

– Se alimentarem do quê? – perguntei.

– Da desgraça alheia.

Deixamos os *flashes* e os diversos comentários para trás. A ambulância passou por nós quando chegamos à esquina, a sirene fez os abutres voarem, mas atrasou sua passagem para chegar à vítima. Era muita fome.

Quando ia me despedir de Sauro, ele me disse que eu não ia para minha "cova" naquela noite e me convidou para dormir em sua casa, pois eu tinha que receber o meu relógio e, finalmente, receber meu título de ceifador.

– Você tem que conhecer o Gaspar também! – disse ele, animado. – Você vai gostar dele.

Disse a ele que "tudo bem" e entramos em um ônibus para o bairro da Maré. A Maré é um bairro residencial comum, com casas separadas por muros, asfalto cheio de buracos e crianças soltando pipas. Descemos a ladeira até chegarmos a um portão branco. Havia um vasto terreno ao redor da residência. Vi algumas árvores ao fundo, cuja a maior possuía uma casinha de madeira pintada de vermelho com preto, uma escada feita de cordas e blocos de madeira. Havia, ainda, bem ao lado, um balanço pendurado. A casa, em si, a principal, era diferente das vizinhas, constituída por dois andares, com flores espalhadas pelos seus limites, uma varandinha pequena com azulejos brancos e uma porta de ferro com janela. Quando chegamos perto, uma menininha com as mãos na cintura e a cara emburrada nos deu boas-vindas.

– Mãe, o Sauro trouxe gente doida pra casa de novo! – gritou a garotinha.

– Chama a polícia, dona Camila! Uma doida descabelada invadiu a sua casa! – gritou Sauro.

– Não sou descabelada, seu grande idiota! Meus cabelos são bonitos como os da minha mãe.

– Ah, não, vou contar pra sua mãe que você disse que o cabelo dela é pixaim.

– Mãe! O Sauro tá sendo malvado comigo de novo!

– Calma, Keiko. Já falei que, se você for uma boa menininha este ano, Papai Noel vai trazer um pente pra você pentear essa área de proteção à vida animal.

A pequena garota saiu correndo e gritando "não" repetidas vezes. Ela voltou para a sala segurando na saia de uma mulher linda que aparentava ser um pouco mais velha do que Sauro e eu. Era uma morena bem encorpada, com curvas de violão, sorriso vibrante e feliz. Seus olhos eram serenos, como se nada a surpreendesse mais. Longos cabelos encaracolados davam um toque exótico em sua beleza. Sua filha possuía as mesmas características, porém sua pele era um pouco mais clara. E não, leitores, o cabelo dela não era feio.

– Calma, minha filha. O que o Sauro vem aprontando desta vez? – disse a mulher, sem perder o sorriso e o bom humor.

– Ele *mim* falou que eu sou feia, mamãe! – disse a menininha quase chorando.

– Não, minha querida, você é uma princesinha linda. Lembra do que seu pai falou? Que Sauro tem inveja da sua beleza porque ele é feio, coitado.

A mulher passou a mão na cabeça da filha, depois voltou para Sauro com uma face zangada, mas não zangada de verdade, aquele "zangado de mentirinha".

– Ora, Sauro, isso não se faz! Peça desculpas à Keiko agora.

– Me desculpe, Keiko, só tava brincando – disse Sauro.

– Diz que eu sou linda – exigiu Keiko.

– Você é linda, sua pirralha – repetiu Sauro, com um ar zombeteiro.

– Agora, admita que você é um bobão cabeça-oca!

– Claro, Keiko, eu sou um bobão cabeça-oca. Satisfeita?

– Não, você tem que falar olhando nos meus olhos.

– Então vá pentear esses cabelos para eu poder enxergar os seus olhos.

– Mãe!

A mulher riu.

– Não seja tão irritante, Sauro! – anunciou a mulher. – Merece um castigo... Duas voltas de dinossauro ao redor da casa!

– Ah, só duas? – choramingou Keiko.

– Sim, só duas – confirmou a mãe.

Sauro não parecia triste, pelo contrário, estava animado com todo esse papo de "voltas de dinossauro". Ele se agachou e virou as costas.

– Suba aí, Keiko, que a velocidade é mil por hora no expresso jurássico! A extinção não me pega!

Ele olhou para a mulher e recebeu um terrível sinal de desaprovação com os olhos.

– Tá bom... Eu vou devagar – disse ele.

Os dois saíram pela porta da frente, Keiko pedindo para ir mais rápido, Sauro rugindo e balançando a cabeça.

– Ah, essas duas crianças... – disse a moça, olhando para mim. – Desculpe, eu sou Camila, você é um novo amigo de Sauro? Nunca te vi antes.

– Prazer em conhecê-la, senhora. Eu sou Brian, um amigo do Sauro.

Ou mais ou menos isso, dizia a minha cabeça.

– Desculpa pela Keiko ter te chamado de doido. Essa menina é terrível, ela chama todos os amigos de Sauro de doidos. Primeiramente, achei que fosse Rocco, mas não podia ser. Keiko tem medo de Rocco, diz que ele parece um ogro que está desenhado em seu livro de contos de fadas. Bem, não a culpo.

– Não, tudo bem, senhora.

Ogro?!, pensei. Imagina o que a garotinha vai dizer de mim, "ameba" era um termo muito adequado ao meu ser.

– Você é amigo do meu marido Gaspar?

– Sim, mas há pouco tempo – menti.

– Onde o conheceu?

– Um dia desses dentro de um ônibus – continuei mentindo.

– Então, se sinta em casa. Se você consegue ser amigo dele, deve ser uma pessoa boa.

Quando Camila terminou a sua frase, Sauro apareceu com a pequena Keiko pendurada nas costas.

– Duas voltas, como prometido. Ela está sã e salva, dona Camila, agora... tira essa cabeçuda daqui que ela é muito pesada!

– Cabeçudo é você – choramingou Keiko.

– Parem vocês dois! Já chega, Keiko! Vá tomar um banho antes de jantar, hoje temos visita, então se comporte como uma menina educada – interveio Camila.

– Mas eu sou educada! Eu sou *meiga*! – disse Keiko.

Sauro riu com desdém.

– Vá logo tomar seu banho – disse a mãe.

A pequena Keiko olhou para mim, me encarou por um instante e saiu um pouco relutante.

– Dona Camila, o Gaspar já chegou? Temos que conversar com ele – disse Sauro.

– Sim, ele está lá em cima, no "recanto de paz".

– Tá, nós vamos lá.

– Sauro – disse Camila segurando em seu braço antes que ele entrasse no corredor. – Ele chegou um pouco cansado, distante. Parece que tem alguma coisa atormentando ele, você sabe como é. Tenta ajudar ele, sei que você sempre consegue animá-lo.

Sauro confirmou com a cabeça, fez um sinal com a mão para eu segui-lo. Andamos pelo corredor à esquerda e subimos as escadas, contei vinte e dois degraus, mania minha de infância, depois viramos à direita. Os corredores daquela casa eram bem enfeitados, com uma grande mistura de cores e quadros pintados. Tapetes, mandalas e vasos de cerâmica definiam as texturas que você deve imaginar dessa casa. Encontrei até um quadro em que Keiko estava pintada perfeitamente. Embaixo, pude ler que se tratava de dona Camila ser a pintora. O corredor era amplo e, ao chegar ao fim, nos deparamos com uma porta rabiscada com várias frases e mensagens, algumas em latim, e em outras se podia ler coisas como: "Estado de dúvida permanente", "Engrenagens inventam sistemas para encontrarem sentido em sua existência", e "Eu não devo mijar no pé da planta". Essa última estava escrita em rosa, bem mais abaixo na porta, na altura da pequena Keiko.

– Essa menina é terrível, não é? – brincou Sauro. – O nome dela é Keila Foucault Alemcastro, mas ela não conseguia pronunciar o nome certo, daí eu diminuí o nome dela pra facilitar e o apelido pegou. Hoje ela até escreve o nome dela assim... Ah, como as crianças crescem hoje em dia.

A porta rangeu ao abrir, a penumbra devorava o quarto inteiro, tanto que os móveis pareciam suspensos no ar, exceto por uma mesa de bilhar, onde pairava uma lâmpada muito fraca.

– Gaspar – disse Sauro com cautela –, estamos entrando. Trouxe um amigo para você conhecer, ele é meio feio, mas você se acostuma.

A resposta que obtivemos foi um som fraco vindo de um violão, uma melodia muito baixa e triste. Nós nos aproximamos. Meus olhos foram se adaptando à escuridão e, no fim da sala, prostrava-se uma figura um pouco assustadora. Tocava violão baixinho, com as pernas cruzadas, e um chapéu escondia seus olhos. Usava uma camisa preta, calça jeans e tênis, e pude ver que estava sentado em uma poltrona vermelho-escura, com uma escrivaninha ao seu lado cheia de cadernos, livros e papéis bagunçados.

– O que foi, Sauro? – perguntou o homem com uma voz tão calma como a Bossa Nova que tocava.

– Queria te apresentar meu amigo Brian, ele é um cara que se perdeu no caminho, achei que você pudesse dar algumas informações – disse Sauro.

O homem se levantou calmamente, pôs o violão no pedestal ao seu lado esquerdo e se aproximou de nós, mantendo sempre os olhos baixos, como se o fato de um estranho entrar em sua casa não parecesse algo muito importante. Minha presença não o incomodava. Em sua aproximação, em passos demorados, percebi que era alto e magro. Chegou perto, tirou o chapéu e colocou-o em cima da mesa de bilhar. Só então vi sua fisionomia por completo: seus cabelos eram negros, lisos, e a luz denunciava que eram falhos; sua face era muito magra, me segurei para não oferecer um pastel para o sujeito; cavanhaque farto e bem cuidado; o nariz um pouco pontudo e as sobrancelhas marcantes, que serviam para devolver a cor àquela face pálida e cansada. Enfim, não sei como o homem conseguia se manter em pé.

– Hoje foi um dia longo, não é, Gaspar? – disse Sauro. – Para mim também. Veja só, eu sou patrono! Sou uma Morte feita agora! Sinta orgulho de mim, seu mal-acabado!

– Patrono? – perguntou Gaspar, finalmente mostrando interesse e voltando seu olhar para mim.

Senti um frio na espinha, toda aquela pose esquelética e frágil era facilmente superada pelo seu olhar. Ele mudou completamente. Era um olhar penetrante, e sua postura passou a ser ameaçadora. Era como se uma águia estivesse olhando para você. As águias sempre parecem ter um olhar assassino, sempre e, se duvidar, até dormindo são assustadoras.

– Desculpa, mas não ouvi o seu nome direito – disse Gaspar.

Engasguei um pouco antes de falar.

– Ah, eu sou Brian. Prazer um conhecê-lo, senhor Gaspar. Sauro me falou muito de você.

– Prazer em conhecê-lo também, Brian – disse ele para mim. – Tutor, hein? – falou, agora voltando-se de uma maneira mais calma para Sauro. – Quem diria... Este mundo vai se acabar. Pensei que você não gostava dessas coisas e que isso tudo era uma "besteira".

– Continua sendo – respondeu Sauro, sem perder a pose. – É que ultimamente a vida tá um tédio, deprimente, pensei que esses idiotas do escritório mereciam a ajuda de um mestre como *eu* para ensinar a arte do ceifar. A suprema arte! A dádiva dos ninjas!

Gaspar riu baixinho, como se fosse algo revigorante. Eu, por outro lado, não consegui me manter quieto, aquele lugar era muito bagunçado. Folhas de papel no chão, copos pelos cantos sem lavar, e pior, as bolas da mesa de bilhar não estavam formando um triângulo no ângulo perfeito, era um triângulo torto! Torto, tenha dó! Onde já se viu?! É tão difícil fazer reto? Sei que Gaspar e Sauro estavam conversando alguma coisa, mas eu estava lutando contra o instinto de arrumar aquelas bolas de bilhar. Já estava raspando minhas calças com as unhas. Quando notei, estava mordendo os lábios, e Gaspar estava me observando atentamente. Uma águia pronta para pegar um rato.

– O que foi? – perguntou Gaspar. – Você parece incomodado.

– Nada, não – respondi, tentando conter o meu corpo.

Gaspar continuou me analisando. Olhou para mim, depois para a mesa de bilhar. Gaspar pegou o taco e mexeu nas bolas, dispersando-as. Eu devo admitir que me senti um pouco melhor...

– Ah, entendi – disse ele. – Você é metódico ao extremo. É um maníaco por controle, gosta das coisas feitas do seu jeito. Por que você tenta controlar a sua vida?

– Eu? Controlar? Ela que tomou rumo por si só, sem a minha permissão!

– Sim, mas é por isso que você tenta controlar coisas insignificantes? Um quadro meio torto, pintar um desenho com as cores certas... Pra se sentir no controle? Não se sentir inútil? Já que não consegue guiar sua vida, as pequenas coisas você consegue, não é? É este o teu sentimento?

– Não, só acho que as coisas têm que ser bem organizadas. Elas têm que estar certas. Todo mundo tem que ser assim.

– Você não pode controlar tudo. Você não precisa fingir que é perfeito. Ninguém é!

Gaspar pegou papéis de sua mesa e *tacou* no chão. Senti um vibrar de choque percorrer o meu pescoço e comecei a ficar vermelho.

– Não seja ridículo, o que mudou na sua vida agora? Nesse lapso de segundo, quanta coisa mudou? O seu destino mudou?

– Eu gosto de ser organizado, e daí?

– Quem dera fosse apenas gosto. Mas isso aí já é compulsão, seu idiota!

– Minha mãe disse que pessoas como você não têm sucesso na vida.

– E disse que eu nunca ia arranjar uma namorada desse jeito, não é? – disse ele, fazendo beicinho. – E você, Brian, com esse teu jeito tão perfeccionista, encontrou um amor na sua vida? Eu sou o cara mais despreocupado do mundo e, mesmo assim, amo e permiti que alguém me amasse. E você? Permitiu alguma imperfeita amá-lo?

Fiquei sem palavras e com raiva. A conversa já estava me irritando muito.

– Isso vai ser um desastre – disse Gaspar para mim. – Não dou um mês para você entrar no manicômio.

– Já pensei nessa possibilidade – respondi.

Gaspar olhou para mim atentamente, uma águia marcando o seu alvo para a morte. Do nada, começou a rir. Não sei se devia ficar aliviado pelo seu bom humor, ou se devia ficar atento. Sua posição mudou completamente, não era o mesmo homem tocando violão de um minuto atrás, até mesmo a águia assassina parecia apenas ilusão minha.

– Você não faz ideia, não é? – perguntou Gaspar, apoiando os cotovelos na mesa de bilhar. Tinha uma expressão facial de moleque. – Você não acha a vida bela, Brian?

– Às vezes... Talvez para as pessoas que saibam viver – respondi meio sem jeito.

– A vida é bela justamente porque ela dá a chance de ser boa para todos, para pessoas boas e até mesmo para pessoas ruins.

– Você chama isso de belo? – perguntei. – Pessoas ruins são punidas e as boas, recompensadas.

Gaspar riu.

– Não, não em vida, pelo menos. Essa é apenas uma desculpa sua para ser infeliz e odiar a vida.

– Talvez algumas pessoas sintam muita dor ao longo dos anos, e nem sempre podem ser felizes.

Gaspar fez uma careta e pôs a língua para fora.

– Discordo – disse Gaspar com firmeza. – A dor é passageira, pode demorar muito tempo para passar, mas passa. Você que é fraco e medroso. Talvez seja você o petulante que queira que ela não passe. Talvez você seja tão inseguro sobre si que acredita que vai falhar em ser feliz, que vai falhar em tudo em sua vida. E a única coisa que resta a você é a dor e a solidão, porque assim as consequências só caem sobre você. Acha que vai ser recompensado? E você acha que suporta a dor, não é? Deixa de besteira. Você não merece ser a Morte! Você só queria abrigo e agora está aqui como um cão pedindo comida.

Espera aí! Há quanto tempo estávamos conversando? Como a gente chegou nesse assunto? Como esse cara podia falar assim comigo, como se já me conhecesse há muito tempo? Senti o suor descer pela minha testa, não pude pensar em mais nada, a não ser amenizar a minha tremedeira nos joelhos. Gaspar estava livre e solto, sorria ao ver a minha cara de surpresa. Ele começou, cada vez mais, a se parecer com Sauro.

– Por que está tão ansioso, novato? Por acaso eu falei coisas ruins sobre você? E por que você se importa? Por que você se acha no dever moral de causar uma boa impressão perante mim, ou se encaixar?

Estava tão nervoso que nem tive tempo de arranjar argumentos para responder, até que Gaspar continuou a falar.

– Aposto que você tenta controlar a vida, tenta, de todo jeito, se encaixar. Compra tudo o que a propaganda diz, porque disseram que você seria feliz. E se você não for feliz, não é digno de viver na sociedade. Se você não "tem", não é "feliz"; se não é feliz, não é "humano". O que te faz cidadão, Brian? Vamos, me responda.

Lambi os lábios para ver se conseguia repor um pouco de saliva na minha boca seca.

– Bem, minha carteira de identidade – respondi, direcionando a minha visão para a bola oito em cima da mesa.

Gaspar riu com gosto.

– Tá de brincadeira, saia daqui! – disse Gaspar. – Puxa, Sauro, você devia saber instruir esses caras, seu inútil.

Esqueci de Sauro completamente. Quando me dei conta, ele estava sentado em um sofá no canto da sala com o corpo na diagonal, pernas abertas, uma na cabeceira do sofá e a outra no chão. Estava olhando uma revista de videogame. Parou por um instante, revirou os olhos, e continuou a leitura.

– Se você é fraco, vá embora. Se quiser ser livre, vá embora! Aceite sua aposentadoria com honra, mas devo antes lhe perguntar uma coisa: do que você tem mais medo? É da dor?

Pensei de forma rápida e sem profundidade e acabei concordando.

– Vou lhe avisar: sua aposentadoria será muito dolorosa, mas você vai poder deixar essa vida inteira para trás e voltar a ser quem era.

Depois de tudo pelo que eu passei, voltar a ser o sujeito que eu era não era tão ruim. Eu acho que eu era feliz e não sabia. Tinha um emprego, as coisas que eu queria e, pensando bem, ser um anônimo não era tão ruim assim. Talvez eu devesse, sim, ver a vida apenas passar e assistir televisão durante o domingo inteiro.

– Tem razão, acho melhor eu deixar toda essa baboseira para trás. Estou cansado de vocês – falei, emburrado.

E, quando segurei na maçaneta da porta para abri-la e ir embora...

– Quem disse que eu tenho razão? – perguntou Gaspar. – Volte, Brian! Vamos esclarecer umas coisinhas.

Voltei-me para eles curioso, afinal, Gaspar mudara muito. Agora, sua voz era melódica e calma, falava com uma sinceridade absurda. Estava compreensivo e com olhar de súplica.

– Vamos recapitular: você tem medo de sentir dor num futuro incerto, mas tem coragem de sentir dor para voltar à sua vida miserável? Por quê?

– Não sei, acho que nem pensei dessa maneira – respondi sentindo dor de cabeça.

– Você tem medo da dor?

– Acho que todos têm, não é?

– Não, nem todos. Alguns gostam de vê-la como redenção, então... Por que fugir? Vamos esquecer os fatores fisiológicos agora. Vamos lembrar que a dor que você sente é natural do ser humano. Por que você tenta acobertar a sua dor com vários vícios, várias manias, várias desculpas? Essa dor irá e voltará a vida inteira. Aceite a dor como sua, mas não seja escravo dela!

Depois de um período de silêncio, ele falou, me acusando:

– Você é um covarde! Deve ser um filhinho da mamãe!

Contive-me para não mandá-lo calar a boca. Por que todos falavam da minha mãe? O problema era comigo, ela não tinha nada a ver com isso.

– Ah, acertei – disse ele, sorrindo e se aproximando mais da luz para ver melhor. – Espere mais um pouco!

Gaspar pegou o controle na mesa atrás dele e ligou a TV, era o típico canal de fofocas sobre a vida dos famosos. Várias pessoas discutindo sobre cirurgias plásticas, lipoaspiração, dietas e academia. Tudo para ter uma vida longa e jovem. Eu nunca teria um físico daquele, nunca chegaria a conhecer o mundo com um belo rosto como passaporte.

As notícias daquele canal começaram a me fazer mal. Me senti como se nunca pudesse ser alguém digno, como se minha aparência não fosse desejada e eu devesse, simplesmente, me esconder no meu apartamento e ficar lá dando audiência a esses tipos de canais. Eles mereciam, eu não...

Gaspar continuou a me observar. Acredito que ele estava percebendo todos os movimentos do meu corpo, o que só me fazia perder mais o controle! Comecei a ter tiques nervosos e logo não podia esconder uma cara de quem ia vomitar.

– O que foi, Brian? – perguntou Gaspar, ainda me dissecando com os olhos.

– Nada.

Fitei a TV, tanta gente bonita e feliz. Doía, mas eu não podia encarar Gaspar.

– Eu sabia... Brian, você acha que todas essas celebridades da TV e do mundo são felizes o tempo inteiro? Essa é a impressão que eles querem passar, a impressão de que todos têm que ser felizes o tempo inteiro, porque isso é bonito em frente às câmeras e seus fãs. Por que eles sempre estão ocupando o seu tempo? Por que eles nunca ficam sós? A dor está presente em ti, acontece com qualquer um. Por favor, Brian, volta aqui. Eu sinto muito!

– Satisfeito? – perguntou Sauro, finalmente tomando partido na conversa. – Desculpa interromper sua apresentação, mas não passou pela sua cabeça a remota lembrança de que EU sou o patrono dessa história? Já deixei você se divertir bastante, agora peça desculpas pra esse cara, senão ele vai embora mesmo.

Gaspar começou a rir.

– Desculpe-me, Brian – disse Gaspar, sorridente e sem má intenção. – Qual foi a sua primeira impressão sobre mim? Diga a verdade, não tenha medo. O que achou de mim?

Minha garganta estava seca, só pensava num copo de água, mas respondi:

– Bem, pra ser sincero, não gostei muito de você. Sinto muito.

Gaspar parecia satisfeito, por mais estranho que pareça.

– E mesmo assim, você não me xingou ou partiu para a agressão como muitos fazem.

– Acho que não tenho coragem para isso.

– Ter, você tem. Sabia que você podia explodir a qualquer momento, gritar e fazer acusações. Mas você continuou conversando comigo, mesmo querendo fugir e, por um minuto, você me encarou nos olhos. Isso mostra que você pode ser um cara legal. Gosto mais do tipo de gente como você.

– Então, isso era um teste? – perguntei.

– Não, isso foi um passatempo. Afinal de contas, eu não sou o seu tutor.

– Só deixei porque sabia que isso ia distrair a sua mente – disse Sauro.

De repente, me senti como um pedaço de carne jogado aos leões.

– A primeira impressão é a mais importante – disse Gaspar bem baixinho, inclinando a cabeça e analisando a mesa de sinuca. – E eu acho isso tudo uma baboseira... Bem, chega desse papo chato. Vamos jogar um pouco de sinuca e conversar mais um pouco sobre o seu trabalho. Acredito que Sauro não lhe falou tudo o que você precisa saber.

– Deixei a parte mais divertida só pra você, Gaspar. Sabe que eu me importo com você – disse Sauro, rindo.

– Esqueça tudo o que você sabe sobre mim – falou Gaspar ao jogar um taco para mim. – Vamos lá, vamos nos divertir um pouco.

Antes de Gaspar começar a sua jogada, quando estava calculando a força que colocaria na tacada, disse:

– Ah, não se esqueça: a dor torna você humano.

Começamos a jogar.

7

Seis capítulos a menos

O quarto de Gaspar era um verdadeiro paraíso para homens, ou "meninos", como algumas namoradas de plantão diriam. Uma mesa de bilhar ao centro, pebolim, *pinball*, uma máquina de fliperama *Queen of Fighters 97*, um barzinho, uma televisão e uma estante cheia de livros. Pude perceber que grande parte dos livros era de caráter didático ou acadêmico.

– Deve ter custado uma fortuna – falei para Gaspar.

– O quê? – ele me perguntou.

– Máquinas de fliperama não existem há séculos!

– Ah, sim, de fato. Conheci um cara que tinha um galpão cheio de coisas velhas, há muito tempo. Era um senhor solitário, que não tinha mais ninguém na vida para conversar. Ele resolveu deixar essas coisas para mim.

– O que aconteceu com ele? – perguntei.

– Bem, eu fiz o meu trabalho...

Gaspar voltou a ser o sujeito calmo que eu vi ao entrar no quarto, porém não possuía mais a melancolia. Parecia desfrutar de um bem-estar incomum, calmo e sincero. Conversava devagar e com muito prazer. De fato, ele era um sujeito bem legal depois de um tempo conversando. Tratava todo tipo de conversa da mesma maneira calma e fria, parecia não levar nada a sério.

– Bem, acredito que o bobo do Sauro só lhe contou as melhores partes do seu trabalho, não é? – disse Gaspar.

Sauro fez descaso, sempre de bom humor.

– Então... – disse Gaspar, continuando a jogar sinuca. – O que gostaria de saber primeiro?

Eram tantas perguntas, que nem sabia por onde começar. Fiquei um tempo calado, pensando e jogando sinuca. Até que, finalmente, me lembrei da voz em minha cabeça e mais ainda da dor que senti quando desobedeci Sauro.

– O que é aquela dor que eu senti? E o que era aquela caveira no meu peito? E aquela voz?

– Ué, mas já sentiu o seu afastamento? Tão cedo? – perguntou Gaspar. – Você é realmente interessante... Como isso aconteceu?

– Desobedeci Sauro quando ele me mandou cavar a...

– A fundo os seus sentimentos e descobrir o que o seu coração pede! Mas ele é um moleque teimoso, não acreditava no fardo que era o nosso trabalho – interrompeu Sauro, pegando um taco para jogar também. – Sai daí, Gaspar, você é muito ruim. Deixe-me mostrar como se faz.

Gaspar deixou Sauro jogar em seu lugar um pouco relutante, o encarou com certa desconfiança.

– Aquilo, meu bom amigo, era a sua aposentadoria – disse Sauro.

Continuei jogando.

– Toda vez que você pensa em desistir do seu trabalho, aquilo acontece. Você é dispensado do serviço – continuou Sauro.

– Ah, é? E o que acontece comigo? Eu morro? – perguntei.

Sauro ficou quieto e fez um sinal de "prossiga" com as mãos para Gaspar e voltou a jogar.

– Não – respondeu Gaspar. – Quando você desiste do seu emprego, você passa por um processo longo e doloroso, claro, dependendo da sua força. Um processo chamado de aposentadoria. E quando eu digo aposentadoria, significa lavagem cerebral.

– O quê? Lavagem cerebral?

– É. Suas memórias sobre a morte começam a ser apagadas, e depois que você não lembra mais de nada sobre isso, volta a viver a sua vidinha normal.

– Uma aposentadoria sem remuneração – confirmou Sauro.

– Quem dera esse trabalho fosse pago – comentei.

– Seria horrível – retrucou Gaspar. – Já existem muitos problemas no nosso serviço, imagina a máfia que seria se houvesse dinheiro envolvido?

– Máfia? A Morte pode ser corruptível? – arrisquei perguntar.

– Primeiramente, você deve se lembrar que a Morte é composta por humanos, nada mais do que isso. E onde há humanos, há muitas possibilidades.

– A vida e a morte são feitas pelo ser humano – comentou Sauro.

– Tá, depois dessa aposentadoria, eu voltaria para minha vida? – perguntei.

– Acordaria no outro dia sem se lembrar de nada – disse Gaspar – Claro, isso se você aguentar.

– Como assim?

– Muitos não suportam a dor e acabam ficando loucos. Alguns têm mais sorte e só precisam de tratamento psicológico para voltar ao normal, outros não voltam a ser o que eram nunca. Mas isso é raro.

– É um preço muito alto a pagar. É um risco muito grande, porém, se você ama de verdade a sua vida anterior, por que não? Afinal, mesmo ficando louco, você não se lembrará das duas vidas, então não terá com o que se preocupar – disse Sauro, fazendo mais uma jogada direto na caçapa do canto.

– Melhor do que a dor – disse Sauro, enfim, depois de ter terminado a sua jogada.

– Mas por que tudo isso? – perguntei. – Por que temos que esquecer?

– Existem algumas regras – explicou Gaspar. – Veja bem, até a morte têm seus direitos e deveres e, claro, penalidades também.

– Já não basta ser escravo? – disse, começando a ficar com raiva.

– Todos pensam como você, por isso existem essas malditas regras. Mas isso você deve descobrir no escritório, só e somente lá. O que acontece no escritório, fica no escritório. Não se preocupe, Sauro vai lhe ensinar como chegar ao escritório esta noite.

– Por que tanto segredo?

– É uma das regras que devemos seguir – disse Gaspar. – Nada sobre o além-morte deve ser revelado aos vivos, ou aos que ainda não foram proclamados Morte. E também, o caminho para o escritório é responsabilidade do seu tutor, eu não vou ficar ajudando o Sauro. Ele tem que se virar sozinho!

Sauro fez uma careta e mostrou a língua.

– Por que você fala tutor? Não era patrono o termo certo? – perguntei indignado.

– Muito simples, meu caro amigo – disse Sauro. – Isso acontece porque não existe termo certo. Eu uso o termo "patrono" justamente porque eu achei mais legal de falar. Você pode me chamar de patrono, tutor, sensei, tio, e até de fada madrinha, se quiser. O nome não interfere em nada em nosso patamar, simplesmente somos o que somos, e os nomes são apenas utensílios de enfeite.

Tive de concordar com ele, nesse caso fazia sentido. Não havia hierarquia nesse ramo. Até eu poderia ser comparado a ele quando eu completasse meu treinamento.

– Está bem. O que é esse negócio de "flibusteiros", afinal? – perguntei.

Sauro começou a fazer sinal de guilhotina em seu pescoço.

– Sauro! – disse Gaspar em um tom firme. – Onde, por obséquio, ele ouviu falar o remoto nome de flibusteiros?

– Não sei, Gaspar! – disse Sauro, se afastando um pouco da mesa. – Talvez ele goste de filmes de piratas, eu não sei.

Numa fração de segundos, Gaspar alcançou Sauro, segurou embaixo dos braços e começou a dar cascudos em sua cabeça.

– Não vem com esse papo, seu moleque, eu sei que foi você! – disse Gaspar, sem parar com os cascudos.

– Ai, ai! Eu acho que estava vestindo aquela camisa antiga quando fui buscar ele. Acho que ele ficou curioso, só isso. Não foi minha culpa!

– Eu já falei pra você não usar essa camisa, seu pirralho! – disse Gaspar soltando Sauro, que caiu no chão.

– Desculpa se fiz uma pergunta inconveniente... – disse logo para tirar o meu da reta.

– Não, tudo bem – disse Gaspar. – Sauro que é um papagaio muito falante. Os flibusteiros eram um bando de jovens ceifeiros bobos que costumavam sair juntos. Só isso.

Percebi que Sauro ia fazer uma objeção, mas decidiu ficar de boca calada após ver a expressão zangada de Gaspar. Foi a primeira vez que vi Sauro calar a boca. Pensei que estaria feliz quando esse dia chegasse, mas, de alguma forma, não estava... Quem sabe na próxima!

A televisão continuava ligada e, no canal de celebridades, estava passando a notícia de que o pênis do mico-leão-dourado e o resto de seu aparelho reprodutor, quando triturados num liquidificador junto com algumas vitaminas, se tornava um *shake* mágico capaz de amenizar os efeitos da velhice e eliminar várias rugas do rosto. Era a revolução da medicina moderna! O santo graal do combate às marcas da idade! Isso era saúde!

Tomamos algumas cervejas enquanto jogávamos. Sauro, aparentemente, não bebia. Tomei um gole antes da minha jogada, mas cuspi tudo em cima daquela linda mesa. Quase morri engasgado quando um homem apareceu do nada ao meu lado e disse:

– Onde estou?! O que aconteceu comigo? Eu quero ir para casa!

Tropecei nos meus próprios pés e cai no chão. O homem tinha os dentes quebrados, sua língua pendia para fora apenas segurada por um pequeno filamento do tecido. A cabeça estava cortada feito uma tampa, seu cérebro aparecia timidamente por entre um buraco no crânio e jorrava sangue em mim enquanto gritava pedindo socorro. Senti meu peito doer, minhas mãos começaram a tremer e minha respiração ficou difícil. Tateei os bolsos da minha calça, procurando meus remédios para essas emergências – se bem que nunca li em nenhuma bula: "Utilizar em caso de aparecimento de homens loucos sangrando pedindo a sua ajuda" –, mas não tinha pegado meus medicamentos naquele dia. Nem me lembrava deles até o momento.

– Socorro! – dizia o homem, de uma maneira um pouco enrolada de se entender. A sua língua estava quase caindo.

Levei um susto maior ainda quando um tênis voador atravessou a cabeça do homem e bateu com força na porta.

– Ei, topete! Qual é o pente que você usa? Um abridor de lata? – ouvi a voz de Sauro dizer. – Chega de babar em cima do meu amigo, vai, ele é meio pervertido e, se ele gamar em você… Tá lascado.

O homem se virou para Sauro. Seu sangue caía sobre mim, mas minha camisa não estava manchada, de fato eu não estava encharcado de sangue como pensei estar. O sujeito falou muitas coisas e muito rápido, não consegui entender. Depois, atravessou a mesa de bilhar e soltou um grito de susto quando percebeu isso.

– O que está acontecendo comigo? – Foi o que entendi ele perguntar.

– Droga. Odeio hipócritas – disse Sauro.

Levantei-me segurando numa cadeira do barzinho, minhas pernas ainda estavam bambas. Gaspar veio me ajudar sem demonstrar emoção nenhuma, tinha o mesmo olhar sereno de sempre. Como ele poderia estar tão calmo? Sauro parecia ter um certo desprezo, ou tédio.

– Quem é esse, Sauro? – perguntou Gaspar.

– Não sei, esqueci o nome – respondeu Sauro.

O homem guinchou de novo.

– Ah, Gaspar, você não pode conversar com ele por mim? Você tem mais paciência. Veja, ele nem consegue falar direito – suplicou Sauro.

– O problema é seu – disse Gaspar. – Se vira.

Sauro suspirou, pôs as mãos na cintura e fez cara feia.

– Você tinha que morder a língua, não tinha? – disse ele para o homem.

– O que aconteceu? – perguntou o homem.

– O que aconteceu é que você é um idiota pé no saco.

– Hum?

– Se lembra do seu nome?

O homem parou para pensar e coçar a tampa da sua cabeça. Abria e fechava.

– Sou Ícaro… Ícaro Hikame – respondeu o homem.

Sauro bocejou.

– Muito bem, Ícaro Hikame. Você morreu, porém de corpo e alma você não queria morrer. Por isso está aqui assustando a minha amiguinha ali – disse Sauro apontando o dedo para mim.

Ícaro pareceu espantando.

– Se lembra, lá no bairro japonês? Hoje de tarde? Você pulou do prédio? – disse Sauro esbugalhando os olhos.

– Mas… Eu queria morrer – retrucou Ícaro.

– Não, não queria. Queria chamar a atenção, gostaria de ter se machucado e sobrevivido, assim as pessoas seriam melhores com você. Caso contrário, não estaria aqui.

– A minha vida era horrível!

– Não, não era. Aposto que sua vida era melhor do que a de muita gente, mas você se sentia miserável e sem sentido, por nenhuma causa aparente. E, como eu disse, por isso está aqui!

– Eu não aguentaria viver mais!

Sauro pôs a mão na cabeça e suspirou profundamente.

– Você se lembra de sua última lembrança? Sabe, em todo o trajeto de queda que você fez, nesse curto espaço de tempo até o seu *splash*? O que foi que você lembrou quando não podia voltar mais atrás?

Ícaro pareceu um pouco perdido e continuou derrubando sangue na mesa de bilhar sem se importar. De repente, a porta se abre num estrondo. Ao pé da porta estava a surpreendente Keiko, ainda com o pé esticado do seu chute.

– Mamãe mandou vocês irem jantar agora! – disse a garotinha.

– Papai já vai, filha, fala para sua mãe que estamos descendo – disse Gaspar.

Ícaro começou a pular e dizer coisas incompreensíveis enquanto apontava para Keiko. Fiquei olhando para os dois: será que ela não podia enxergar Ícaro parado ali, deixando seu cérebro escorregar da cabeça para uma caçapa?

– Por que esse doido tá me olhando com cara de bobo? – perguntou Keiko, fazendo outra cara de boba.

– Nada, eu só estou com fome – respondi.

– Tá bom... Seu doido.

Keiko fechou a porta com a mesma força que abriu e foi embora. Fiquei apenas observando para saber o que ia acontecer. Gaspar bebeu uma cerveja e não demonstrava nenhum interesse no fim daquela história, só estava esperando acabar.

– Calma aí, topete. Respira e me diz o que foi que você lembrou – falou Sauro.

– Minha filha! – disse Ícaro.

Foi como uma espada no meu peito. A surpresa tem um gosto amargo para mim, não sei por quê.

– Minha filha Asuka! Ela ficou sozinha – disse Ícaro.

– Ah, outro papai – disse Gaspar, antes de tomar mais um gole de cerveja.

– Já era – limitou-se a dizer Sauro. – Você não pode voltar mais.

– Não! Por Deus, não! Deixe-me voltar para ver minha garotinha.

Foi a primeira vez que vi um morto chorar.

– Você fez suas próprias escolhas. Pensava que todos te odiavam – disse Sauro com muita frieza –, mas esqueceu-se de uma coisa muito importante, a mais importante: você esqueceu que você amava alguém! Esqueceu que não vai poder vê-la. Você tirou o melhor presente que alguém pode dar para ela em vida, que é o seu amor!

O homem caiu de joelhos implorando para voltar.

– Isso é uma vergonha para minha família – disse Ícaro.

– Não, não é questão de vergonha. Você pensou que, depois da morte, não teria com o que se preocupar, não é? E mais, achou que não ia trazer problemas para ninguém! Pois saiba agora que você acaba de arranjar muita dor de cabeça para mim e está empatando o meu jantar! Droga. Imagino a papelada... – disse Sauro, sem piedade.

O homem começou a agonizar, seus guinchos eram feios, talvez por causa da língua...

– Eu só queria que a dor parasse... – disse o homem.

– É. Todos querem, mas a dor nunca vai embora. Ou vai, se você se permitir aceitar.

Demorou um pouco para o homem se recompor. Aquela figura tristonha que, de vez em quando, enxugava o nariz com o cérebro, finalmente atingiu a compaixão de Sauro, ou quase.

– Está bem, para. Hoje à noite eu vou permitir que você vá para o outro lado. Vou ter que explicar a causa da demora e fazer outros procedimentos, mas você vai poder descansar em paz. Só vou lhe aconselhar uma coisa: essa noite é sua última aqui. Se você souber o caminho de casa, vá. Encontre sua filha, veja ela pela última vez, mas lembre-se de que ela não vai poder te ver ou ouvir, mas é melhor que nada – disse Sauro.

O homem pareceu querer argumentar, mas desistiu devido ao fato de ninguém conseguir entender direito o que ele estava falando.

– Antes de ir – disse Gaspar –, você trabalhava com o que em vida?

– Escrevia livros infantis – respondeu Ícaro.

– Ah, sim, pode ir.

O sujeito desapareceu, como se alguém estivesse tentando sintonizar outro canal de TV, como se a realidade pudesse ser distorcida a tal ponto.

– Esse é o problema com os suicidas, Brian – disse Gaspar com cara de sono. – De vez em quando eles não querem morrer e, por um momento único de pressão, de colapso, explodem e se arrependem. Às vezes, um abraço de alguém poderia colocar fim a tudo isso, mas no meio das brincadeiras entre os amigos, acaba-se esquecendo de notar que alguns deles estão pedindo socorro. Ninguém nunca nota.

– Ou não se importam – complementou Sauro.

Gaspar suspirou.

– Não mecanizados... Bem, o que estamos esperando? Tem um jantar lá embaixo, e eu estou morrendo de fome.

Lá estava eu em uma mesa, jantando com mais pessoas, parecendo uma família. Um pequeno intruso. Fiquei me questionando se dona Camila também era Morte, mas não. Era uma mulher normal. Gaspar parecia um pouco contente perto de sua mulher, mesmo ela não sabendo o seu segredo. Um casamento feliz, com um segredo muito grande...

As diferenças entre os dois eram enormes, ainda mais agora que estavam um do lado do outro. O que uma mulher tão viva e exuberante viu em um cara sem sal e magricelo como Gaspar? Um era o oposto do outro, tanto em aparência, como em estilo de ser.

O fato de Ícaro ter aparecido não abalou ninguém, exceto eu. Mais cedo, um menino perdeu o pai e chorava para que ele voltasse. Do outro lado da cidade, um pai abandonou a filha. Eu perdi a minha mãe para o meu pai. Nós não fizemos nada. Nada de certo, nada de errado. Apenas observamos. Eu não sou o salvador, não sou o acusador. Nesse emprego, eu sou o torturado! Pensei que voltaria a ter poder sobre a minha vida, mas encontrei outra gaiola bonita. Senti que os pilares do meu conceito moral começaram a ruir. Toda a minha estrutura formada ao longo dos anos por convívio e observação ruiu. Murf só assiste.

Papai, para de brincadeira, vamos jogar bola! Papai?

Primeiro pilar trinca.

Abandonei a minha filha, pois sentia muita dor.

Caiu o teto.

Você não entende, filho, EU AMO A SUA MÃE!

Isso acontece o tempo todo, alguém sempre sabe.

Faca, sangue, escombros, abandono e...

– Farofa? – perguntou Sauro, estendendo a tigela.

– Não, obrigado. Não estou com tanta fome.

– Ó, falou que sua comida é ruim, mamãe – inferiu Keiko com a colher na boca.

– Deixa de ser irritante, guria! Por isso que seus pais não te queriam – disse Sauro.

Keiko fez um careta, assustada.

– Seu pai não te contou, não? – continuou Sauro, com um sorriso maléfico no rosto. – Você é adotada! Você foi encontrada ali, ó, no buraco de tatu! Enrolada numa folha de bananeira, parecendo uma pamonha gigante! Uma pamonha muito feia...

– *Mãe* – gritou Keiko.

– Sauro! – falou dona Camila. – Não seja mau! Parem você dois, agora é hora da janta. Comportem-se!

– Desculpa, Keiko, é mentira – disse Sauro.

Keiko mostrou a língua para Sauro, que respondeu da mesma forma. Gaspar se manteve quieto. Tinha melhorado o humor há um tempo, mas agora parecia triste e cansado de novo. Uma recaída repentina.

– O que foi, amor? – perguntou Camila, com uma voz doce e consoladora. – Você parece mais perturbado do que o de costume. O que está acontecendo?

– O trabalho está ficando mais puxado, ou sou eu que estou envelhecendo – respondeu Gaspar.

Gaspar deu uma boa olhada em Keiko e Sauro, que trocavam caretas entre si.

– Não tenho mais tempo para nada. Não tenho tempo para você, e, veja só, a minha garotinha já tem sete anos! Eu não estou vendo ela crescer! Estou perdendo a infância dela. Não quero mais contratar babás para cuidar dela enquanto saímos para dar aulas. Quero ficar em casa!

– É a rotina de todo professor – disse a mãe. – O que foi Gaspar? Você amava dar aulas de História. Os alunos estão problemáticos demais este ano?

– Maldito trabalho – suspirou Gaspar.

– Ah, não fala assim. Foi por causa do seu emprego que nós dois nos conhecemos. Foi o destino!

Mal ela sabia, pensei. Dona Camila tinha um jeito de falar um pouco rápido, meio apressado, conversava com muito gosto. Diferente de Gaspar, que parecia falar apenas em primeira marcha. Talvez tenha sido por isso que ele se apaixonou por ela, para dar cor no aspecto cinza e monótono de sua existência. Eles eram uma balança bem equilibrada.

– Se lembra quando você entrou na sala errada? Atrapalhou a minha aula de artes inteira, enrolando só para conversar comigo, que eu sei! – Camila resplandecia com seu sorriso. – Pena que o meu aluno tenha cortado o dedo com a tesoura sem querer e tivemos vários problemas...

Gaspar, inspirado na mulher, finalmente sorriu.

– É. Tem razão, amor, você foi a melhor coisa que me aconteceu na vida. Tudo graças a esse emprego.

Senti uma cutucada de leve quando ele disse a palavra "emprego".

– Sabe o que eu acho, amor? – disse dona Camila. – Acho que você devia sair um pouco, devia ver os seus amigos de novo. Acho que é isso o que está te perturbando, afinal você não sai mais de casa. É só escola, casa, escola, casa. Isso estressa as pessoas. Por que não sai com Sauro e Brian para se divertir?

– Concordo plenamente, dona Camila! – anunciou Sauro em alto e bom som. – Churrasco no final de semana com a velha turma, ainda mais que temos um novo integrante!

Sauro pôs o braço sobre o meu ombro.

– Espera aí, eu não disse isso! – retorquiu Camila.

– Qual é, dona Camila! Veja só como a rotina está sugando todo o vigor deste homem que um dia você amou. Veja! Ele está só pele e osso! – suplicou Sauro.

– Desde que eu o conheço, sempre foi pele e osso – falou, zangada.

– Por favor! – Sauro fazia cara de cachorro pidão.

– Eu acho que o importante não é o churrasco, amor – interveio solenemente Gaspar. – Esse danado só quer uma desculpa para poder se encontrar com o seu amor platônico.

– É, dona Camila – aproveitou Sauro –, você seria tão maldosa assim, de partir o coração de um homem apaixonado?

Sauro juntou as mãos e fez beicinho. Dona Camila hesitou por alguns segundos, olhou para Gaspar e disse:

– Tá legal, mas mantenha Rocco longe de Keiko e de mim!

– Valeu, dona Camila! Você é a melhor! – disse Sauro, satisfeito.

Gaspar se contentou em rir baixinho.

Ajudei a lavar os pratos depois que jantamos. Perguntei onde iria dormir, e Sauro apenas disse "lá em cima". E realmente era lá em cima, mas não era dentro da casa. Era do lado de fora. Mais precisamente, na casa da árvore...

– Já deixei tudo preparado, é só deitar e dormir – disse ele enquanto subíamos as escadas – Ah! Tenho um presente para você guardado.

– Ok – respondi, esperando pelo pior, mas uma coisa me veio à cabeça. – Sauro, e se eu quiser ir ao banheiro?

– Ué, tem uma janela aqui em cima. Pode mijar à vontade que não vai acertar ninguém lá embaixo, eu garanto!

– Sei...

A casinha era espaçosa, tinha dois colchões bem arrumados, uma janela, pôsteres de bandas de rock nas paredes, um farolete e uma mesinha com alguns livros.

– Dores do mundo – mencionei ao analisar um desses livros com as próprias mãos. – Foi sobre isso que você falou na cova?

– Schopenhauer – disse Sauro. – Você gosta? Aí também tem Nietzsche, Sartre, Kant, Simone, Voltaire, Rousseau em algum lugar, só caçar. Filosofia para todos os gostos.

Continuei analisando, curioso.

– Sabe, às vezes eu gosto de imaginar esses caras como uma grande família feliz. Saca? Sócrates seria o avô falecido que todo mundo menciona e lembra, mas ninguém lembra direito da sua história, porque ninguém se importou de perguntar enquanto estava vivo, nem tiraram fotos. Hannah Arendt seria a mãe com enfeites no cabelo, de chinelo, com a barriga no tanque lavando roupa, reclamando que nunca é valorizada. Schopenhauer seria o pai que se acha no direito de ser insensível e estraga-prazer, afinal, ele é o pai, ele se acha o bambambã, é ele que põe comida na mesa. E Nietzsche seria o filho rebelde e revoltado, que acha que o mundo é contra ele, usa jaqueta de couro e se tranca no quarto para ouvir rock no último volume, incomodando a casa inteira. Daí a mãe Hannah gritaria: "Frederico! Abaixa essa música, seu traste!".

– Imagina! – continuou Sauro, de súbito. – Imagina só o momento típico em que pai e filho têm aquelas conversas sérias. O desabafo definitivo. Nietzsche, garoto rebelde, começa a desabafar, a chorar e dizer que ninguém o entende. Ele, com espinhas e aquele bigode juvenil começando a crescer graças à puberdade! Então, o pai Schopenhauer olha com aquele olhar neutro e diz: "*Filho, não seja bobo! Você só precisa de uma foda! Cala a boca e arranja uma namorada, vai!*".

Sauro começou a rir, mas rir até deixar algumas lágrimas caírem. Eu ri para não ficar para trás, mas de fato eu não entendia bem qual era a brincadeira que ele estava fazendo. Continuei olhando os livros e algumas revistas, até que Sauro me mandou fechar os olhos. Não obedeci e me virei, ele estava com uma caixinha preta nas mãos.

– Mas que estraga-prazer, hein?! – disse ele.

– O que é isso?

– Só um presentinho.

Fiquei com medo de alguma coisa pular em minha cara quando abrisse a caixinha, mas quando tomei coragem para olhar, vi que era um relógio.

– Bem-vindo a bordo – disse Sauro. – Esse é o relógio da morte. Não da *morte* ainda, mas vai ser.

– É com isso aqui que eu vou trabalhar? – perguntei, colocando-o no meu pulso esquerdo. – Funciona?

– Ainda não. Por enquanto, ele é só um relógio comum.

– E o que eu faço agora?

– Você precisa preencher o formulário primeiro, dizer quais são os objetos que serão a sua foice, receber três carimbos para poder ser aceito e começar a trabalhar. Só aí o seu relógio será ativado.

– Foice?

– Foice é um termo popular entre nós, mas a designação certa é C.A.O (Carimbo de Autenticidade de Óbito). Os CAOs são objetos, como você já sabe, que têm a função de informar ao nosso setor quem morreu ou não. É dever meu, o patrono, lhe providenciar um objeto comum qualquer para ser a sua foice por cortesia. Pode ser qualquer um, como um relógio, um caderno, um celular, alguns optam até pela própria pele. Eu gosto de ter um relógio e uma caderneta, mas aí é da sua preferência.

– Por que você não me deu um celular novo?! – perguntei.

– Esse relógio usado não machuca tanto o meu bolso – Sauro riu.

– Então, só depois de todo esse negócio de formulário que esse relógio me será útil?

– Funcionará perfeitamente.

Era um relógio simples, pequeno e velho. Nada de especial.

– Foi o primeiro relógio que eu tive – disse Sauro. – Faça bom proveito.

– Primeiro? Quer dizer que eu posso ter outro?

– Pode, mas tem que preencher toda a papelada.

Toda essa história de papelada já estava me dando dor de cabeça. Deitei na cama e fiquei à mercê de devaneios sobre o meu futuro. Deixei escapar por entre os meus dedos todo o objetivo daquilo ali. Simplesmente desapareceu, fiquei perdido de novo. Fiquei observando Sauro brincar com a sua bolinha azul, *tacando* na parede e pegando de novo repetidas vezes. Conversamos por um tempo, cada conversa gerava uma nova, depois mais uma totalmente diferente da outra. Acredito que isso seja normal em uma roda de amigos, mas me desculpem, leitores, eu não sei bem como é. De repente, Sauro parou e virou-se para mim.

– Ei, quer ver quem são os flibusteiros?

Esperei que ele dissesse: "Vai ficar querendo". Mas ele falava a verdade e com um brilho nos olhos. Ele se levantou e foi até um pequeno baú escondido atrás de um pôster que funcionava como uma cortina. Era um pôster da banda Os Prodígios Pródigos.

Sauro retirou uma pequena fotografia de lá e me mostrou com muito orgulho.

– Esses éramos nós há muito tempo.

Na foto, se via um grupo de cinco amigos se abraçando e sorrindo. Sauro e Gaspar estavam bem mais jovens, tanto que Gaspar ainda estava com a barba rala. O homem que parecia mais velho bebia uma garrafa de cerveja, despreocupado com a foto. Outro sorria e tinha um violão nas costas. E havia, também, uma menina muito linda que Sauro beijava na bochecha. Pela cara dela, ela não aprovava.

– Eram bons tempos – suspirou Sauro.

– Imagino. Vocês parecem bem felizes – comentei.

– É, mas o tempo passa e as pessoas crescem.

Sauro estava hipnotizado pela foto, devia estar sentindo uma enorme nostalgia.

– Muito bem, mas que horas são? – perguntou ele.

Olhei no meu relógio que ganhei de presente, ele marcava meia-noite.

– Ok – disse Sauro. – Sua entrada já é permitida, novato. A primeira vez só depois da meia-noite. Se prepare, Brian, vou te ensinar como chegar ao nosso setor.

Prestei atenção ao que Sauro disse. Pela primeira vez o levei a sério, a curiosidade estava me matando.

– Primeiro – disse ele –, deite-se para dormir com a barriga para cima e com as mãos juntas sobre o abdômen.

Fiz como ele ordenou.

– Mantenha sua mente livre de qualquer distração, deixe-a apenas vagar.

Não foi tão difícil assim, já me sentia um monge *shaolin*.

– Repita comigo: "Agora descanso para outro andar, até que o sol da manhã me arraste pelo pé de toda transcendência. Que eu nunca me perca nos sonhos, muito menos no mundo real. Entre o escuro de nossas mentes uma ponte, trabalho como tijolo, sou transeunte e só peço passagem."

Repeti o que ele disse.

– E eu gosto de chupeta – disse Sauro.

– Engraçadinho como sempre – disse para ele, fazendo pouco caso.

– Relaxa, cara. Só isso, mantenha a postura, a mente calma e, por fim, durma. E pronto, estará no nosso setor.

– O quê? Só isso? – perguntei, um pouco abismado. – Só dizer isso? Eu não tenho que fazer nenhum ritual secreto? Jogar cartas? Não tenho que fazer nenhuma tarefa sobrenatural, como capturar um espírito perdido ou um duende? Não tenho que fazer uma fogueira, *tacar* um pó mágico e tocar flauta?

Sauro gargalhou com muito gosto, lágrimas tímidas saíam de seus olhos.

– Que baboseira é essa de ritual? Tá achando que nós somos alienados? – perguntou ele. – Você me mata de rir, cara! Ai, místicos bobos... Não sabem nem da metade.

Sauro enxugou o rosto.

– Pode parecer besteira, mas é justamente isso – continuou Sauro. – Esse é o monólogo secreto que foi passado de geração em geração, nunca foi registrado em nenhum papel, sobrevive apenas de boca em boca. Nada mais é do que uma coordenada, latitude e longitude. Qualquer pessoa normal seria capaz de viajar até o nosso setor caso soubesse as palavras certas, por isso mantenha-as em segredo.

– Então, é só dizer as palavras e dormir? – perguntei.

– Sim, fácil assim. Sabe, esse é o monólogo que foi ensinado a nós. Fico imaginando se existem outros monólogos que nos levem a andares diferentes, ou setores diferentes... Seria muito legal. Mas então, boa noite. Eu te encontro lá.

Sauro deitou em seu colchão e citou o monólogo que havia acabado de mencionar. Fiz de tudo para dormir rápido, mas Sauro foi mais rápido no gatilho, já estava roncando. Permiti minha mente vagar uma vez na vida, uma folga. Fiquei despreocupado, o que é justo para quem quer dormir. Lembrei da época tranquila em que eu vivia com minha mãe, em que parecia que todos na vida tomavam um rumo, todos. Fechei os olhos e dormi.

8

Sete capítulos a menos

Senti meus olhos arderem, tentei protegê-los com a mão, mas mal conseguia deixá-los abertos, e não fazia ideia de onde estava. Eram muitas vozes, muito barulho, passos e sinos. Tentava olhar para frente, mas via apenas linhas e contornos de coisas, aparentemente sem definição. Estava muito claro, claro demais. Tontura e enjoo eram as únicas coisas que eu sabia definir. Não sabia onde estavam os meus pés, nem sabia se estava deitado, sentado, em pé ou de cabeça para baixo.

– Ah, aí está você. Demorou, hein?! – Ouvi uma voz me dizer. – Vai demorar um pouco para você se acostumar.

Depois que o estado de dopado passou, as coisas começaram a parecer mais familiares aos meus olhos. Vi-me sentado em uma cadeira azul, em uma fila enorme de várias outras cadeiras azuis que estavam espalhadas por um longo corredor. Não havia luzes no teto nem janelas nas paredes, porém o lugar era de uma claridade de machucar os olhos. Pessoas dos mais variados tipos e formas estavam ali sentadas, algumas com papéis na mão, outras em alguns balcões preenchendo papéis amarelos, azuis ou vermelhos. Nenhum branco, ainda bem, porque já estava enjoado de tanto branco! Aquele lugar mais se parecia com uma feira. Existiam vários caixas com atendentes vestidos de azul, alguns poucos vestidos de preto. Eram para diferentes situações, suponho.

– Esta é a Seção Um do Quarto Andar – disse uma voz ao meu lado. Eu me virei e percebi Sauro com as pernas na cadeira da frente. – É a seção de atendimento ao cliente. O que acha?

– É branco… – respondi com a boca dormente.

– É – Sauro riu. – Meio sem sal, não é? De vez em quando eles enfeitam para o Natal. Mas vamos, não quero demorar aqui.

Tive dificuldades em levantar, mas cambaleando pude segui-lo. Quando dei por mim, eu estava usando terno e gravata, Sauro também, aliás, todos estavam. Fomos até um balcão com vários formulários, Sauro pegou o azul, suspirou e começou a escrever. Sauro me disse para pegar os papéis amarelos, pois esses eram para iniciantes. Tais formulários permitiam a minha passagem para a Seção Dois. Preenchi todas as exigências descritas no papel: nome, assinatura, idade, ocupação, *causa mortis*, objetivo em ir ao segundo setor, familiares, estado civil, nacionalidade e outros mais. Enquanto preenchíamos os formulários, nos deparamos com uma figura conhecida. Ícaro veio ao nosso encontro.

– E aí, cara! Quase não reconheci você sem a fratura exposta na cabeça – disse Sauro. – Achava você mais bonito antes.

De fato, Ícaro não estava mais com a língua cortada, nem parecia machucado. Como se tivesse passado em um lava jato de desenho animado e saído todo "consertado". Ícaro deu um sorrisinho forçado para Sauro e para mim. Não falou nada.

– Vem cá – chamou Sauro. – Preciso da sua assinatura para te encaminhar ao segundo setor. Neste papel preto, e não se esqueça de usar a caneta branca!

No fim, tivemos de sair com cinco formulários diferentes. Mas essa não era a pior parte, a pior parte era ter que pegar a fila para o caixa sete. Não havia relógios, então era impossível saber quanto tempo nós perdemos ali. A minha distração foi ouvir os sinos e as reclamações de alguns indianos.

– Moço! Moço! Gostaria de reencarnar como uma vaca, por favor!

– Tá me achando com cara de garçom?! – respondeu a Morte que o acompanhava.

Sei muito bem o que devem estar se perguntando. E a resposta é: não sei! Eu não sei como eu pude entender o dialeto dos dois, mas ali todos falavam a minha língua, e talvez eu falasse a língua de todos. Na morte não existem línguas, na morte, leitores, não existem nacionalidades, não existem hierarquias, não existem economias. Por incrível que pareça, ainda existe cultura, devo admitir.

– Próximo! – chamavam diferentes atendentes em um vasto corredor, com enormes filas de pessoas das mais bizarras que eu já vi.

Eram vozes tão neutras que chegavam a torturar a sua mente depois de um tempo. Puxa! Demonstre alguma expressão ou emoção enquanto fala! Faz bem, às vezes!

Uma mulher trajando um longo vestido preto deixou cair vários formulários e teve de catar um a um. Um pouco desajeitada, deixava cair, sem querer, alguns formulários de novo.

– Dá pra apressar aí, minha filha?! – gritou Sauro do fim da fila.

Finalmente chegou a nossa vez. Nós nos deparamos com uma mulher de óculos, com maquiagem e batom fortes. Suas bochechas eram um pouco caídas pelo passar do tempo. Seus loiros cabelos estavam um pouco desbotados e amarrados para trás. Seus seios eram enormes, quase saíam de sua camisa preta. Preto também era a cor de suas unhas grandes, além de combinar com o uniforme, tenho certeza que era para esquecer o branco daquele lugar. Em seu crachá lia-se: "Oi, eu sou Ivanilda". Tanto a foto quanto a pessoa não demonstravam nenhum tipo de sentimento, talvez tédio.

– Posso ajudar? – perguntou Ivanilda.

– Oi, Ivanilda, minha querida! – disse Sauro. – Como vai a vida? Trabalhando? Você está fazendo alguma dieta? Tá esbelta, mais jovem e bonita.

A mulher revirou os olhos.

– Já faz tempo que um homem não me chama de querida – disse Ivanilda. – Ainda mais um garanhão como você, Sauro.

– Aposto que muitos ceifadores mais jovens e bonitos do que eu aparecem para você todos os dias, e todos eles ficam dando em cima de você.

– Ah, pode apostar que sim – disse Ivanilda, rindo. – Ainda consigo enfeitiçar malandros como você, Sauro.

Ivanilda e Sauro se olharam e combinaram as suas risadas.

– Ai, bobagens... – disse Ivanilda.

– Se você não tivesse que trabalhar – Sauro piscou. – E se fosse viva, é claro... Não perdoava, não.

– Lembre-se, pode ver, mas não pode tocar, seu cachorrinho.

Sauro latiu. E eu quase vomitei.

– Ei, para de enrolar aí na frente! – berrou uma voz no fim da fila. – Todo mundo tem que trabalhar aqui!

– Para de reclamar, aposto que fora deste lugar você nem tem vida mesmo! – respondeu Sauro.

Não houve objeção pela parte de trás da fila.

– O que você quer desta vez, Sauro? – perguntou Ivanilda. – Quer permissão para conseguir férias pela quarta vez este ano?

– Não, deixa para a semana que vem. Eu quero permissão para ir à Seção Dois. Tenho que recolher uma assinatura do meu mandatário pra esse passarinho aqui.

Ícaro abaixou a cabeça.

– Ah, é! – continuou Sauro. – Tenho que mostrar como funcionam as coisas para o novato. Ivanilda, quero que conheça Brian, quero tratamento especial para ele. Ele é meu garotinho.

– Carne nova – disse Ivanilda, me olhando de cima a baixo. – Pode deixar que eu sei muito bem como cuidar de novatos. É minha especialidade!

Ficou quente de repente.

Ivanilda preencheu nossos formulários, carimbou três vezes com vários carimbos com tintas diferentes e entregou a Sauro.

– Pronto – disse ela –, resolvido. Você já sabe qual é a porta, Sauro.

– Valeu, minha flor, obrigado por tudo – despediu-se Sauro.

– A gente se vê mais tarde, bebê – disse ela, piscando os olhos para mim.

Engasguei um pouco quando fui me despedir, mas acho que ela me entendeu. Atravessamos o corredor e passamos ao lado de várias portas, até que encontramos a porta da Seção Dois do Quarto Andar. Havia um buraco na parede ao lado, em cima estava escrito: *Formulários*. Sauro pôs o primeiro formulário e esperou a luz verde acender, depois colocou o segundo.

– Sauro, o que foi aquilo lá atrás? – perguntei a ele. – Você tem um gosto bem interessante por mulheres.

Sauro riu.

– Aquilo, meu amigo, é simplesmente uma troca de favores – disse ele, colocando o terceiro formulário. – Eu já disse, o nosso trabalho pode ser muito chato e monótono na maior parte do tempo. A gente só tenta se divertir como pode. Sabe, é até cruel ficarmos presos distantes de algumas pessoas.

A porta se abriu. Eu achava que *andar* era uma gíria qualquer para designar o local, mas não. Era exatamente um andar de um prédio, um andar enorme! Havia várias colunas, fileiras de cubículos com gente dentro atendendo ao telefone ou digitando em computadores. Outros atravessavam os corredores com muita pressa levando pastas nas mãos. O local se movia, era uma baderna! Segui Sauro, e Ícaro nos seguiu. Reparei que não havia vista no lado de fora das janelas, era tudo branco! Coloca uma cortina nessa droga!

Passamos por uma placa na qual se lia: *Quarto Andar*.

– Por que este é o Quarto Andar? – perguntei a Sauro.

– Não sei – disse ele. – É o que nos diz respeito. Todos são Quarto Andar.

– Como assim?

– Existem diferentes seções, mas todas ficam no quarto andar.

– Mas como sabem que este é mesmo o Quarto Andar? Tem mais?

– Nenhum de nós sabe. Simplesmente é o que está escrito.

Sauro nos forçou a parar a caminhada.

– Veja só – disse ele, apontando para um elevador. – Existe elevador.

Ele apertou o botão repetidas vezes, mas nada aconteceu.

– Mas não funciona! – disse ele, com um sorrisinho maníaco.

Ele apontou para o lado de fora.

– Existem janelas, mas não tem paisagem! Não há Sol e não há Lua!

Realmente, era angustiante olhar para uma janela e não ver nada. Pra que elas existem, então?

– Venha – disse ele me puxando pelo braço.

Fomos até o outro lado do elevador e vimos umas escadas de subir e descer.

– Tem escadas, mas não levam a lugar nenhum! – disse Sauro.

A escada que subia parava no teto plano, ficava pela metade. A que descia, também, só que, óbvio, para baixo.

– É simplesmente insano! – disse ele, enfim.

Cubículos e mais cubículos. Eram grandes e espaçosos. Tinham camas, TVs e frigobar. Só que não havia saída, eram lacrados por um vidro. Alguns dentro de tais cubículos não aparentavam ser mais do que bonecos bem vestidos com gravatas. Todos tinham fones de ouvido com microfone, pareciam mais como antenas. Sentados na frente do computador, não piscavam, seus olhos eram espelhos do reflexo da tela. Não respiravam, deixavam saliva escorrer por suas bocas abertas. A única parte com vida em seus corpos eram os dedos, que não paravam de digitar.

– Cruel, não é? – disse Sauro.

– Eles estão presos? – perguntei.

– Quase. Eles trocam turnos, têm suas horas de folga, por isso o "quase".

– O que eles fazem na folga?

– Conversam, vão na cozinha comer alguma coisa, viajam entre as seções, assistem TV, leem revistas, trabalham. Inventam alguma coisa para passar o tempo. Comer é um bom passatempo aqui, até porque ninguém sente fome, é só por prazer mesmo. Aqui ninguém dorme, ninguém se cansa fisicamente. Talvez fiquem estressados, ou com dores de cabeça. Isso acontece muitas vezes, até porque o que é este lugar além de um grande espaço de um cérebro dividido por todos? O corpo não é nada neste lugar.

Chegamos ao cubículo de um homem com cabelos grandes escondidos embaixo de um boné, tatuagem de fogo no pescoço, barba mal feita e que não parava de cantarolar baixinho e digitar no teclado do computador.

– Como vai essa força, Ted? – perguntou Sauro.

O homem pareceu surpreso.

– Sauro, meu camarada! Há quanto tempo! Você nunca mais veio aqui. Fiquei sabendo que fica tirando férias até quando sente dor de barriga – zombou Ted. – Você não é muito de se meter em problemas... O que foi?

– Esse cara aqui – disse Sauro, entregando o formulário de Ícaro –, ele está um pouco atrasado, preciso da sua assinatura para me livrar dele de uma vez.

– Ah, claro. Só assim pra você aparecer por estas bandas. Espere um pouco.

Ted pegou o formulário de Ícaro, deu uma olhada e fez uma busca no computador.

– Morreu ontem... – resmungou ele.

Ted abriu uma pasta no computador, que mostrou a ficha completa de Ícaro. Tinha a foto do documento, o título de eleitor, convênio de saúde e tudo o mais.

Ted começou a ler o formulário.

– *Causa mortis*, motivo do atraso, filha – murmurou ele, se apressando em digitar na ficha de Ícaro.

Depois ele apertou *Enter*, e um papel começou a ser impresso. Carimbou mais três vezes com diferentes cores de tintas e entregou a Sauro.

– Tá aqui – disse Ted. – Porta 2.

– Valeu, cara – disse Sauro. – Vem comigo, passarinho.

Ted voltou a cantar a sua música. Atravessamos todas as esquinas de cubículos e nos deparamos com a tal Porta 2. Sauro entregou o papel na mão de Ícaro e se despediu. Ícaro foi com pequenos passos nervosos até a porta, não havia maçaneta.

– O que eu faço? – perguntou Ícaro.

– Atravessa com o papel na mão – respondeu Sauro. – Vai por mim, você não vai bater a testa. Só não deixa cair essa passagem, por favor, senão a gente vai ter que fazer todo o processo de novo!

Ele ficou imóvel por um instante, pôs a mão na porta e ela atravessou como se fosse uma ilusão. Ele se virou para nós, pediu desculpas por ter atrapalhado Sauro, mas Sauro não estava zangado com ele, acenou para nós, tomou fôlego e passou pela porta. Fiquei estático, não consegui entender o que estava acontecendo. Ainda bem que não estava no mundo real, porque talvez eu tivesse uma dor de cabeça danada...

– Sauro – chamei –, o que é essa porta?

– Uma porta, ué! – disse ele.

– O que tem depois dela? Céu? Inferno?

– Não sei, existem duas portas aqui – disse Sauro, voltando sua atenção para mim. – Existe a Porta 1 e a Porta 2, e não só isso. Existem classificações A e B para cada formulário final impresso. Não me pergunte quem decide a porta, quem decide quem é A, quem é B. Simplesmente é assim.

– Tá. Qual é a boa? Qual é a ruim?

– As portas não têm diferença entre si, Brian.

– Como assim?

– A única coisa que difere as portas é quem passa por elas. Pessoas boas entram por uma porta, pessoas ruins entram por outra. São eles que constroem o seu mundo a partir daí. Quem sabe o que tem depois? Pode haver cidades, países, empregos, escolas, governos, famílias, como também armas, guerras e ditadura. Por uma porta entra gente sábia, gente que viveu com paz no coração, gente que amou; na outra, entra gente que não sabia o que era viver, psicopatas, assassinos, bandidos e todo o resto. Depois dessas portas, eles têm que se virar. Talvez seja uma grande cidade separada por um muro enorme, com diferentes economias, diferentes bairros, regiões marginalizadas e outra com grande índice de desenvolvimento.

Sauro suspirou.

– Mas isso são apenas suposições – disse ele, dando fim à conversa.

Sauro abriu uma pasta, a ficha dentro dela era minha.

– O que está fazendo?

– Estou vendo qual é o seu mandatário – disse ele. – Vamos, é por aqui.

Depois de passarmos por vários cubículos, finalmente paramos em um de número 0,32/9. Dentro desse cubículo estava uma mulher jovem, ruiva, de cabelos longos e bem "rebeldes", digamos assim. Tinha um pouco de sardas em seu nariz, e seu sorriso era como a luz do Sol, brilhava em todos os olhares. Sua postura era de menina delicada e tímida, um pouco insegura. Usava um vestido longo preto (uniforme, né?), e era baixa, uma pequena mulher. Mas sua voz, quando ela perguntou "posso ajudar?" foi o grande golpe! Era a maldita voz em minha cabeça.

– Quem é você?! – gritei, colocando minhas mãos no vidro.

A mulher pulou pra trás na cadeira com o susto. Ela ficou um pouco distante e desconfiada e, com uma voz trêmula, disse:

– Bem... eu sou Kate.

– Calma aí, garotão, você vai assustar a donzela – disse Sauro, me puxando para trás.

– É ela que invadiu a minha mente – respondi.

– Ah, quanto a isso... esse é o trabalho dela!

– O quê? Ela sabe o que eu penso? – perguntei.

– Não, ela só sabe quando você está machucado ou perdido.

Encarei a mulher.

– Isso mesmo. Você deve ser o Brian – disse ela. – Desculpa, mas esse é o meu trabalho. Estarei sempre lá quando você precisar.

Fiquei ainda mais confuso. Aquela mulher tinha um lindo sorriso, não demonstrava nenhuma intenção maligna.

– Veja, Brian, isso aqui é um grande *call center*! – riu Sauro. – Ela será a tua ajudante, será a sua "voz da razão". Significa que, sempre que você demonstrar alguma alteração psicológica, ela entra em cena como a sua terapeuta. Ela será o teu calmante.

– Estou sempre pronta para ajudar – disse Kate, agora com um sorriso inocente, aquela voz doce e delicada que ecoou em minha cabeça anteriormente. – Estou pronta para ouvi-lo e conversar sempre que precisar. Escolho seu nome na lista, depois aperto o botão do telefone e pronto. Conexão direta com o seu cérebro.

E não tinha que pagar operadora, leitores!

– Ah, sim – disse Sauro –, ela é o seu mandatário.

– O que é isso? – perguntei.

– Significa... – continuou Kate, sorrindo como se eu fosse um amigo de muito tempo; parecia até que eu não tinha sido grosseiro com ela – que eu sou responsável por enviar as probabilidades, nomes e locais das pessoas das quais você precisa confirmar a morte. Quando você confirmar, uma mensagem aparece no meu computador, daí para frente eu só finalizo a papelada e pronto. Todos ficam felizes.

Trabalho terceirizado...

– E quem manda esses nomes pra você? – perguntei.

– Olha... Sabe que eu não sei? – disse ela com um rostinho meigo característico. – Eu só envio pra você o que aparece.

– Entendo – respondi. – Desculpe-me ter gritado com você.

– Não, tudo bem. Isso acontece. Depois de tantos anos, eu nem me importo mais.

Anos? Essa menina não parecia ter mais de vinte!

– Há quanto tempo você está aqui? – Me atrevi a perguntar.

– Uns duzentos e quarenta, por aí.

Ela continuava sorrindo. Era a primeira mulher que conheci que admitia ser velha e ainda demonstrava satisfação. Não havia com o que se preocupar mesmo, ela continuava nova, bonita, com energia. Duzentos anos e ainda com tudo em cima. Olhei perplexo para Sauro.

– As pessoas não envelhecem aqui?

– Não – disse ela com muito gosto, parecendo uma criancinha.

– Você morreu e ficou aqui? Por que não passou pela porta?

– Não quis. Bem, pra falar a verdade, tenho medo do que tem depois. Eu não sei qual porta eu vou entrar. Então, preferi ficar aqui e viver o sonho de muitos: viver para sempre.

Kate suspirou. A estrutura do seu corpo parecia que ia desmoronar quando ela baixou a cabeça, tinha uma postura muito frágil. Ela seria como uma bola de vidro rara, à primeira vista você gostaria de tê-la nos braços com muito cuidado, para ter certeza de que ela não iria cair e quebrar. Eu teria cuidado até com a minha respiração perto dela.

– Mas eu sei que, um dia, isso vai acabar – continuou ela, depois que tomou coragem. – Não podemos ficar aqui "para sempre", chega um dia em que você é convocado e terá que aceitar o destino. Mas, até lá, eu vou me divertindo com vocês.

Sauro não compartilhava da mesma alegria de Kate.

– Mas... continuando – disse Sauro. – Senhorita Kate, viemos aqui para que você pudesse assinar o termo de responsabilidade pelo Brian e enfim colocá-lo em nossa corporação. Ah, claro, ele tem que escolher o meio de contato, a foice.

– Ah, sim, com muito prazer – disse ela, pegando os papéis de Sauro pelo buraco no vidro. – Vejamos aqui.

Ela leu, assinou o papel, puxou a minha ficha em seu computador e preencheu algumas lacunas.

– O que vai ser? – perguntou ela sorrindo para mim.

– O que vai ser o quê?

– O que vai ser a sua foice, seu bobo – disse ela.

– Meu relógio.

– Onde ele está?

– No meu pulso esquerdo.

Ela começou a digitar algumas coisas mais em minha ficha técnica.

– Como gostaria de receber as suas mensagens? – perguntou Kate.

Eu, instintivamente, diria meu celular, mas lembrei que Sauro o havia enterrado.

– Posso escolher a minha pele, você disse? – perguntei para Sauro.

– Sim – confirmou. – Ninguém vivo pode enxergar a escrita mesmo. Só os mortos.

– Isso dói?

– Não sei.

Voltei-me para a doce Kate.

– Terá de ser o meu braço direito – afirmei com um orgulho desconhecido.

Ela preencheu mais algumas lacunas, depois apertou *Enter*, imprimiu um documento, assinou e carimbou três benditas vezes com cores diferentes! Depois, pediu para que eu e Sauro assinássemos.

– Ok – disse ela –, está feito! Seja bem-vindo, Brian, será um prazer trabalhar com você. Apareça mais vezes por aí.

– Tenho certeza que vou, ainda estou perdido nessa história toda.

Kate soltou um risinho tímido.

– Então, está bem – disse ela.

Ela me entregou um contrato para eu assinar. Nele, estavam contidos todos os meus deveres, o que não era nenhuma novidade para mim. Sauro e Gaspar já me haviam contado tudo; como, por exemplo, não interferir nas mortes. Mas alguns detalhes me chamaram a atenção. Estava escrito:

1. À Morte só cabe o trabalho de registrar os óbitos, nunca interferir.
2. Para trabalhar é preciso ter, no mínimo, 18 anos e, no máximo, 900.
3. As Mortes são responsáveis por seus clientes após o óbito.
4. A Morte não pode ser levada ao mundo dos vivos; quanto mais os vivos se aproximam do Quarto Andar, mais o Quarto Andar se distancia.
5. Aqueles que tentarem informar os vivos sobre a empresa serão convidados a se aposentar.
6. A Morte pode convocar ao serviço recém-mortos durante o período em que a alma permanece no corpo e no mundo vivo, pois uma vez no Quarto Andar, não é possível retornar. (Período de uma hora).
7. Os patronos são responsáveis por seus estagiários pelo período de um mês.
8. Corpos muito dilacerados não podem ser recrutados.
9. Almas penadas têm uma tendência a encontrarem seus emissários.
10. Caso o agente da empresa não faça as suas inscrições de óbito devidamente, este será convidado a fazer trabalho extra no Quarto Andar após a sua morte de fato.
11. É proibido trazer animais ao Quarto Andar.
12. A empresa não se responsabiliza por casos de depressão, insônia, perda de membros, da vida, do apetite sexual e vício em café. Também não oferecemos plano de saúde ou funerário.
13. Os serviços no Quarto Andar só estarão acabados quando todos os clientes forem devidamente atendidos.

– Antigamente, esses termos incluíam "não falar sobre o clube da luta". Mas eles acabaram tirando – brincou Sauro.

"Corpos muito dilacerados não podem ser recrutados", "almas penadas têm uma tendência a encontrarem seus emissários", "a Morte não pode ser levada ao mundo dos vivos; quanto mais os vivos se aproximam do Quarto Andar, mais o Quarto Andar se distancia". Pensei sobre esses aspectos e assinei sem nenhum remorso, por enquanto. Então, me lembrei da questão primordial que me levara ali.

– Moça – chamei Kate –, você pode pesquisar aí no seu computador quem foi o emissário que confirmou a morte de Eva Álvares Copolla? *Causa mortis*: facada.

– Qual é, Brian? Você ainda não tirou isso da cabeça? – perguntou Sauro. – Deixa isso pra lá, vamos embora.

– Não, Sauro – respondi com firmeza. – Esse desgraçado só ficou olhando minha mãe morrer, nem sequer tentou ajudar ou me dar uma dica antes. Ele está perambulando por aí, feliz da vida, e nem sabe a dor que causou em mim. Como um cara só destruiu a minha vida? Ele tem que saber disso. Ele tem que saber que é um miserável!

– Esse é o nosso trabalho!

– Dane-se o trabalho! Essa é a única razão para eu estar aqui. Se eu não posso ver minha mãe, esse cara tem que receber o que merece!

– Vingança não vai te levar a nada.

– Não vem com esse papo.

– Está bem, não falo mais nada – disse Sauro, emburrado.

Olhei para Kate com uma feição séria de "anda logo que eu não tô pra conversa", que eu não pude evitar. Minha face estava quente, sentia o sangue pulsar nos vasos do meu rosto e cérebro. Era raiva, eu me sentia poderoso. Eu gostava...

– É... Desculpa, Brian – disse Kate, com uma risadinha forçada. – Eu não posso fazer isso. As informações não podem ser reveladas, a não ser que apresente uma justa causa. Mesmo assim, só ficará disponível o nome da pessoa e a data, a *causa mortis* é totalmente secreta.

Ela corou e se afastou um pouco para trás.

– Mas, pensando bem – disse ela –, acho que posso inventar uma justa causa decente. Posso dizer que houve um erro e que a alma está perdida ainda, que preciso saber qual alma é. Talvez eu consiga alguma informação.

– Faria isso por mim, Kate? – perguntei, com a voz mais pedinte do mundo, feito uma criança que recebe a notícia de que alguém vai fazer a tarefa da escola por ela. – Você é demais, Kate.

Ela corou ainda mais.

– Eu tento ser útil como posso. Vou fazer um requerimento e, a qualquer informação nova, eu entro em contato como você, está bem? – Ela sorriu inocentemente.

– Perfeito – sorri malignamente.

Sauro não parecia muito contente.

Eu me despedi e me desculpei mais uma vez pela minha falta de educação. Sauro, por sua vez, entregou minhas fichas para um sujeito que ia passando com um carrinho cheio de outras pastas. O sujeito não ficou muito feliz.

– Parabéns, amanhã você trabalha! – disse Sauro.

– Pois é – foi a única resposta que consegui formular.

– Dá para acreditar? Esses loucos estão há duzentos anos presos aqui dentro!

– Ué, eles encontraram uma maneira de viver mais um pouco.

– Viver? Encontraram outra maneira de serem escravos, isso sim. Olhe para eles, Brian!

Meus olhos vagaram por toda a extensão do andar. Todas aquelas fileiras de cubículos, pessoas imóveis dentro de um vidro. Ao seu lado, café ou refrigerante diet, e uma TV ligada no canal das notícias do mundo real. Nos corredores havia muito movimento, porém o local era silencioso. Os cubículos eram isolantes por natureza, era impossível ver os vizinhos. Todos ficavam no seu espaço, fazendo o que tinham de fazer, mas ninguém, aparentemente, sabia a razão. Só faziam. Havia várias regalias nos cubículos, assim como no meu apartamento, também tinha cama, mas eu não diria que estava vivo.

– Estão tão confortáveis, presos em cubículos e se achando donos de seus mundos. Acham que são importantes e que há sentido nisso tudo. Mas o mundo está lá fora! Eles morreram e nunca mais poderão voltar a ver o mundo. Talvez fiquem aqui assistindo TV para sentirem nostalgia de como era a vida lá. Não é um pouco familiar? Bem, para eles só restam dúvidas, como a vida poderia ter sido e o que vão fazer depois da porta. E ainda preferem ficar no meio-termo. Aqui, eles acharam um refúgio para se esconder, sem dor, medo e ansiedade. Esqueceram da amizade, dos dias e das noites. Esqueceram do amor! Aqui dentro, ninguém se importa com ninguém, desde que cada um faça a sua parte. Esqueceram que tiveram vida e que já foram seres humanos.

Um menino de dez anos passou por nós como se estivesse atrasado. Nem sequer se importou com a nossa presença, ficava olhando de um lado para o outro. Parecia um cão perdido farejando o cheiro de comida. Uma criança, com calça social e sapatos.

– Tudo o que fazem é assistir na TV coisas do mundo que eles perderam, fingindo que não fizeram parte dele – continuou Sauro. – Afinal, é isso que fazem as pessoas que querem esquecer suas vidas.

Minha reflexão foi subitamente interrompida por uma dúvida. Caiu a ficha.

– Como eu faço pra sair daqui agora? – perguntei a Sauro.

– Pensei que não ia perguntar nunca! Simples, feche os olhos e repita o monólogo.

Fechei os olhos e, quase como teletransporte, quase como se meu corpo simplesmente virasse consciência, voltei a sonhar. Uma união, uma sincronia perfeita.

9

Capítulo livre

De fato, esse é um capítulo livre, talvez o mais relevante para a sua leitura, eu me atrevo a dizer. Eu, pessoalmente, não gostaria de numerá-lo, quantificá-lo, gostaria de deixá-lo livre, deixá-lo ir embora através de suas mentes. Que ele se disperse, seja livre das linhas com que eu o prendo aqui. Uma lembrança que tome o caminho que quiser, procure a felicidade por aí, em outros ares, em outros olhos, em diferentes vivências e interpretações. E que, por favor, se afaste de mim!

Você, que lê agora, é mais dono dessa história do que eu. Lembre-se disso, eu sou só um relator. Desejo, com todas as forças, que esta seja mais útil para vocês do que é para mim.

Direto ao assunto, sair do Quarto Andar e voltar para o mundo real é bem simples e há duas maneiras para isso. Você só precisa se imaginar acordado e pronunciar o monólogo que você acordará normalmente em sua cama, ou onde você deixou seu corpo. Isso assusta na primeira vez. Só pra constar, seu cérebro não acostuma, não completamente, em viajar para lugares diferentes em um piscar de olhos. E existe uma segunda forma: se imaginar dormindo e repetir o monólogo. Da segunda forma, é um sentimento totalmente diferente. Enquanto a primeira dá a impressão de que você nunca esteve dormindo, a segunda dá a impressão de que tudo foi só um sonho. Você fecha os olhos e do Quarto Andar vai para os confins de sua mente. Em um momento você está ciente de todas as partes do seu corpo, dos seus sentidos, e no outro você está observando tudo através do seu subconsciente. Na verdade, é como uma troca de turnos, era a vez do "pequeno operário" Murf, brincar.

Depois que saí do Quarto Andar, comecei a sonhar. Estava sentado dentro de uma sala de aula bem cheia, vários alunos brincavam de aviõezinhos de papel, outros conversavam, a professora escrevia na lousa sem parar, e um cara sozinho, sentado nos fundos da sala, tirava um cochilo. Adivinhem quem é esse cara...

Se vocês pensaram que era eu, estão enganados. Na verdade, eu sou aquele cara na frente, em uma rodinha de amigos, entre duas meninas bonitas da escola, conversando e sorrindo de alguma piada que Cristóvão provavelmente disse. É, leitores, eu também já fui feliz. Aquilo era uma lembrança da minha antiga escola, de todos os meus colegas de classe, infelizmente não lembro o nome de todos. São muitos. Sabe, naquela época nossas mentes eram tão leves... Saboreei o momento. Caraca, estavam todos ali. Lembrava dos rostos de todos. Onde eles estariam? Será que eles têm uma vida melhor do que a minha?

O tempo parou e eu pude analisar meus amigos: Clarice, Joana e Cristóvão. O que aconteceu com todos os sonhos deles? Será que Joana conseguiu ser atriz? O que seria Clarice, se não tivesse seguido seu sonho de ser bióloga? E, finalmente, Cristóvão e sua música. Onde estão eles?

Analisei o restante da sala; vi João Pedro, o grande bagunceiro da turma, e o seu fiel escudeiro Odair. Eles estavam amarrando a bolsa do menino que dormia na sala em sua carteira, e capricharam no nó cego. Eu não podia ter me saído pior do que os dois. Eram os que tiravam as piores notas, já tinham sido reprovados, será que eles tiveram um futuro melhor do que o meu?

Eu tirava notas boas, copiava tudo na lousa, eu decorava tudo para a prova. Meu único consolo era que eu, com certeza, me daria melhor na vida do que os outros. Mas a professora nunca me falou que, se eu copiasse tudo, eu trabalharia no mercado. Não me disse que eu trabalharia até ficar velho e teria pouco tempo livre depois. Nunca disse que eu ia morrer! Mas não posso culpar os professores, afinal, muitos deles também eram como eu. Apenas copiavam. De alguma forma, eu deveria saber o que fazer quando a hora chegasse, mas veja só onde eu fui parar. Acho que aprendi muita teoria e não soube usar na prática.

Não era só uma lembrança de um dia comum na escola, era O Dia. De repente, eu estava revivendo aqueles bons tempos, entre Clarice e Joana, e todos nós tirando sarro de Cristóvão.

– Deixa de ser bobo – disse Clarice, rindo.

– Mas é verdade – afirmou Cristóvão, estufando o peito.

Joana deu um soco em seu peito, o que o fez tossir, mas ele não perdeu a pose, era exibido demais para isso. Eu sei por que estávamos zoando com ele, lembro que ele contava mais uma de suas mentiras superforçadas. Cristóvão acabara de contar que ele vinha de uma família negra de Nova Orleans, que estava fugindo da máfia, mas que era segredo e por isso ele tinha o dom da música. Afirmava ter o jazz no sangue.

Ele era um grande músico, sim. Na verdade, ele é aquele meu amigo que ficava tocando violão na árvore, lembram? Cristóvão gostava de inventar histórias de pescador, mas, pensando bem, acho que ele só gostava de ser o centro das atenções. Ele tinha mania de entrar em conversas nas quais não era chamado, falava sem parar. Quando ninguém dava atenção para ele, ficava meio emburrado, sentava no canto sozinho, bem infantil. Não demorava muito e lá estava ele contando mais histórias. Gostava, principalmente, quando as contava junto com seu violão, essa era a melhor parte. Todos nós éramos acostumados com isso.

– Todo mundo sabe que você nasceu naquela casinha caída lá na favela, seu preto! – disse Joana. Antes de qualquer coisa, quero lembrar-lhes que essas eram as piadas dos jovens entre amigos. – Para de se achar, Zé Mané.

– Está bem, se não querem acreditar… – disse Cristóvão, levantando os ombros.

Mesmo com todas as piadas, uma coisa não saía da minha cabeça. Nossa sala ficava no segundo andar, a visão da janela mostrava a saída da escola. Eu olhava com muito desejo e aflição, e nada. Ela estava atrasada.

– Um dia ainda vou ser rico, vou conhecer o mundo apenas com minhas músicas, vocês vão ver! Ainda vão se arrepender de tirar sarro da minha cara, quando eu me afastar de todos vocês. Vão sentir minha falta! – comentou Cristóvão.

– Você tem que deixar de se achar. Por que você não é humilde e bonzinho como o Brian Meteoro aqui? – disse Joana, segurando a minha mão carinhosamente, tentando chamar a minha atenção.

Era perigoso demonstrar igual interesse nela. Conheci Joana há muito tempo, mas depois que ganhamos o campeonato de futebol no ano passado, em que fui o artilheiro, dono do gol da salvação, ela, de repente, começou a se aproximar e falar comigo de forma carinhosa. Não eram raros os momentos em que ela me abraçava e apertava minha cara contra seus peitos enormes, eu juro que adorava esses momentos. Tive uma vida de glória depois da nossa vitória. Começaram a me chamar de meteoro, e a Joana, de astrônoma, só pra vocês terem uma noção de como todo mundo sabia que ela corria atrás de mim, e eu corria dela. Porém, era por uma causa nobre, ou eu achava que era.

Olhava pela janela e nada. Não sei, não conseguia me concentrar bem nas conversas dos meus amigos naquele dia, parecia que alguma coisa estava faltando. A primeira aula estava demorando demais para passar. Ela não veio hoje. Por que aquele dia estava diferente? Só por que ela não veio? Desde quando eu passei a sentir sua falta?

Joana e Clarice continuaram a zombar de Cristóvão para baixar a bola dele, o que me deu muito tempo para pensar. Até porque demorava muito pra abaixar a autoestima dele. Tomei coragem para refletir sobre meus sentimentos, fazia muito tempo que eu vinha protelando, que eu dizia a mim mesmo: "Apenas amigos e tudo bem. Sei lá, quem sabe mais tarde." Desde quando passei a me importar com Anja? Quando foi que passei a gostar de sua companhia? Estudava naquela escola desde sempre, e o dia em que Anja apareceu na escola pela primeira vez não foi grande coisa, nem os outros dias, e foi assim por um ano ou dois. Ela era de uma sala diferente da minha, então nunca me ocorreu de nos falarmos. Até que a tal ocasião, o "pretexto", finalmente aconteceu no bimestre passado.

A primeira vez que conversei com Anja foi no primeiro dia de aula. A diretora quis fazer uma reunião de boas-vindas com os alunos para apresentar propostas novas, que todos sabiam que eram mentira, e os novos professores. Eu estava na minha cadeira, sentado e ouvindo aquela palestra morta, sentindo tanto tédio que podia ter um derrame cerebral, caso fosse possível. Fiquei me perguntando se existia um curso para ser diretor, se existia alguma regra, porque eram todos iguais! Os diretores sempre têm voz macia, com o mesmo ritmo lerdo, escolhendo as palavras com muito cuidado, como se fossem robôs. Parece que o mundo inteiro está bem. Fazem uma cerimônia enorme por nada, engrandecem coisas tão vãs para protegerem seus empregos, mas quando aparece uma proposta digna eles recusam, pois envolve muito dinheiro, muita política e seus empregos. Soltam risadinhas sem graça, a expressão facial não muda, parece que estão no automático. Elogiam, prometem algumas coisas, usam e abusam do gerundismo. Cá entre nós, eu odeio quando as pessoas usam muito o gerúndio, justamente porque odeio o jeito de falar dos diretores, como se eles fossem pessoas formais o tempo todo. Como se isso demonstrasse que são cultos ou coisa do tipo. Quem eles estão tentando enganar? No primeiro momento em que eu escuto um "para podermos estar fazendo", eu já sinto vontade de vomitar. Sinto muito, leitores, mas odeio mesmo quem vive usando gerúndio. Para mim, isso só demonstra como os diretores são falsos.

Sentia que estava prestes a vomitar com todo aquele falatório monótono e sem objetivo, quando ela veio sentar ao meu lado. É até uma piada dizer que ela veio "sentar" ao meu lado, porque, na verdade, ela já veio em seu assento. Anja era cadeirante, se me lembro bem alguém a atropelou quando andava de bicicleta, deixando-a paraplégica. Eu até puxaria assunto com ela, mas ela estava com uma cara feia, parecia zangada, então me mantive quieto para não sofrer nenhuma consequência. Fiquei com a cabeça pendurada para trás, várias vezes bocejei. Até que:

– Esses diretores são todos iguais – disse ela, baixinho, simplesmente resmungando sozinha.

Acordei e virei para ela sorrindo.

– Sabe que eu estava pensando a mesma coisa? – falei.

– É. Deve ter uma fábrica de onde saem todos eles.

– Se existe, diga logo onde fica. Nós devíamos destruir essa fábrica, pelo bem da humanidade e pelo fim do gerundismo!

Ela olhou para mim, surpresa, e começou a gargalhar.

– Unidos contra o gerundismo desenfreado! – disse ela, erguendo a mão como se estivesse empunhando uma espada.

– Que esse vírus não se prolifere! – disse baixinho.

E esse foi o início de uma boa amizade. É um pouco estranho dizer isso, mas nos unimos por um ódio em comum – não sejam assim, leitores, não é saudável. Conversamos muito, falamos tudo o que queríamos falar, tudo que estava preso e que, finalmente, tínhamos com quem compartilhar. Amizade que, com o passar do tempo, foi mudando. Mas deveria? Será que eu devia ficar com ela? Ela não era a mais bonita da escola, nem mais bonita do que Clarice ou Joana. Anja era magrinha, branquinha, com os cabelos loiros mais chamativos que eu já vi, combinavam muito bem com seu narizinho pequeno e seus olhos grandes. Sua estrutura de corpo era frágil, ela não parecia ter muita força nem para se mover por aí na cadeira de rodas. Mas era uma mulher de personalidade forte, tinha uma autoestima e um amor próprio maiores do que os meus. Foram várias as vezes em que alunos tiraram sarro da cara dela porque ela não podia andar, e já vi até a derrubarem, mas ela nunca se abalava. Ela se defendia melhor do que qualquer um e ainda defendia os outros caso fosse necessário. Mas eu não podia namorá-la, ou podia? Tinha meninas bem mais bonitas a fim de mim, como Joana, então por que ela?

Anja tinha uma visão de mundo parecida com a minha, não tinha medo de falar com ela. Sempre que eu falava alguma coisa, eu sabia exatamente como ela ia reagir, pois ela sempre fazia o mesmo que eu. Sabia como ela pensava e o que me responderia. Ela também me entendia bem. Com Anja, eu não precisava me esforçar, não precisava fazer elogios forçados, jogar *migué* ou fingir que entendia o que ela falava. Ela também não, ela nunca foi falsa comigo. Nós gostávamos das mesmas coisas, então ficava fácil falar com ela naturalmente e, com o passar do tempo, me acostumei a ter a sua companhia. Quando ela começou a andar com a gente, passou a ser mais respeitada na escola, talvez tenha sido o meu maior presente para ela.

Quando ela ia embora, sentia como se faltasse um pedaço de mim, mesmo assim não acreditava que era amor, não podia ser. Mas quando as ideias surgem na nossa cabeça, elas tendem a crescer cada vez mais, até que não suportamos e acabamos mudando por completo. Foi assim o meu amor por Anja.

Naquele dia, eu pediria a ela para ser minha namorada. Eu olhava pela janela, e nada. Ela estava atrasada. Cristóvão me chamou a atenção para falar coisas desnecessárias, como o que ele viu antes de chegar na escola, como os pés dele pareciam ter crescido do dia para a noite, ou como tinha certeza de que o mundo era uma grande conspiração de grupos de velhos brancos e ricos para matar metade da população. Bem, Cristóvão adorava todas essas histórias de conspiração. Área 51, renegados de Orion, projeto Montauk, zumbis, Elvis-não-morreu e almas penadas. Tudo o que era estranho, incerto e conspirador fascinava aquele moleque.

O sino da segunda aula tocou, olhei pela janela e nada. Senti uma dor horrível. Fiz tantos planos, tinha finalmente me decidido e agora teria que esperar mais um dia. Talvez um dia fosse o suficiente para mudar de ideia! Tinha medo de acordar no dia seguinte e não ter a mesma coragem que havia me acometido naquele dia. A segunda e a terceira aula foram torturantes, foram monótonas demais. Nem as conversas loucas de Cristóvão me chamavam a atenção, o que o irritava.

– Isso! – disse ele. – Ignora seu amigo.

– É – disse somente. Não valia a pena discutir com ele dessa vez, não naquela manhã.

Cristóvão resolveu me deixar em paz por um momento e foi falar com a professora; ele adorava conversar com os professores, era a melhor forma de atenção que ele podia receber, acredito. Depois que todos saíram loucos para aproveitar o recreio e pegar merenda, eu me mantive sentado na minha carteira. Joana me pediu para sair um pouco, não resisti ao seu doce pedido de amiga, mas me mantive afastado dela, sabia muito bem que ela gostava de mim. Fazia um tempo que ela vinha demonstrando seu interesse, e foi justo na época em que eu me apaixonei por outra pessoa. Será que eu estava fazendo a escolha errada?

Andei um pouco lá fora e resolvi sentar no banco da quadra, enquanto os demais jogavam futebol. Fiquei me torturando ali, dizendo para mim mesmo que eu deveria ir à casa dela naquele dia, não deixar para amanhã... Ou deveria esperar? Mais natural, não é? O que se faz nessas ocasiões? Até que uma voz gritou perto do meu ouvido e me fez pular do banco. Eu nunca estive tão satisfeito em levar um susto na minha vida!

– O que foi, Brian? Parece nervoso hoje – disse Anja, zombando da minha cara.

Lá estava ela, com seu cabelo loiro encobrindo boa parte de seu rostinho, aquele sorriso me agradava tanto que não pude me zangar.

– Oh, guria! Vai dar susto na mãe! – disse para ela. – Pensei que não tinha vindo pra escola hoje.

– Onde já se viu um homem desse tamanho pulando feito bailarina?!

– Quem sabe eu ainda me torne uma bailarina bem bonita! Agora, você...

Ela me deu um soco no ombro, porém não estava zangada.

– Brian, o senhor malvadão.

– Relaxa, Anja, eu vou te recompensar. Ainda vou projetar uma cadeira de rodas voadora, com submetralhadoras acopladas para você se divertir por aí.

Ela esbugalhou os olhos.

– Você faria isso por mim? Sério? – perguntou ela, colocando a mão no peito. – Isso seria muito útil. Fico muito grata!

Desfiz o meu sorriso ao lembrar que tinha algo a dizer, mas não conseguia começar. Meu coração batia forte. Eu lia as palavras na minha mente, mas não sabia como transformá-las em som. Voltei o meu olhar para a linha da quadra.

– Mas não enrola, não. Por que você está assim tão triste? – perguntou ela, colocando a mão no meu ombro.

– Nada – respirei fundo. – Preciso falar com você.

Ela me olhou com uma cara desconfiada, preferi ignorar suas expressões e olhar para a linha da quadra. Se eu olhasse para seus olhos, talvez não tivesse coragem de dizer a ela.

– Não fui eu! – disse ela, rindo. – Seja o que for.

– Não, não é isso não. Vem comigo.

Tentei ser gentil e empurrar ela, mas ela disse que podia ir sozinha. Ela me seguiu até atrás da escola, onde podia conversar sozinho com ela. Olhei para ela e tentei achar as palavras certas, minhas primeiras tentativas de conversa foram um desastre. Comecei com vários "és" e "bem". Até que tomei vergonha na cara e fui direto ao assunto.

– Anja... Eu... Eu acho que eu te amo... – consegui falar.

– Não tenho dinheiro! – disse ela, erguendo os braços como se fosse um assalto. – E minha família não tem herança!

Eu me senti mais descontraído depois daquela piada. Aos poucos fui tomando mais coragem para falar.

– É sério – falei.

– Então você "acha" que me ama? – perguntou ela, um pouco exigente.

– É que nem eu sei se isso é possível, você acha possível? Nós somos amigos há algum tempo e você nunca demonstrou interesse, nenhum contato corporal. Eu também nunca fiz nada. Nós nem sequer nos falamos fora da escola! Mas, esses dias, percebi que era só com você que eu me sentia bem ao conversar. Eu e você temos uma sintonia... Eu... Sei lá...

– E você está com dúvida porque eu sou mais feia do que as outras garotas, não é? Está com medo do que os outros vão falar. Está com medo de te chamarem de namorado de uma feia aleijada?

Engoli em seco. Será que era isso mesmo que me impedia? Eu era tão babaca assim? Minha mente é tão conspiradora contra mim mesmo, que fiquei preso em outra pergunta. Eu acho que eu só queria Anja justamente por não ser muito chamativa para outros caras. Mas que paranoia! Bem, talvez eu não pudesse ser o suficiente para Joana, e ela, com certeza, chamava muita atenção dos outros caras. Anja, por outro lado, era um porto seguro, poucos ficariam atraídos por ela, e ela não dava moral para muitos homens, ou "futebrutos", como ela gostava de chamar. Forcei-me a fugir de todas essas questões; Anja estava ali, e eu estava com os hormônios à flor da pele. Não queria dizer tchau e vê-la partir sem olhar para trás, não dessa vez! Eu tinha que fazer alguma coisa!

– Não – me defendi. – Eu nunca me importei com o que os outros dizem, você sabe disso. Lembra que, depois que eu te conheci, sempre fiquei do seu lado?

Ela ergueu a sobrancelha e balançou a cabeça.

– Subitamente, passei a me sentir mal sem você – eu disse. – Nunca tive segundas intenções com você, nunca te vi dessa maneira. Sempre vi você como amiga, mas, de repente, surgiu na minha cabeça essa ideia e, aos poucos, ela foi se tornando verdade.

Anja continuou me olhando.

– Desculpe-me, Anja, mas é que eu tinha que falar. Eu não aguentava mais, espero que isso não mude nada entre nós. A coisa mais importante pra mim é conversar com você, ter você ao meu lado. Sua amizade é o mais importante, mesmo que você não me queira.

Ela continuou me olhando com os braços cruzados, sem mudança em sua face. Um gelo. Eu estava confuso. Esse papo é difícil. Ela não demonstrava o mesmo que eu. É verdade o que dizem, meninas amadurecem mais rápido do que os meninos.

– Olha, falando assim, até parece egoísmo meu – disse eu, coçando o pescoço –, mas é verdade. Eu preciso de você. Nem que seja apenas para desabafar com você, e você, claro, desabafar comigo. Eu preciso de você!

Uma coisa inesperada aconteceu, vi lágrimas escorrerem dos olhos de Anja. Isso nunca acontecera antes, nem quando os alunos zombavam dela, nem quando a derrubaram da cadeira uma vez. Ela enfrentava todos, mas nunca chorava.

– Eu também gosto de você, Brian – disse ela, colocando as mãos nos olhos para esconder as lágrimas. – Você é especial para mim também. Eu sinto o mesmo, somos parecidos até nisso... Eu preciso de você! Mas... eu nunca pensei que você pensaria em mim como uma namorada. Tive medo de você me rejeitar porque sou magricela e não posso andar. Você já tem meninas demais atrás de você, então por que me escolheria? Sendo sua amiga, eu podia ficar ao seu lado e sempre conversar com você. Eu... preciso de você!

Nunca imaginei que Anja tinha esse lado neurótico, ela parecia tão segura de si. Achava que essas questões de "menininhas", como magricela, estilo de roupa e aspectos de beleza, não a incomodavam. Apesar da sua idade, ela parecia uma mulher com os conceitos bem formados, coisas tão fúteis não deveriam aborrecer a sua mente. Mas ela, apesar de ter uma mente um pouco mais sábia, não deixava de ser uma garota, talvez fosse uma grande mulher um dia, uma mulher excepcional! Mas, por hora, era uma menina em sua juventude colegial.

– Não se preocupe, Anja – confortei-a –, eu não me importo com isso. Eu aceito você em toda a sua simplicidade. Eu me apaixonei por você como você é. Só eu sei o que você sente, e só você sabe o que eu sinto. Eu te aceito, mesmo que você não me aceite.

Cheguei perto bem devagar, segurei suas mãos e as acariciei. Escondido atrás das cortinas loiras de seus cabelos, pude ver as lágrimas que escorriam por um sorriso trêmulo.

– Anja, você quer ser minha namorada?

Ela tossiu antes de falar.

– Quero – disse ela, colocando fim nos meus medos, na minha agonia. – Brian, não desejaria outra coisa além de você na minha vida.

Deixei meus instintos agirem e beijei Anja pela primeira vez. Não só senti o sabor de seus lábios, mas os das lágrimas que vieram de brinde. Antes que eu pudesse me aventurar ainda mais nas alegrias que Anja podia me proporcionar, o sinal da aula tocou.

– Quero te encontrar depois da aula – disse para ela, com os hormônios à flor da pele. – Eu tenho um presente pra você.

Ela fez uma cara de surpresa. Depois estreitou os olhos, me analisando. Ah, como eu adorava aquele olhar...

– O que é?

– Você vai ver.

– É chocolate? – perguntou ela, esperançosa, juntando as pontas dos dedos.

– Não.

– É um livro?

– Não.

– Para com essa história, não estou gostando! Conta logo o que é!

– Relaxa, você verá.

Ela insistiu durante o caminho todo até a sala para saber qual era o presente, ela estava na minha mão agora. Fiz questão de dizer para ela que era algo muito especial, que ela nunca iria esquecer, só para ela ficar se mordendo até o fim da aula. É, eu também já fui bem sacana.

Pelo menos dessa vez as horas passaram rápido, essa é a grande ironia. Estávamos livres, ainda mais que o professor deixou-nos sair mais cedo.

– Mal posso esperar para chegar em casa – disse Cristóvão. – Estou morrendo de fome.

– Ei, Cristóvão! Você não está a fim de me acompanhar pelo caminho para a cachoeira? – perguntei para ele. – Sei que é um pouco fora da rota do ônibus para sua casa, mas eu queria ir conversando com você.

– Ué, vai fazer o que por aquelas bandas?

– Vou levar Anja para conhecer a cachoeira, ela sempre quis ir. Ah, estamos namorando.

Cristóvão arregalou os olhos. Resmungou, resmungou e resmungou sem parar. Perguntou para mim por que não tinha contado pra ele, onde estava a nossa amizade, se ela tinha uma prima gostosa e, por último, se eu estava feliz.

– Sim, cara, estou feliz – respondi.

– Isso é o mais importante. Parabéns e boa sorte. Não vou poder acompanhar vocês dessa vez, até porque seria estranho... Mas é que eu estou muito ocupado hoje, muito mesmo. É que...

Ergui a mão para ele parar de falar e poupei vários minutos da minha vida. Já sabia que Cristóvão inventaria mil e uma desculpas. Já tinha visto esse filme antes.

Ele riu sem mágoa e foi embora.

– Vamos jogar videogame depois! – gritei pra ele.

Ele parou e se voltou para mim com uma aparência melancólica, deve ter ficado com inveja de eu ter arrumado uma namorada... Deve ter sido isso.

– Hoje não – gritou ele de volta. – Seja feliz!

As nuvens não tinham muitas formas. Passei algum tempo sentado no meio-fio esperando Anja, então meu passatempo foi tentar decifrá-las.

Acho que minha imaginação estava lerda. Ouvi o barulho da cadeira de rodas de Anja e me levantei num salto.

– Então, onde está o tal presente? – quis saber ela, cruzando os braços e fazendo beicinho.

– Sabe aquela fazenda com cachoeira, que você sempre quis ir?

Ela me encarou com a boca aberta.

– Pois é, vou te levar até lá.

Ela agarrou as minhas mãos e me puxou para baixo.

– Brian, se eu pudesse, eu me levantaria para te abraçar, mas já que não posso, é bom você se abaixar e me beijar agora!

Essa era a Anja que eu conhecia. Um pouco autoritária, mas, justamente por isso, divertida. Beijei-a, depois bati continência. Ela riu.

Paguei o ônibus para fora da cidade e comprei alguns salgados e refrigerantes para comermos. Romântico, não é? O ônibus era um restaurante cinco estrelas, a coxinha era o caviar. Foi divertido, foram momentos doces, mas eu desejaria nunca ter ido, ter deixado essa viagem para outro dia. Oh, que dia infeliz.

Viajamos para longe da cidade, uma cidadezinha próxima. Atravessei algumas ruas, até chegar à área de uma fazendinha. Empurrei Anja por alguns metros na terra.

– Você conhece o dono deste lugar, não é? – perguntou ela, desconfiada.

– Sim – menti. – Ele me deixou vir aqui quantas vezes eu quisesse.

– Mentira!

Ela me conhecia bem.

– Relaxa, chuchu, nada vai acontecer. Os caras da escola pulam a cerca direto, e ninguém nunca pegou eles.

Ela não se sentiu muito confortável, mas, mesmo assim, peguei-a nos meus braços e cruzei o restante do caminho por onde eu não podia empurrar a cadeira de rodas. Carreguei-a pela mata, até encontrar a cachoeira. O local era lindo, como um Jardim do Éden. As pedras eram bem colocadas, geometricamente esculpidas para enfeitar a cachoeira. Pequenos musgos em seu redor davam um toque sutil de verde, como um sublinhado natural. Parecia impossível a natureza ter feito tudo sozinha. A cachoeira era de uma água cristalina, o ar do local era fresco e agradável. Flores cobriam os demais cantos do lugar, e pássaros completavam a sonoridade do ambiente, transformando tudo numa bela obra de arte, visual e sonora.

Sentei numa pedra na beira do riacho que vinha da cachoeira, coloquei Anja no meu colo, e ela começou a brincar com a água, usando as mãos para me molhar.

– Sua boba!

– Você que é!

Abracei-a forte, apertando seus peitos ainda em formação contra os meus. Expandiam-se cada vez que respirava. Sentia seu coração bater junto com o meu, uma orquestra sem maestro. Me inclinei para alcançar seu pescoço e beijá-la carinhosamente. Mordia de leve, e às vezes lhe dava calafrios. Entre uma carícia e outra, ela me contava seus desejos e seus medos, como o sonho de surfar. Prometi que levaria ela para conhecer o litoral um dia, conhecer o mar. Colocaria ela em uma prancha, assim como trouxe ela para a cachoeira, nos meus braços. Ela queria aprender a tocar violão, e eu disse que essa era minha especialidade. Dizia que tinha o sonho de entrar para o exército e mandar em todo mundo. Disse que ela era uma boba e recebi um tapinha de leve na cara. Prometi, acima de tudo, que tentaria fazê-la feliz, em toda a minha simplicidade, apenas ser feliz – tentei esse mesmo tipo de conversa anos depois, mas nunca deu certo.

Envolvi-a em meus braços e deslizei a minha mão pelas curvas de sua barriga. Acariciei levemente, subindo e descendo. Não deixei de beijá-la por nenhum instante! Nunca estive tão feliz em minha vida!

Ela diz que me ama e acaricia o meu rosto.

Fico perdido em seu olhar por uns segundos, depois a beijo.

Ela coloca delicadamente a mão sobre o meu peito e puxa a minha camisa.

Eu deixo minhas mãos deslizarem por seu corpo.

Paramos de nos beijar para retomar o fôlego.

Ela diz que eu sou a melhor coisa que aconteceu na vida dela e morde meu pescoço.

Encosto minha cabeça devagar em sua testa.

– Olha – disse para ela –, minha mente com a sua. Duas amigas conversando numa mesma frequência.

Ela deixou escapar uma risadinha.

– E sobre o que elas estão conversando?

– Que sozinhas elas não se suportam e que distantes o sinal de rádio para conversarem é ruim, muito chiado. O som aqui dentro é horrível e torturante. Mas quando estão próximas, fica muito claro e confortante. Só você está na mesma frequência que a minha, Anja. Eu te amo...

– Eu também te amo, Brian. Por favor, nunca se afaste de mim.

Ela parou por um momento para chorar um pouco e disse que só não queria ser um peso morto para mim. Digo para ela que tenho braços fortes, que vou levá-la comigo para onde for. Digo com tanta certeza que ela me salvou e que não era um peso morto. Enquanto a beijo, ela vai desistindo de chorar. Minha cabeça dizia que eu fiz a escolha certa.

As horas passam muito rápido quando estamos perto das pessoas que amamos. Vocês já sabem disso. Levei Anja de volta e pegamos outro ônibus. Ah, como eu queria não ter ido, como eu queria ter chegado mais cedo em casa. Podia adiar uma tarde tão incrível de felicidade e prazer por um dia mais. Ah, como eu queria ter ficado, que o ônibus não tivesse atrasado ou que eu tivesse ido para casa direto em vez de ficar brincando, dançando e cantando pela rua feito um bobo apaixonado. Queria não estar tão bobo e alegre a ponto de parar para comprar um salgado para um vira-lata faminto na rua, triste, mas eu seria capaz disso, pelo menos naquele dia.

Abri o portão da minha casa, eram quase quatro horas da tarde. Abri a porta gritando para minha mãe que eu tinha voltado e que estava com fome. Pensei que a escutaria brigar comigo por ter sumido por tanto tempo, coisas como: "Onde esteve?", "Por que não me avisou?", "Você me mata do coração", mas nada pude ouvir. Fui até a cozinha e, ao abrir a porta, encontrei o meu fim. Minha mãe estava caída sobre a mesa, ainda havia um café da tarde preparado. Ela estava com a cabeça inclinada para o lado, com a boca aberta, sem expressão, a face vermelha pelo sangue do nariz, e machucada. Ela estendeu a mão para mim com as últimas forças que lhe restavam, e por fim, pude ver a luz de seus olhos se apagarem em um segundo. Sobre ela, aquele homem, o meu pai. Uma faca ainda em sua mão, enfiada na barriga de minha mãe. Debruçado sobre ela, chorava sobre seu vestido, tremia e soluçava muito. Aquele homem voltou seu olhar para mim e disse a frase que eu nunca iria esquecer: "Filho, eu amo a sua mãe!". Ele tentou se aproximar de mim, mas estava tão bêbado que tropeçou sozinho e caiu.

Eu corri. Fugi sem olhar para trás. Chorei, sem rumo. Não podia voltar pra casa. O que eu ia fazer? Eu ia morrer também? Então, corri para a casa da minha professora de geografia, que era a única pessoa em quem eu confiava de verdade, e não tinha coragem de falar o que tinha acontecido para os meus amigos. Eu queria que aquilo tudo se resolvesse sem alarde, que ninguém ficasse sabendo. Quanta tolice minha. Gritei na casa da minha professora, ela saiu de casa assustada. Abracei-a e comecei a chorar. Não queria sair dali, não queria ter vivido aquele dia. Finalmente, com muita dor, tive coragem de falar para ela o que acontecera. E foi aí que minha vida acabou.

Bem, meu pai foi preso e eu fui mandado para um orfanato. Ouvi fofocas por aí a respeito do que se passou. Alguns diziam que minha mãe estava traindo o meu pai, outros que foi por dinheiro, outros que foi um surto de raiva momentâneo. Eu nunca me importei com nenhuma dessas teses, só queria esquecer.

Mudei de escola, me afastei dos meus amigos, não conseguia suportar a vergonha. Cristóvão foi atrás de mim algumas vezes, mas eu sempre fugia. Prometi pra mim que mudaria meu nome, de cidade e até de país, mas com o tempo isso passou. Anja me abandonou, acho que ela não gostava da ideia de namorar alguém com um pai assassino... Eu não a culpo por isso. Acho que eu faria o mesmo nessa situação. Isso deve ser um verdadeiro divisor de águas entre as leitoras: enquanto algumas compreendem as escolhas de Anja dada a situação, outras, eu acredito, não conseguiram evitar que escapasse um "cachorra" de suas bocas sem querer. Quem de nós está certo ou errado, cabe a você decidir, mas não vai mudar nada, de qualquer forma já passou. Eu fui torturado no orfanato, imagina ela na escola, aleijada e namorada de assassinos. Então, deixei que ela fosse livre. Deixei que eu carregasse a dor.

Sabe, eu gostaria de terminar este capítulo aqui. Ele foi tão fora do eixo, tão livre, tão vivo e cheio de alegria, que gostaria de finalizá-lo neste ponto final.

* * *

Imaginem que esses parágrafos não fazem parte deste capítulo, finja que eles são um Pré-Capítulo Oito, digamos. A única razão para eu continuar escrevendo aqui é porque imagino que vocês estão curiosos para saber o que aconteceu com Anja depois, não é? Querem mesmo saber?

Bem, um tempo depois de eu ter ido embora, fiquei sabendo que ela arranjou um novo namorado, se envolveu com drogas e foi encontrada morta de overdose numa cama de motel.

Talvez nós apenas não queiramos ficar sozinhos...

10

Oito capítulos a menos

— O que aconteceu com o meu quarto?! – gritou Sauro ao acordar.

– Eu só arrumei as suas coisas – respondi. – Não faz tanto drama e me agradeça.

Eu tinha arrumado a mesinha, deixei os livros em ordem alfabética, arrumei o colchão, limpei a janela com um pano abandonado no canto da casinha e dobrei várias roupas de Sauro que estavam jogadas por toda a parte.

– Eu gostava dele como era! São as minhas coisas, deixa que eu mexo nelas. Você não precisa ser a minha mãe! Espera, onde está a minha foto que eu te mostrei ontem? Eu deixei do lado do meu colchão.

Sauro ficou irritado.

– Eu coloquei perto do seu baú, escondida atrás do pôster. Teria guardado dentro, mas estava trancado.

– Não! Você não pode mexer no meu baú, entendeu? – disse ele.

– Ah, é? E a minha maleta, como é que ela fica?! Vai me dizer que eu não tenho direito? Ruim, não é?

Sauro ficou surpreso e estático por alguns instantes. Será que eu consegui mostrar a ele que nós tínhamos coisas em comum? Não...

– É diferente, Brian – disse ele, desviando seu olhar para um pôster. – Mas quer saber? Tem razão, não é justo.

Era um bauzinho de madeira velha e desgastada, e Sauro segurava entre os braços como se fosse um bebê. Descobri outro de seus esconderijos: dentro de uma casca de árvore, havia uma brecha para esconder uma pequena chave. Ele a pegou e abriu o baú.

– Não são coisas dolorosas, Brian – disse ele. – Isso é uma cápsula do tempo. E há muitas coisas constrangedoras aqui dentro, não quero pagar mico.

Dentro do baú havia vários papéis e fotos. Alguns eram cor-de-rosa com uma escrita diferente da dele. Além das fotos de Sauro mais jovem tomando sorvete, vi também um pequeno caderno preto, com a capa rasgada e, se não me engano, as fissuras tinham formato de coração.

– Só isso – disse ele. – Satisfeito?

– Não – respondi sinceramente. Acho até que Sauro estava mentindo, talvez aquilo fosse pesado para ele, só tinha vergonha de admitir.

– E então – disse ele, fechando o baú e sorrindo para mim –, qual será o seu primeiro trabalho?

Porcaria, como pude esquecer? Era o meu primeiro dia de trabalho! Senti um mal-estar na barriga. Agora eu não tinha como voltar atrás. Escolhas... Escolhas... Não sabia nem por onde começar. Olhei pra Sauro indignado, ele sorriu e apontou para o meu braço.

– Vamos, não seja tímido! – disse ele, ansioso, erguendo as sobrancelhas.

Olhei para o meu braço sem saber o que fazer. Na noite anterior, o escolhera como forma de receber mensagens do Quarto Andar. O que eu deveria fazer? Esperar? Olhei para ele me sentindo um pouco bobo. Será que eu devia falar alguma coisa? Um medo súbito se apoderou de mim quando pequenas letras começaram a se escrever sozinhas na minha pele. Surgiam uma por uma, parecia uma tatuagem em movimento. O nome de Isabela Cristina de Souza pôde ser lido na extensão do meu braço. Rapidamente, parecendo formigas em um formigueiro, os pontos pretos se agitaram e formaram uma nova frase. Dessa vez, vieram as informações pessoais. Criança, seis anos, caucasiana, loira, olhos castanhos, falta um dente em sua boca etc. Meu braço já estava todo coberto pela mensagem. Depois, veio o local e a hora: Rua Melvin, 9836, igreja. Em frente ao restaurante Espeto de Ouro, às 20h30. As mensagens se apagaram rapidamente e meu braço voltou ao normal, como se aquilo tudo fosse uma ilusão. Talvez até fosse!

– Maneiro – disse Sauro, abismado. – Mas espera aí, só isso?

Ele pegou o meu braço, virou para um lado, para o outro, sacudiu e deu umas palmadas.

– Não é possível – disse ele. – Eu vou ter que reclamar com alguém! No meu primeiro dia eu tive que ir atrás de cinco! Isso é brincadeira!

Ele deixou-se cair sobre o colchão, bufando.

– Tem certeza de que ninguém pode ver isso? Eu tenho que usar camisa de manga comprida? – perguntei, coçando o braço.

– Ninguém que sempre esteve vivo consegue ver a mensagem. – Sauro fez uma careta. – Olha, você não acha que eu compro cadernetas todo mês, não é? Essa minha caderneta está comigo há muito tempo, as mensagens chegam e se apagam. Quando elas aparecem, ninguém tem a capacidade de ler. Então, fique tranquilo.

– Mas como eu faço pra vê-las? Elas aparecem quando bem entendem?

– Sim e não. Uma hora elas vão aparecer, não importa se você estiver no banheiro ou levando bronca do seu chefe. Mas, caso você queira reler a mensagem, apenas olhe para o seu braço e imagine. Se você quiser, ela vai aparecer. A Kate vai enviar.

– Kate... – deixei o nome se perder no ar.

Essa seria a minha mandatária. Será que ela sabia o que eu sentia? Será que eu podia conversar com ela quando quisesse? Vasculhei a minha mente, chamando Kate por todos os cantos, mas não houve nenhuma resposta. Talvez o telefone do pequeno operário esteja quebrado.

– Deixa de papo furado – disse Sauro, se espreguiçando. – Vamos descer, tomar o café da manhã. Temos muito tempo livre.

O sol da manhã resplandecia morno no bairro da Maré, alguns feixes de luz surgiam por entre as ruas, casas e janelas. O vento soprava frio nessa manhã e, buscando refúgio em uma pequena área iluminada como um holofote, estava Gaspar deitado na grama com o seu chapéu encobrindo o rosto, e com as mãos atrás da cabeça. Parecia bem satisfeito. Com o quê? Satisfeito justamente com o nada.

– Bom dia – disse Gaspar, enquanto estávamos descendo as escadas. – Fiz café para vocês.

– Você fez? – perguntou Sauro. – Ainda bem, prefiro o seu café. Onde está dona Camila?

– Ela teve que ir mais cedo para a escola para ajudar a arrumar uma decoração pra algum tipo de apresentação. Aquela diretora deixa tudo pra ela fazer...

Na varanda de trás, sobre a mesa, vimos o café da manhã pronto. A mesa bem arrumada, assim como Sauro fez da outra vez. Dá pra ver com quem ele aprendeu.

– E aí, finalmente aceitou o meu conselho e está pegando um bronzeado nesse corpinho? – perguntou Sauro.

– Não, só estou fazendo fotossíntese mesmo.

– Vai virar uma flor para algum zangão vir te polinizar?

Gaspar bocejou. Sauro olhou para a mesa.

– Nossa. Tem até bolo? – perguntou Sauro. – Não vai nos acompanhar? Ou prefere ficar na grama, esperando alguma vaca vir pastar?

– Não, já tomei café – respondeu Gaspar, ignorando as demais cutucadas de Sauro. – Eu acredito que café de despedida tem que ser especial, por isso o bolo. Aproveite, Brian.

– Eu? – perguntei. – Obrigado, eu acho, mas o que você quis dizer?

– Eu estou só esperando você decidir.

Gaspar tirou o chapéu da cara e ficou sentado, olhando para mim.

– O que você vai fazer agora? – perguntou ele. – Sabe muito bem que já fez a sua parte. Você já foi instruído, agora pode voltar a viver a sua vida. Você não precisa ser nosso amigo, se não quiser. Não é nossa responsabilidade.

Recebi um golpe no estômago. O que ele dizia era verdade. Eu não tinha mais vínculo nenhum com eles, estava livre. Voltar à minha vidinha de sempre. Valia a pena voltar? Os meus objetivos perderam o sentido nesse momento. Era tudo que eu queria, ficar livre do louco do Sauro, voltar ao meu apartamento.

– O que você vai fazer? – perguntou Gaspar, me olhando atentamente, curioso e com gosto. – Era tudo o que você queria. Pode ir embora.

– Para de irritar, ainda é cedo. Não podemos tomar café em paz sem que você tente destruir as nossas convicções? – disse Sauro, mordendo os lábios, arregalando os olhos e formando uma cara de fuinha. – Para de cutucar o nosso cérebro, espremê-lo e colocá-lo num liquidificador para você tomar seu suco de manhã!

Admirando a cara de fuinha que Sauro fez, quase rindo sem querer, comecei a me questionar: será que eu daria conta de viver sozinho de novo? Do que adiantava tudo aquilo, se eu voltaria à estaca zero? Tentei me lembrar do que eu estava tentando provar no momento em que eu aceitei a proposta de Sauro. Eu queria provar para mim mesmo que era capaz? Ou só não queria decepcionar Sauro? Acho que eu queria, mesmo, era me vingar de todos. Esse foi o tiro no meu coração! Eu queria me vingar de todos? Descontar as minhas frustrações em gente inocente, podendo escolher a morte. Mas, no final, não era bem assim... E eu voltei, ou melhor, não saí do lugar.

– Não vou embora – respondi automaticamente. – Só se quiserem que eu vá.

Não vou?, perguntava a minha cabeça, procurando uma explicação razoável. Gaspar parecia muito satisfeito.

– Eu sei que não – disse ele. – Afinal de contas, conseguiu o que queria.

– O quê? – perguntei, um pouco confuso.

– Por que você iria embora se seus amigos estão aqui? Não há razão.

As palavras de Gaspar ecoaram por entre as linhas telefônicas que ligam meus neurônios. Queria acreditar no que ele estava dizendo, mas alguma coisa me dizia que eu não devia aceitar suas palavras amigáveis. Elas pareciam uma acusação, um insulto. Meus instintos diziam que eu deveria ir embora e nunca mais voltar a vê-los. Sei lá, parecia que eu devia provar alguma coisa. *Amigos...* Bem, amigos seremos?

– Tudo bem – disse Gaspar. – Não precisa ficar ofendido. Sinta-se à vontade para ir e vir quando quiser.

Ele deitou novamente na grama, ignorando toda a conversa anterior. Era só mais uma conversa rotineira e normal antes do café da manhã. Sauro cutucou o meu ombro e me chamou para tomar café. Comi timidamente, tomando um cuidado quase incontrolável com as mãos, com o tom da voz, com a cabeça baixa. Estava um pouco constrangido e por nada.

– Obrigado! – disse Gaspar, de longe.

– Eu sei que você não vive sem mim, mas não precisa agradecer pela minha existência o tempo todo – disse Sauro.

– Você não, seu pirralho. Eu falei com o Brian.

Cuspi um pouco de café na mesa. O restante do café saía sem permissão pelo meu nariz, e esse negócio queima os pelos! Infelizmente não pude fazer uma pose de confiante ou responder um "não há de quê" para Gaspar. O café quente influencia os pensamentos quando ele sai pelo buraco errado. Naquele momento crucial, só pude formular uma pergunta:

– O quê?

– Não sei. Você trouxe um ar de antigamente – disse Gaspar, se levantando e se espreguiçando. – Velhos momentos em novas coisas... É uma arte.

Continuei limpando o meu nariz.

– Mas espera aí, você não tem que dar aulas hoje? – perguntou Sauro.

– Sim, deveria, mas ontem à noite fiquei pensando. Sabe, você sendo tutor depois de tanto tempo? Quando você apareceu ontem com o Brian, me fez lembrar de mim mesmo quando eu te conheci, você também parecia perdido naquela época.

Gaspar se dirigiu a mim.

– O teu aparecimento, Brian, me fez lembrar como era antigamente. Antes de dormir, eu percebi que sentia falta disso e decidi que devia seguir vocês mais uma vez, no seu primeiro dia de trabalho. Por isso, não vou para a escola hoje. Por isso, lhe agradeço, Brian, eu precisava disso.

Sauro parou subitamente de comer o seu pão com manteiga.

– Então, quer dizer que você vai sair comigo de novo? – quis saber Sauro.

Ele não podia esconder a empolgação no seu tom de voz. Seus olhos brilhavam. Parecia uma criança quando alguém promete doces ou brinquedos, mas se conteve de novo.

– Ah, então está achando que eu não dou conta de ser patrono? – disse ele, cruzando os braços e virando a cara. – Vai querer me ensinar agora?

– Sai fora – disse Gaspar, sem preocupação com as manhas de Sauro. – Esse trabalho é todo seu. Dessa vez, eu vou só pra passear e curtir. Quero ver o que vai acontecer. Ah, é, acho que devemos ver a galera de novo, afinal, temos um churrasco para o final de semana.

– Isso aí! – disse Sauro, se levantando da cadeira e mordendo desnecessariamente forte seu pão com manteiga. – Temos que avisá-los! Eles têm que comprar a carne, claro, eu tô sem dinheiro este mês.

– Sou eu que sempre pago a sua parte, seu pivete!

Os dois começaram a rir. Eu, por outro lado, estava voltando a sentir o cheiro das coisas, quando algo acabou com o bom humor, pelo menos o de Sauro.

– Pai! – gritou a pequena Keiko. – Você vai me deixar sozinha com aquela doida de novo? Você volta quando?

A garota veio correndo ao encontro do pai e ficou puxando sua camisa. Sauro perdeu o sorriso, bufou e sentou-se à mesa de novo. Pôs mais café em seu copo, resmungando baixinho.

– Você não devia falar assim da dona Maria, filha – disse Gaspar, acariciando os cabelos da filha. – Mas não se preocupe, papai volta antes do jantar. E, por favor, comporte-se, porque eu vou trazer um bolo só para você.

Os olhos da garota se esbugalharam.

– Mas isso só se dona Maria confirmar que você foi boazinha – completou Gaspar erguendo o dedo. – Vá lá dentro se arrumar, mamãe vai voltar aqui para te levar à aula.

A menina ficou um pouco triste.

– Ah, pai, me leva com você. Por que o Sauro pode ir e eu não?

– Deixa de ser irritante, sua nariz sujo! – disse Sauro.

– Cabeça oca! – revidou Keiko.

– Seu pai tem coisas melhores pra fazer, guria! Ele não tem que ficar te bajulando o dia inteiro, não!

Antes que os dois entrassem em uma discussão interminável, Gaspar interveio.

– Parem os dois! Keiko, vai pra dentro, arrume seu material. Eu volto mais cedo, se te faz se sentir melhor.

Ele se abaixou, abraçou a filha e a beijou na testa.

– Lembre-se, papai te ama muito.

– Também te amo, pai – disse Keiko, antes de se virar e sumir para dentro de casa.

Sauro virou a cara.

– Mas espera aí – disse Sauro –, você pode ficar sem dar aula assim de uma hora para a outra? Seu irresponsável!

– Não lhe convém falar sobre responsabilidades, Sauro – respondeu Gaspar, na lata, e até Sauro fez uma careta. – Já arranjei um substituto e uma desculpa boa. Se bem que um dia de folga não é bem um dia de folga para nós, só é uma desculpa para correr atrás de mais gente.

Gaspar pegou sua caderneta do bolso de trás.

– Hoje eu tenho apenas um trabalho para fazer – disse ele. – É meu dia de sorte. E quanto a você, novato?

– Eu só tenho um – respondi.

Gaspar ficou impressionado.

– Pois é, Gaspar, ou não é mais como antigamente, ou é brincadeira com a nossa cara – disse Sauro.

– Como antigamente, não é. Tem mais gente no mundo e tem mais gente morrendo – Gaspar parou e descansou as pálpebras por um segundo. – Deve ser birra mesmo! – disse, enfim, sorrindo.

– Já estou pronto! – disse Sauro, mais uma vez se levantando da cadeira. – Hoje será um dia longo, melhor ainda, será como nos velhos tempos! Eu, você e o novato!

Concordo que eu podia pensar em algo melhor para dizer, mas eu acho que sou um cara muito objetivo e, de vez em quando, estraga-prazer.

– O que faremos agora?

– Ora, nós vamos à caçada! – respondeu Sauro, com muito entusiasmo. – Vamos rever alguns amigos!

– É longe?

– Não se preocupe – disse Gaspar. – Não vamos a pé, temos veículos agora.

– Ué – disse Sauro, abraçando os braços, deixando o entusiasmo de lado para dar espaço à incerteza –, pensei que dona Camila tinha pegado o carro. Comprou um carro novo? Tá vendendo quiabo na feira pra pagar as contas extras?

– Com a grana dos quiabos – disse Gaspar, com uma expressão de intimidação para Sauro –, eu comprei uma bicicleta nova!

– Geeeeeeeeeeeeeeente! Como esse cara é careta! – disse Sauro, zombando.

– Para de reclamar, é o melhor que você terá!

– Sai fora, não vou andar de bicicleta com vocês, não. Você acha que eu ando com a ralé? – disse Sauro, mexendo o dedo e rebolando.

Keiko interrompeu as risadas. Voltou toda arrumada, com uma mochila rosa nas costas e se sentou à mesa com cara de emburrada. Gaspar tentou e tentou, em vão, fazer a menina tomar café, mesmo usando as palavras mais carinhosas do mundo, mas a menina não deixava de birra. Só queria acompanhar o pai. A salvação foi Sauro, que, depois de um tempo vendo a cena, mesmo emburrado, sentiu pena. Respirou fundo, reclamou baixinho e sentou-se perto de Keiko. Inventou histórias sobre aviões perdidos, que iam entrar na "caverna da perdição". Ou histórias de dragões e até dinossauros. Tudo para a pequena Keiko abrir a boca e comer um pouco de pão.

Dona Camila voltou, um pouco suja de tinta, devo acrescentar, e levou Keiko para a escola. Pegamos nossas bicicletas e fomos trabalhar. Ventava muito naquele dia, pelo menos no bairro da Maré. Senti o vento forte contra o meu corpo, balançando a minha camisa, e me arrependi de não ter saído com uma blusa de frio. De breve relance, vi-me andando com meus amigos, crianças disputando corrida pela rua.

O bairro da Maré era bem bonito e pacato, cheio de formas variadas, casas bem diferentes umas das outras. Era como fazer uma viagem através de várias regiões, ou países. Cada lugar com suas características, e uma miscigenação gritante. As ruas eram cheias de árvores, então não era difícil pedalar por elas. Continuamos a viajar por dimensões e povos diferentes até o aspecto começar a ficar mais cinza e mais cheio, lotado. Adentrando pouco a pouco ao centro, prédios começaram a surgir, um a um. Pareciam caixões gigantes com uma bela vista. Sim, é verdade, aqueles prédios, em especial, não eram comuns, eles eram cemitérios.

Os famosos cemitérios verticais se popularizaram muito e evoluíram ainda mais. Já era moda nos países orientais e, quando veio para os demais países, ele foi "idealizado ocidentalmente", digamos assim. Mais extravagantes, alienantes, talvez? E incluídos na economia. Talvez até fossem ecológicos antigamente, mas seus ideais foram corrompidos. São jardins bem cuidados, bem tratados, iluminados e bonitos, alguns até com cachoeirinhas. Não chega a ser um verdadeiro jardim zen, mas está perto. Lá tem terra suficiente para sepultar o seu querido falecido. O lugar é muito bem decorado, mas as lápides são extravagantes, as janelas são sempre escuras para que ninguém veja o que há lá dentro e, quando alguém visita, há uma moça jovem japonesinha no melhor estilo gueixa para servir chá ou cafezinho. Em cada andar, um cemitério diferente e, sim, isso é coisa de gente rica. Quanto maior o andar, melhor a vista, e quanto melhor a vista, mais caro fica. Sepultar alguém ali lhe garante um alto status social e outras regalias por aí. Logo em frente a esses grandes condomínios chiques e fúnebres, paira uma fila de mendigos deitados na calçada, sem ter pra onde correr nos dias de chuva.

Isso é tudo baboseira, quase todos os apartamentos são cemitérios. O meu, por exemplo, também era um caixão, só não era caro, nem era jardim... Pelo menos tinha TV. Até as pessoas, à medida que pedalávamos, foram se tornando cada vez mais iguais, com passos cronometrados, filas e filas de rebanho pastando um futuro desconhecido por entre esses enormes caixões. E eu não sabia para onde estava indo, apenas seguia Sauro e Gaspar.

O barulho das buzinas era ensurdecedor, a gritaria do povo dentro de seus carros também. Passamos pedalando por uma fila enorme de carros, motos e ônibus parados, um congestionamento absurdo, uma grande coluna vertebral. Todos atrasados, suponho. Sauro passava acenando, jogando beijos para os motoristas, dava batidinhas no relógio e fazia caretas. Gaspar, por outro lado, pedalava sem as mãos, despreocupado. Sirenes da polícia soavam em algum lugar... Tinha alguém trabalhando.

Nesse passeio, esbarramos com a parada do orgulho gay, Gaspar começou a discutir com algum de seus membros. Disse que eles eram doentes e safados, que isso não era coisa certa, que era libertinagem. E eu que pensava que ele tinha uma visão mais neutra de tudo aquilo... Houve vários xingamentos por parte dos homossexuais, que o acusavam de homofóbico, mas ele só respondia: "Sou homem de família, homem correto". E falou com voz firme, rápida e com nojo. CALMA! Eu também fiquei aturdido. De qualquer forma, escapamos antes que as coisas ficassem feias. Eu não queria apanhar por causa de uma besteira de Gaspar! Eu não acreditei no que eu estava vendo! Como o mesmo Gaspar, tão calmo e tranquilo, o homem que conseguiu entender a minha mente na noite passada, podia ser tão incompreensivo? Ele tinha explicações sábias e sensatas, mas agora falava como qualquer sujeito bruto e ignorante, sem explicações razoáveis. Ele não estava debatendo racionalmente, estava vomitando frases mastigadas de outras pessoas! Como ele mudara assim da noite para o dia?

O que fez deslocar as engrenagens enferrujadas da minha cabeça foi o que aconteceu quando paramos em uma lanchonete para comprar água e descansar: ele simplesmente mudou de opinião! O dono da lanchonete, um homem parrudo e com jeitão um pouco grosseiro, xingava a passeata. Dizia que eles eram um bando de vagabundos pervertidos, que deviam trabalhar e deixar de putaria. Gaspar defendeu-os com todo vigor! Dessa vez, com argumentos bem pensados e bolados, de volta com a sua voz macia e despreocupada.

– Mas, senhor, temos o direito de amar quem nós quisermos desde que sejamos correspondidos. A vida é muito curta para ficar se enganando e sofrendo sem sentido. Não lhes negue o amor, tenha respeito, pelo menos. O que aconteceria se te dissessem que não pode amar a sua esposa aí do seu lado? – disse Gaspar.

O homem olhou para a mulher gorda que servia as mesas.

– Eu agradeceria! – disse o dono da lanchonete, sem perder a ignorância, para não se ver derrotado.

Dessa vez, Gaspar voltara a ser o que era. Eu estava atordoado, Sauro não parecia irritado com as mudanças de ideologia de Gaspar.

– Senhor, você fez a escolha errada na sua vida, não é? – perguntou Gaspar, se aproximando calmamente do balcão e expressando um enorme sorriso atrevido. – Você não concorda que viver a vida inteira preso, obrigado a aceitar a ideologia dos outros, é errado? Você entende as angústias dos homossexuais, não é? Senhor, por favor, vamos fazer um exercício de pensamento. Imagine que você fosse a Morte, o ceifador, apenas imagine que você não tenha responsabilidade nenhuma para com a vida, sua única responsabilidade é com a morte: você ainda acharia a homossexualidade tão ruim assim? Pense pelos olhos da Morte: o que você consideraria errado?

O homem que o amaldiçoava engasgou por um momento. Olhou rapidamente para a sua mulher, meio sem jeito, tentando limpar uma sujeira invisível na camisa, depois caiu na real e explodiu em fúria. Seu bigode mexia tanto, que até parecia ter vida própria.

– O que você está insinuando, seu desgraçado?! Raios lhe partam!

Bem... No final, o homem da lanchonete ficou vermelho de raiva – sua careca parecia um sinaleiro – e fomos banidos do local.

Seguimos nossa pedalada.

– Tenho um trabalho pra fazer por aqui – disse Gaspar quando chegamos a uma pracinha.

A praça era enorme e bem movimentada. Passamos por algumas crianças de rua, ou melhor, pequenos músicos de rua. Eram maltrapilhos, com tênis maiores do que seus pés de criança e os cabelos precisavam de um bom xampu. Vimos um garotinho mais velho que tocava violão e contava histórias, e uma pequena garotinha que dançava e interpretava. O garoto de rua parou para descansar e, quando um rapaz passou distraído mexendo em seu V-Fone com cabo de cor xadrez conectado na cachola, roubou-lhe a carteira. O garoto sujo esbanjava um sorriso de dentes tortos, e, logo atrás dele, Gaspar pairava como uma tarântula que ia se alimentar de uma mosca presa em sua teia.

– Estou vendo que os negócios vão bem, não é, Nero Buscapé? Acho que não vai precisar disso – Gaspar pegou a carteira da mão do garoto bem devagar. O garoto não se moveu. – Ah, sim, bom te ver novamente, Marie! Você cresceu!

A garotinha ao lado sorriu e acenou.

– Ora, se não é o velho Gaspar – disse Nero, imitando o mesmo tom de Gaspar – Desculpa, cara, mas é que a gente precisa comer. Marie sente muita fome.

A garotinha sorriu, lambeu os beiços e acariciou a barriguinha.

– Espera – Gaspar saiu correndo para devolver a carteira ao dono. Escutei ele gaguejar algumas desculpas, evitando contato visual e, com as mãos tremendo, entregou-lhe a carteira. O rapaz xingou-o e deu a impressão de que queria lhe bater. Depois, Gaspar voltou e continuou o seu sermão. – Esse tipo de vida não vai te levar a nada, Buscapé, e você ainda vai colocar a vida da sua irmãzinha em risco com esses delitos!

– Eu sei me virar muito bem, Gaspar! E eu posso cuidar da Marie sozinho. Não precisamos de nenhum pai, entendeu? E não venha pedir pela milésima vez que a gente vá estudar naquela escola! Já vivemos muito bem.

– Roubando pra ter o que comer? – disse Gaspar, em tom autoritário. – E, afinal, vocês já têm dinheiro suficiente pra comer dentro dessa case de violão aí. Por que roubar uma carteira a mais?

– Porque a gente quer mais do que só comer, a gente quer viver do bom e do melhor!

Gaspar pôs a mão na cara, tirou a carteira do bolso e entregou um dinheiro nas mãos de Nero Buscapé.

– Toma – disse ele. – Aqui tem dinheiro pra mais um dia. Então, nada de furtos por hoje, estão me ouvindo? Olha, eu vou fazer um churrasco lá em casa nesse final de semana, se quiseram, podem ir lá.

– Não precisamos da sua caridade! – disse Nero, com raiva. – Não precisamos de ninguém!

– Eu apenas te convidei como amigo. Se não quiser ir, não vá!

– Tá, já sei. Vamos, Marie, vamos comer alguma coisa.

As crianças de rua pegaram suas coisas e foram embora.

– Interessante como o desejo tão nobre de uma vida boa acaba transformando algumas pessoas em bandidos, não é? – disse Gaspar.

– Como assim? – perguntei.

– Por que algumas pessoas roubam se elas já têm condições básicas para viver? Várias por aí já têm casa, água e comida, e não têm doença psicológica, mas, mesmo assim, roubam. A propaganda alienou essas pessoas. Elas acham que, para viver, precisam ter roupas caras, carros caros e vida de superstar, por isso elas roubam. Não porque precisam, mas porque querem ter uma vida de celebridade, só assim se sentirão aceitas na sociedade, afinal ensinaram a elas que isso é vida! Você não é digno de ser alguém, caso não tenha um carro caro, ou o celular mais novo!

Mantive-me quieto. Eu ainda não entendia o que Gaspar dizia, mas, de certa forma, me senti bem. Ouvimos berros, mas não era ninguém em perigo, apenas um senhor anunciando as boas novas.

– Para estar no caminho do céu, todos devemos dar mais do que receber! – disse o homem, mostrando uma caixinha para recolher dinheiro.

Ele vestia uma túnica branca e longa, às vezes tropeçava. Era careca, tinha uma barba enorme e grisalha. Se me lembro bem, até tinha um programa de TV.

– Mas isso não faz sentido, senhor! – disse Gaspar sem perder tempo. – Se todo mundo desse mais do que recebesse, todos, consequentemente, acabariam ganhando mais do que dão!

Gaspar adotou uma postura firme, como se fosse uma estátua com os braços cruzados e cara fechada.

– Convertam-se para o Boruidonismo! – anunciou o homem. – Nossos irmãos alienígenas de Buroda, seres milenares que nos criaram, voltarão à Terra! Os de alma pura serão levados para Buroda, e os demais cairão nas trevas de seus próprios erros. Comprem já seus ímãs magnéticos, pois só eles poderão captar as suas almas e encontrá-los entre os demais quando o fim do mundo chegar! Ah, não se esqueçam de comprar também nossos refrigerantes, receita secreta enviada pelos alienígenas em mensagens cerebrais. Os refrigerantes têm o poder de iluminar as suas mentes para uma vida mais plena e para a paz divina.

– Não acredito em você.

– Não acredita na salvação?

– Não, eu só não acredito em você, mesmo.

Revoltosos deixaram cair suas máscaras e mostraram suas presas.

– O senhor tem medo da morte? – perguntou Gaspar, de uma maneira ríspida.

– Não mais, irmão! – anunciava o homem, sempre em voz alta. – Se eu tivesse, não estaria aqui, hoje, anunciando as boas novas!

Alguns gritos de aleluia surgiram, alguns baixos, outros altos.

– Eu acho justamente o contrário, meu senhor! Eu acredito que vocês têm medo da morte, caso contrário, não estariam aqui hoje.

Gaspar deu as costas a todos e saiu em passos lentos, sem se importar com os gritos de "blasfêmias" e "maldições". Com seu estilo folgado, entre a sombra do seu chapéu, ele escondia um sorrisinho singelo. E ele ainda continuou seu joguinho maldito. Deitado no banco da praça havia um homem bêbado que esbravejava sobre a vida. Sobre o ar, sobre as crianças, sobre os pássaros, sobre seus amigos, sobre ele mesmo. E adivinha o que o Gaspar duas caras fez? Falou com ele com a voz mais doce do mundo, parecia um irmão mais velho e atencioso. Aconselhou-o a ter fé, se manter calmo, ter esperança e acreditar na vida. E disse que havia um lugar melhor depois, que a salvação dele viria, caso ele aceitasse. O homem, por outro lado, não queria ouvir todo aquele papo, tentava e tentava expulsar Gaspar, mas não conseguia. Eu não suportava mais a falsidade desse cara, muito menos a falta de preocupação de Sauro.

– Sauro, qual é o problema dele? – perguntei. – Por que ele é tão fingido?

– Ele? Ele é o cara mais autêntico que eu já vi! O que não deixa de ser chato... Ah, você se acostuma! Veja bem, Gaspar é simplesmente a pessoa que você mais odeia. Ele tem a habilidade de ser exatamente o seu oposto. Por exemplo, se você é água, ele será óleo. Se você for tímido, ele será extravagante. Se for um liberal, ele será um moralista!

– Mas qual é a finalidade disso? – Fiquei um pouco irritado.

– Não sei. Ele simplesmente gosta de ver a reação das pessoas quando elas enfrentam seus opostos. Ele gosta de discutir até a última gota, de testar seus limites e pôr à prova suas convicções. Perdi a conta do número de pessoas que caíram em contradição em suas próprias ideologias depois de apenas cinco minutos de conversa com Gaspar. Ele gosta de mostrar a hipocrisia das pessoas para elas mesmas. Como ele faz isso? Ele não se importa. É divertido ver o circo pegar fogo. Ele faz isso com todos.

– Ele tem um gosto um pouco estranho e irritante.

– Bem, você pode considerá-lo um idiota, ou um cara sábio. Depende de sua opinião.

Conversa vai, conversa vem, eu e Sauro esperamos Gaspar se cansar de brincar com as pessoas. Eu fiquei admirando as nuvens e sonhando acordado, até que o barulho irritante de Sauro mandando beijos me trouxe de volta. Ele fazia beicinhos, coração com as mãos para uma mulher bem bonita sentada balançando as pernas cruzadas no banco em nossa frente. Estava com um vestido curto e preto, bem chamativo. Usava salto alto e batom vermelho forte, ostentava um decote covardemente hipnotizante, com seios enormes comprimidos contra o seu vestido apertado. A qualquer momento, o vestido explodiria, e minha calça também. Tinha o olhar de víbora para Sauro, pronta para o ataque. Seus cabelos longos e loiros brilhavam com a luz do sol, claro, isso e o grande anel de diamantes que ela carregava no dedo de compromisso. Este brilho Sauro não notou, é óbvio. Ela alisava a coxa carinhosamente e vigiava Sauro por entre os cabelos. Então, ela ergueu a mão e chamou Sauro com o dedo de esmalte vermelho. Sauro não demora e corre atrás.

Vocês não imaginam o quanto eu fiquei frustrado, estava *pê da vida*. Como pode um cara que tem um colar de celular com prego – repito, com PREGO – ganhar mulheres mais facilmente do que eu? Mas eu juro pra vocês que eu não joguei praga, não foi culpa minha o marido da mulher pegar Sauro no flagra. Também não foi culpa minha o marido da mulher ser um *armário* de dois metros e ainda fisiculturista. Não foi culpa minha o cara ser corno a ponto de acreditar na choradeira da esposa, e achar que Sauro é que tinha dado em cima dela. Eu juro que não foi culpa minha!

– Como você pôde? Seu tarado sem consideração! – disse o *armário*, quase chorando. – Ficar se jogando em cima do meu amorzinho, logo no dia em que ela está tão angustiada? Logo hoje que ela acabou de sair do velório do seu querido paizinho. Não vê que ela está sofrendo? Seu galinha sem consideração!

Isso explicava o porquê de os dois estarem vestindo roupas pretas.

– Foi horrível, meu amor – disse a mulher, chorando no peito do *armário*. – Eu estava aqui, lamentando a perda do meu querido pai, quando esse homem louco veio tentar me agarrar.

– Eu vou te ensinar a não mexer com mulheres indefesas! – esbravejou o *armário*.

O punho meteórico, que poderia causar a extinção do dinossauro, se conteve a um delicado toque. Eu estava com os olhos fechados, esperando o impacto, o barulho, mas, em vez disso, ouvi a voz tranquilizadora de Gaspar.

– Meu senhor, mil perdões, meu amigo aqui não fazia ideia. Eu não posso expressar a vergonha que sentimos agora, perdão.

– Atrevidos como você merecem apanhar! *Vacilão* não tem vez comigo, não! – O *armário* já estava vermelho e exibia seus músculos.

– Não há razão para violência, meu senhor, meu amigo foi um idiota. Nós pedimos desculpas a você e à senhorita ao seu lado. – Gaspar se inclinou e tirou o chapéu, como em um cumprimento.

– Acha que pode, simplesmente, pedir desculpa e sair impune, meu irmão? Acha que o mundo se resolve assim? Aqui se faz, aqui se paga, mano! – O *armário* não queria largar o osso.

– Não há necessidade disso, não vou brigar com você – disse Gaspar, em um tom de súplica.

– Tá achando o que, mano? Não quer por quê? Tá com medo?

– Usar a violência demonstra fraqueza de caráter. – Gaspar fechou os olhos e suspirou.

– O quê? Você me chamou de fraco?

– Não foi o que eu quis dizer. Veja, por que brigar? Qual é a razão?

O *armário* demorou um pouco para pensar.

– É uma questão de honra, malandro. Não vem com esse papo.

– Olha, eu não me importo com a minha honra, pra mim você já venceu! Eu desisto! Eu sou covarde! – disse Gaspar, meio desesperado.

O armário pareceu um pouco relutante. Por um momento, achei que ele ia desistir de bater em Sauro, porém ele olhou ao seu redor, os abutres já estavam ali, esperando famintos. Eles queriam ver sangue. O *armário* se lembrou de que ele era um gladiador, que ele fazia o espetáculo, que ele fazia o que o povo ordenava.

– Frouxos merecem apanhar ainda mais – disse ele, contente. O público gritou em apoio.

Gaspar suspirou, jogou o seu chapéu para mim.

– Então, vamos terminar isso de uma vez por todas! – disse ele com força, parecia pronto para a briga. Olho do tigre. – *Bora*, que agora eu acabo com a sua raça!

A baderna começou a ficar cada vez mais histérica, aquilo seria um massacre. Era como ver uma briga entre um rinoceronte e um cachorro. Gaspar surpreendeu, conseguiu se esquivar de alguns golpes com seu estilo lutador de arte marcial oriental: *Fodje tchi ná u tí fode.*

Era óbvio que aquilo não duraria para sempre, Gaspar nem havia tentado contra-atacar, só ficava andando em círculos. O *armário* ficou cansado, talvez até com tédio, mas, finalmente, acertou um soco no olho de Gaspar em cheio, e ele voou a dois metros de distância. Ele ficou lá, deitado, choramingando feito uma criança e dizendo que doía. Os abutres riam. O *armário* ficou muito satisfeito, ele ria e xingava Gaspar, afinal era seu direito, ele era o vencedor. Ele esticava os braços para o público que o prestigiava. Uma seita religiosa antiga venerando um Deus animal. Ele saiu com o peito estufado, levando a mulher nos braços, os abutres sumiram tão rápido como chegaram. Ajudamos Gaspar a se recompor, ele estava... sorrindo!

– Por que você fez isso, cara? Podia ter revidado um pouco, pelo menos – disse, estupefato.

– Eu não gosto de violência – disse Gaspar. – Pelo menos eu salvei a pele de Sauro, isso é o que importa. E não precisei usar a violência, nem levar mais de dois socos.

Tive a impressão de que Sauro se segurava para não sorrir. Se eu não estivesse enganado, seus olhos estavam marejados.

– Não precisava bancar o pugilista por mim, Gaspar – disse Sauro. – Desculpa, mas não foi culpa minha essa briga!

– Fica tranquilo, moleque – acalmou Gaspar. – Você sabe que eu nunca o deixaria entrar numa enrascada. E não adianta dizer que não precisa de ajuda!

Sauro quis protestar, mas resolveu ficar quieto.

– Mas você apanhou feio, pagou mico aqui! – falei, curioso. O meu lado mau desejava humilhação.

– Mico pra quem? Eu não me importo – ele pegou o chapéu da minha mão e se apoiou no meu ombro. – Sabe, a violência é um círculo sem fim: um mata o outro, o irmão do que morreu se sente na obrigação de vingá-lo e acaba matando mais um, e por aí vai. As brigas também, nas escolas, nas ruas. As pessoas brigam, perdem e juram vingança, chamam os amigos para fazerem parte da vingança e acabam envolvendo mais gente nesse ciclo. Aquele que tiver a coragem de sair, será chamado de covarde, perdedor, mas será ele quem vai dar fim nessa história.

No mesmo instante, gritos de horror chamaram a nossa atenção para um barzinho do outro lado da rua. Pelo que parece, uma esposa veio buscar o marido, e a amante do cara não quis deixar. Briga, gritos de xingamentos, uma garrafa quebrada e uma garganta perfurada. Um novo ciclo.

Gaspar tirou o celular do bolso e apertou um botão.

– O trabalho está feito – disse ele. – Vamos até o bar do Rocco, ele já deve estar acordado a essa hora.

Antes de partirmos, juntei coragem para questionar Gaspar.

– Gaspar, por que você faz isso tudo? – Ele olhou para mim sem nenhuma surpresa. – Por que você finge? Por que ser diversas pessoas em um dia só?

Ele mostrou seu sorrisinho singelo característico, parecia que ele já sabia que eu perguntaria aquilo.

– Para que serve essa vida, se não para interpretar? O que mais fazem vocês além de interpretarem suas personagens? Acordam, saem da cama e interpretam uma pessoa que vocês não são para serem bem vistos e aplaudidos pelo público. Isso tudo é uma arte!

Gaspar era o tipo de cara que sempre tinha uma resposta na ponta da língua. Diferente da próxima figura que surgiria no meu "Auto da Loucura". A pessoa mais repugnante e detestável que eu tive o desprazer de conhecer.

Nove capítulos a menos

Gotas de chuva começaram a cair, nada de preocupante. As nuvens eram muito ameaçadoras, mas não houve nenhum perigo. Era apenas uma artimanha para nos tirar a luz do Sol. A temperatura caiu mais um pouco, e o dia ficou mais fresco, principalmente para mim, que já estava cansado de pedalar embaixo do sol.

Era um barzinho muito simples, sujo e caindo aos pedaços. Nele havia pessoas das mais típicas que você pode facilmente reconhecer e saber o motivo pelo qual elas estavam ali naquela hora da manhã. Mas, naquele lugarzinho malcheiroso e com clima de arrependimento, havia um homem que ria muito alto e com gosto. Batia a bruta mão na mesinha que mal se aguentava nas perninhas fracas. Às vezes, parava para beber uns goles de uma garrafa ao seu lado, a garrafa cheia, no meio de outras três já vazias. Ele revezava, entre risadas e goles, alguns tragos do seu cigarro, do qual deixava cair cinzas na mesa sem se preocupar. Na TV pequena e com muito chiado, via-se o motivo de suas risadas: uma repórter, com um jeito muito peculiar, informava as últimas notícias.

“Nesta madrugada, dois grupos de extremistas religiosos entraram em confronto, mais uma vez, no Oriente Médio. Essa Guerra Santa se prolonga há muitos anos, pois seus integrantes possuem ideais divergentes sobre a salvação dentro da mesma religião. Enquanto um lado acredita que é estritamente proibido as mulheres saírem de casa, o outro lado, mais liberal e radical, defende a ideia de que elas têm permissão para ir até o jardim, se precisarem. Um dos grupos invadiu e se apoderou de várias vilas da região e uma reserva de petróleo. Até então, não se sabe onde eles conseguiram o armamento que utilizam.

Os vídeos que exibiremos agora com exclusividade mostram o momento em que algumas famílias são fuziladas sem piedade. Algumas mães tentam defender os bebês que carregam no colo, mas seus esforços são em vão. As imagens seguintes mostram o treinamento de algumas crianças. Os meninos são escolhidos para atuarem como soldados, e as meninas são preparadas para o casamento. Durante essa fase, os meninos aprendem a construir bombas e são preparados para sacrificar suas vidas pela causa...".

Olhando aquele homem de costas, que quase se engasgava de tanto rir na frente da TV, decidi que ele parecia um gorila com seus braços enormes. Eu mal conseguia acreditar que ele tinha delicadeza para segurar na garrafa de cerveja sem quebrá-la. A cada espirrada de sangue nas paredes, a cada bomba que explodia, a cada grito de agonia e a cada pessoa atropelada por tanques de guerra, o homem ria com escárnio e apontava o dedo. Dizia para si mesmo: "Que bando de idiotas", quando tinha fôlego para falar. Vi uma fileira enorme de meninos-soldados carregando armas muito pesadas. Estavam atuando no palco que lhes deram...

– Devia escovar os dentes de vez em quando, Rocco – disse Gaspar, com voz puxada. – Os mortos tentam escapar da sua boca quando você ri.

Rocco parou subitamente ao ouvir o tom de voz de Gaspar, parecia que ele tinha acabado de ouvir a sua música favorita, ou alguma notícia importante. Ele pôs a garrafa de volta na mesa cuidadosamente, se curvou para frente evidenciando a largura de seus ombros e emitiu um som, que mais parecia um rugido de algum animal selvagem que tinha acabado de acordar. O som da sua voz era grave e rasgada, uma mistura de surdo de bateria com serra elétrica.

Ele se ergueu – a cadeira devia ser muito baixa, pois Rocco aparentava ser mais alto ainda – e pôs o cigarro na boca ao se virar. Então entendi o porquê da pequena Keiko ter medo dele, ele era um monstro enorme! Tinha uma barriguinha de cerveja, mas ainda estava em boa forma física, uma tatuagem tribal seguia por seus braços enormes e um pouco flácidos. Ele poderia virar um carro sozinho, se quisesse. Estava usando uma camiseta amassada, calça jeans um pouco ralada e cinto, o que não o impedia de mostrar um pouco da sua cueca vermelha. Por fim, usava um coturno grande e preto. Sua face era carrancuda e quadrada, sua barba era mal feita, e nem incomodava a ele o fato de no lado esquerdo do seu rosto haver uma parte falha, devido a uma queimadura. A parte direita não perdia também, sua sobrancelha era atravessada por uma cicatriz. Seu sorriso era maligno e intimidador. O cabelo negro era um pouco bagunçado, mas não perdia o topete, no melhor estilo *rockabilly*.

– Ora, ora, ora. Deve ser o meu funeral – disse ele, entre baforadas do cigarro –, porque só assim para o Gaspar dar o ar de sua graça entre nós, seres das ruas menos prestigiadas. Aliás, eu rio mesmo! Rio porque isso aí que está passando na TV acontece toda noite aqui na esquina e não tem ninguém que se importe com eles. Afinal, eles estão dentro do nosso sistema e, se estão, então não são vítimas.

Se isso foi um insulto, Gaspar não se incomodou.

– Ah, e você trouxe o seu mascote – continuou Rocco. – Como que era o nome dele mesmo? Triceratope?

– É Sauro! – respondeu Sauro, irritado. – Eu sou o cara que sempre chutou a sua bunda no Queen of Fighters! Seu *noob*!

Rocco não perdeu aquele sorriso perturbador e maligno.

– Ah, sim, nunca deixou de ser petulante, não é? Uma pedra no sapato. Quantos anos você já tem? Já saiu da casa de Gaspar, ou você ainda é um inútil?

Sauro desfez o sorriso e fingiu que nunca o fizera para não pagar mico. Rocco se voltou para mim, sem muito interesse, apenas disse:

– E esse cara tão enrustido? Ele fede a novato. Diria até que ele acredita num futuro melhor.

Eu não consegui me defender, Gaspar falou por mim.

– Esse é o Brian, é seu primeiro dia de trabalho. Pega leve com ele, Rocco. Ele ainda não está acostumado com tudo isso.

Senti-me como um cão com o rabo entre as pernas.

– Tá, e daí? Por que você veio até aqui? A essa parte tão podre da cidade? Não foi só para me ver, eu tenho certeza.

– Foi por dois motivos – continuou Gaspar. – A primeira foi para convidá-lo para um churrasco que vamos fazer no final de semana, com a velha turma, mais o novato.

Rocco jogou no chão o seu cigarro e pisou nele.

– Ora, que interessante. Não acredito, você realmente quer reunir a turma? E eu estou na lista?

– Já faz tempo que nós não nos reunimos. Acho que seria bom conversar e relembrar os velhos tempos.

– Ah, é? – disse Rocco, irritado. – Devo lembrar, seu engomadinho, que foi você que se afastou, foi você mesmo que desfez os flibusteiros, logo depois que você conheceu aquela mulherzinha. E agora você quer se redimir? Quer "rever a galera"? "Relembrar os bons tempos"? – Ele bufou. – Ah, me dá um tempo!

Rocco pegou a garrafa de cerveja que estava quase vazia e a bebeu inteira. Depois, jogou-a para trás, sem se importar com o baque e os cacos de vidro que se espalharam pelo chão. A expressão facial de Gaspar mudou apenas quando Rocco mencionou sua esposa, deve ter sido um movimento tão involuntário que nem ele conseguiu esconder. Agora ele voltava a ser o velho e calmo Gaspar.

– Você criou os flibusteiros, deu um sentido à vida de pobres coitados, depois arrancou tudo deles! Tirou os sonhos de todos aqueles iludidos e os jogou no lixo. Eu sou um cara mau, mas você é pior, Gaspar.

– Tudo isso é para disfarçar a saudade que você sente? – perguntou Gaspar, fechando os olhos.

Rocco continuou quieto e de cara amarrada.

– Qual é, Rocco, eu sou patrono agora! Vamos sair por aí fazendo nosso trabalho juntos, como antigamente! – disse Sauro, entusiasmado e esperançoso.

Rocco voltou a gargalhar como antes, até mesmo sua risada era poderosa e ameaçadora. Você, com certeza, não gostaria de ouvir essa risada ecoando em uma rua escura.

– Você? Patrono?! Esse novato não vai aguentar até o fim do dia! Lembrem-se do que digo.

– *Blá-blá-blá*, eu falo mal dos outros para me sentir o bonzão etc. – disse Sauro, fazendo uma voz grossa. – Mas fala logo, você vem com a gente ou não? Vamos logo, pois eu ainda pretendo viajar no Natal!

– Acha que eu perderia esse momento histórico? Você como patrono? Eu quero ver a merda que isso vai dar. Aliás, eu tenho a agenda cheia para hoje.

Pronto, fechou! – disse Sauro.

– Rocco, eu já falei que não é pra você quebrar as garrafas, seu desgraçado! Quem você pensa que é? Seu porco! Eu não vou ficar limpando bagunça sua por aí, não! – gritou uma mulher, que acabara de entrar no bar.

– Dane-se, mulher! Eu vou sair – respondeu Rocco.

– Volta aqui e limpa esse chiqueiro que você chama de bar!

– Cala a boca e cuida das coisas aí! Sou eu que te sustento mesmo!

– Vá para o inferno, homem ruim!

– Você também, amor!

A mulher estava vermelha de raiva, e seus cabelos já eram brancos. Rocco saiu pela porta da frente sem nem olhar para trás, enquanto a mulher desistia e pegava a vassoura para limpar. Consegui ouvi alguns murmúrios, como "inútil".

Pois é, foi uma surpresa muito grande saber que aquele cara era casado. Simplesmente não entrava na minha cabeça.

– Ah, é – disse Gaspar, enquanto caminhávamos pela rua, o segundo motivo para vir aqui era para pedir uma coisa: para de mandar os seus mortos para mim! Estou cansado de ver almas penadas na minha porta!

– Sabia que um dia você viria reclamar – disse Rocco, sem demonstrar arrependimento. – Essa é a única forma de você vir conversar com seus velhos amigos, não é?

Gaspar ficou quieto.

– Você nos abandonou depois que conheceu a sua maldita mulherzinha! Virou um frouxo!

– Você também se casou – respondeu Gaspar calmamente.

– Mas você é um idiota, um iludido! Você acredita nessa coisa ridícula de amor?! Seu bocó!

Cometi o grande erro de parecer incrédulo diante de Rocco. Acho que ele não esperava a minha reação, estava incomodado.

– Você também acredita nessa baboseira, não é, novato? – perguntou ele, cuspindo no chão.

– É claro que acredito, minha mãe me amava! – respondi, batendo o pé no chão.

Rocco fechou a mão em um punho, eu me afastei um passo para trás por precaução e ele fez uma cara de nojo.

– Está bem, mãe e etc. Mas eu estou falando de amor por alguém fora da família. Estou falando de amor pra foder!

– Também, ora essa. É por isso que as pessoas se casam! Você não se casou por amor?

Rocco gargalhou tanto, que até deixou algumas gotas de saliva saírem pela boca.

– Baboseira, eu me casei porque convém me casar! Não por amor, seu idiota! Não existe amor! A única coisa que existe é desejo sexual, nada mais. Vocês é que vivem se enganando; eu, pelo menos, não sou hipócrita! – Ele bateu a mão no meu peito. – Então me diz, novato, você já amou alguém a vida inteira? Até o fim?

Cambaleei para trás, Rocco tinha a mão muito pesada. A porrada que ele deu no meu peito estava formigando, mas não só naquele local, meu corpo todo não sabia o que fazer. Estava contra a parede, sem saber o que falar. Ora, o que eu responderia? Logo eu, que nunca amei de verdade por mais de um dia.

– As pessoas são hipócritas, Brian! – continuou ele. – Mesmo depois de casadas, elas traem! E, mesmo se um homem namorar a mulher mais bonita do mundo, ele será capaz de trocá-la por uma noite, e isso vale para a mulher também. Os namorados só não abandonam porque não têm pessoas melhores por quem trocar, porque não há ninguém a fim deles! Depois que você fica velho, ninguém te acha mais atraente, e é por isso que os relacionamentos duram tanto! Dois velhos se amam, pois não há mais nenhum jovem que os ame! Se houvesse, não estariam mais casados! Todos vocês são um bando de hipócritas idiotas! Vivem por aí dizendo "ame as pessoas, paz na terra", mas estão afundados na sua própria ignorância, olhando apenas para seus umbigos.

Rocco rugiu mais uma vez:

– Eu não sei se o Gaspar vai ficar com aquela mulherzinha a vida inteira. Será que ele acha que é capaz? Há quantos anos está com ela? Ela deve foder muito bem para você continuar atrás dela.

Gaspar não estava prestando atenção no que Rocco dizia, parecia acostumado com tudo aquilo. Ele bocejou, balançou a mão para Rocco e depois ficou observando os pássaros voando em V ao longe.

– O amor de que vocês tanto falam, eu consigo em qualquer esquina! – continuou ele. – Me diz, então, pequeno sonhador, você amaria uma mulher sem buracos pra você brincar? E ainda mais, a vida inteira? Somos todos hipócritas, admita!

Eu queria poder revidar, sentia o ódio ferver dentro de mim. Não podia deixar esse cara ganhar essa discussão, ainda mais sendo tão cético como ele, mas não tinha argumentos. Eu mesmo deixava-me levar pelo prazer, dormia com prostitutas todas as noites, como um vício. E eu, com a dor no coração que sentia, não conseguia responder ao Rocco.

– Parece irritado, pequeno sonhador. O que foi? Alguém tirou a sua chupeta? É horrível quando as pessoas destroem a sua maneira de ver o mundo, não é? – Rocco ria satisfeito. – E o pior é que tem muitos idiotas por aí que perdem a vida pelo amor, que nada mais é que um desejo imundo e irracional pela carne. Dão mais trabalho para nós...

Virei meu rosto para que ninguém enxergasse as minhas lágrimas. Se Rocco as visse, seria o meu fim! Ora essa, eu não tinha mais controle sobre os meus próprios sentimentos, eles eram uma rajada intensa. Eu sentia muito ódio, diferentemente de Gaspar, e Rocco sentia prazer em atormentar. O que Rocco quis dizer com "convém casar"? Ele deixou bem claro que não se casou por amor, então o que seria? Ele não foi obrigado a casar, Rocco não tinha cara de quem deixava alguém mandar nele. Até que a voz de Sauro ecoou na minha cabeça, vindo direto do fundo da minha memória, tão rápido como um raio: "Aquilo, meu amigo, é simplesmente uma troca de favores".

Mediante tantas fofocas que eu já ouvi, e até por conhecimento próprio, analisei os casamentos por aí. Conheci várias famílias e na maioria das vezes não consegui entender como os casais ainda estavam juntos. Mesmo se odiando, enganando, traindo. Era troca de favores. Os maridos que eu conheci eram sempre inúteis, não sabiam lavar roupa, pratos ou fazer a própria comida, eles não conseguiam viver sozinhos. E as mulheres que eu conheci cresceram com a ideia de que elas tinham de se casar, tinham medo de ficarem "encalhadas". E são assim os relacionamentos mais estúpidos que eu já vi. Realmente, eles não tinham ninguém melhor para trocar, então se suportavam. Era uma troca de favores: eu finjo que gosto de você, você finge que gosta de mim. Talvez eles só quisessem conforto, mesmo que esse conforto não fosse verdadeiro...

Caminhamos por algum tempo sem nos falarmos, o único som que podia ser ouvido era o da bolinha azul de Sauro, que ele jogava no chão e pegava repetidas vezes.

– Estamos quase chegando – disse Sauro. – Eu tenho um trabalho para fazer bem ali na frente, naquele prédio em construção.

Uma das técnicas usadas por nós é a de nos mantermos distantes e ficarmos no lugar com melhor vista dos acontecimentos. Fingindo viver normalmente, é claro. Somos apenas cidadãos, não se esqueçam. Assim, ficamos numa banca de revistas, conversando e lendo. Bem em nossa frente, operários trabalhavam na reforma de um hospital, e Sauro ficou fazendo especulações sobre um pedaço de construção desabar. Gaspar tirava uma soneca no banco, e Rocco fumava enquanto lia uma revista de motos.

A desgraça é como um milagre, ela acontece do nada. Lá em cima, um trabalhador perdeu o equilíbrio na beira do precipício. Balançava agonizantemente os braços para não cair. Logo abaixo havia alguns ferros de construção civil na vertical, uma construção incompleta.

– Morreu! – berrava Rocco. – MORREU! MORREU! MORREU!

Torcia como um fanático por um time de futebol. Batia os punhos nos joelhos clamando pelo pior. Ele sorria muito contente e sem medo. Acredito que esse foi o trabalho ideal para Rocco, ele gostava de cada segundo. Naqueles momentos entre vida e morte, eu não pude aguentar e fechei os olhos, esperando ouvir o barulho. Então, de repente, escuto os gritos junto com a voz de decepção de Rocco.

– Puta que pariu, ele não morreu! – gritou ele, batendo a mão na testa.

O trabalhador de fato havia caído, mas ele teve sorte, pois, em vez de ter seu peito perfurado, seu braço havia sido decapitado. Ou quase. Ainda estava preso por alguns fios de tecido, separados pelo ferro no meio. O homem agonizava pendurado e berrando de dor. Não sei do que eu ficava com mais nojo: da cena em si ou de Rocco reclamando.

– Pra mim já chega! – disse Rocco. – Já encheu! Os seus trabalhos são inúteis, Sauro, assim como você! Vamos, agora é a minha vez. E dessa vez, o meu morre!

– A gente não devia chamar a ambulância? – perguntei.

– Não faz parte do nosso trabalho, pequeno sonhador! – Rocco se levantou, irritado.

Subitamente, o dono da banca de revistas atravessou a rua correndo para tentar prestar socorro ao trabalhador da construção. Antes de conseguir fazê-lo, um carro o atropelou em cheio, e ele caiu estatelado como uma coruja com o pescoço virado para trás.

Nós nos entreolhamos.

– Espera aí, aquele ali é de quem? – perguntou Sauro.

– Não é seu? – respondemos juntos.

Gaspar finalmente pareceu interessado, até pegou sua caderneta no bolso de trás.

– Aquele é meu – disse uma voz fina atrás de nós.

Era uma garota de uns 11 anos, com uma roupa escolar, saia vermelha xadrez e tranças no cabelo. Entre seus braços, um livro cuja capa dizia que era de português. Ela rabiscava algumas anotações, mas fechou com rapidez. Sorriu com uma cara inocente e foi embora, nos deixando apenas a observar seus saltinhos bobos pela rua.

Depois deste incidente interessante, fomos para o próximo serviço. Roma Heaven era ainda mais espetacular vista de perto, leitores. Os portões eram exuberantemente enormes, era como atravessar a porta de um templo. Do lado de fora havia esculturas de alguns leões, parte do tema desta *shop-city*. Fiquei atordoado pela grandiosidade da construção. Os vidros eram como telões que mudavam de cor e temas.

– Puxa vida! Por que é que eles nunca me mandam a um lugar desses?! – perguntou Sauro, indignado. – E logo você, Rocco?

– Para de reclamar. Eu já fui a lugares mais cruéis do que você na minha vida, lugares que seu estômago fraco de bebezinho não suportaria, lugares onde você cagaria nas calças! Dessa vez, eu fui mandado a um lugar digno do meu padrão! – disse Rocco, sem perder a cara de desprezo.

O lugar ainda era mais majestoso por dentro. O teto possuía o mesmo sistema de telões que imitavam as nuvens se movendo em um dia claro; lá fora não tinha sol, aqui dentro, sim. O centro do lugar era cheio de lojas variadas, em algumas esquinas havia quadras de basquete e tênis onde crianças com o uniforme da escola Nova Roma jogavam. As pessoas nos observavam do alto de apartamentos que ficavam na área de cima, mais próximos ao teto. Um pequeno trem, quase uma montanha-russa, atravessava as lojas e os demais locais da *shop-city*. É uma maneira bem divertida e inteligente de se mover por aí, devo admitir.

Seguimos Rocco, parece que devíamos ficar perto do lote 17b, pois era lá que a "diversão" ia acontecer. O lugar deixou de se parecer com um shopping; agora era uma pequena vila, com várias casinhas sem cerca, todas bonitinhas, enfileiradas uma atrás da outra. Todas coloridas e bem planejadas. Caixinhas de fósforo foi o termo que Gaspar usou, lembrando de uma certa música.

Ficamos escondidos na esquina, e logo vimos, atrás da escola, um grupo de três alunos brigando. Eles batiam com pedaços de pau e chutavam um pobre garotinho deitado no chão, em posição fetal, protegendo a cabeça. Os alunos mais velhos gritavam para o garoto.

– Não quero mais ver você mexendo com a minha irmã, está me ouvindo? – gritava um deles. – É isso o que pervertidos como você merecem!

O garoto no chão já tinha o rosto coberto de sangue.

– É aquele lá – disse Rocco com descaso. – Só preciso esperar.

O grupo de jovens parou de chutar o garoto por um momento para deixá-lo vomitar. E aproveitaram para zombar dele ainda mais. Eu, de longe, vendo a cena, me senti aterrorizado.

– O quê? Nós vamos ficar vendo o menino apanhar até a morte? – perguntei, com raiva. – Não vamos fazer nada?

– Já era pra você ter colocado nessa sua cabeça de merda que não devemos fazer nada. Se as pessoas querem se matar, então que se matem! – disse Rocco, me olhando com profundo desprezo. Devolvi-lhe o olhar.

– Sauro? Gaspar? – supliquei. – Vão deixar isso acontecer? Realmente não devemos fazer nada?

Lá na frente, o líder do grupo dos alunos mais velhos tirou um estilete do bolso.

– Que tal a gente arrancar fora esse seu bilau aí, pra você nunca mais ser ameaça para ninguém? Será que você vira mulher? Será que cresce uma vagina? – Os alunos mais velhos riam. – Só tem um jeito de saber!

O menino enfiou o estilete na coxa direita do garoto, enquanto os demais o seguravam, e começou a descer bem devagar. Alguma coisa dentro de mim gritava, senti ódio de todos ali. De Sauro, de Gaspar e de Rocco. Será que eles não tinham coração? Será que eu me tornaria um deles? Não! Não!

– Já chega! Eu vou lá! – falei. – Se vocês não querem ajudar, eu vou sozinho!

Gaspar parecia impressionado, parecia até que estava feliz, mas devia ser impressão minha, pois logo em seguida ele sentou-se e abaixou o chapéu.

– Quem disse que você pode ir lá? – disse Gaspar. – Essa é a ordem natural das coisas, você não percebe que nós somos apenas peões? Você deve fazer somente o que é mandado, novato. E lhe digo mais, esse trabalho é do Rocco. – Gaspar estava zangado, falava quase brigando. Eu podia sentir o ódio em sua voz.

Fiquei indeciso por um tempo. Não teria o apoio de ninguém. Agora, eu estava sozinho e devia tomar uma decisão.

– Eu vou! – falei com firmeza. – Se vocês vão ficar parados aí, eu não quero ser como vocês.

Gaspar tirou o chapéu da cara, seu rosto estava vivo pela primeira vez. Ele lambeu o canto dos lábios rapidamente e disse:

– Se é isso o que você quer, eu não vou te impedir. A escolha é sua e o que vier depois também! Você tem esse direito.

– Vai lá, então, herói! – Rocco ria com escárnio. – Salve o mundo, seu heroizinho fajuto! Isso vai ser um espetáculo e tanto. Será que você vai apanhar? Sabe que herói bom é herói morto, não é? Então, não nos decepcione!

– Não devemos nos intrometer! – disse Sauro, suplicando. – Por favor, Brian!

Fui puxado pelo ombro com muita força, senti como se meu ombro tivesse sido deslocado e me deparei com a face feia de Rocco.

– Mas me diz uma coisa, herói – falou Rocco, se aproximando de mim –, por que você vai salvar o cara, se ele está gostando do que está acontecendo?

Olhei para a cena mais uma vez e o garoto sendo cortado estava rindo! Tinha um sorriso sem dentes na face amassada, graças ao enforcamento que recebia de um dos brutamontes mais velho.

– Viu só, herói? – disse Rocco. – Ele gosta. Ele sente prazer com tudo aquilo, não precisa de herói. Então, deixa o cara morrer feliz.

Fiquei hipnotizado com o rosto alegre e sangrento do pobre garoto.

– Não! Mesmo assim, ele não merece morrer.

– Ninguém está te segurando. Vai logo, herói!

Esperei um momento para ver se alguém me impediria ou iria comigo, mas nada. Detrás de seu chapéu, pude ouvir Gaspar dizer bem baixinho e ritmado, quase como se estivesse cantarolando para si mesmo:

– Sentir dor torna as pessoas mais compreensivas com as outras. E quem vive se escondendo da dor, se torna o quê? – Era possível ver um pequeno sorriso malicioso escondido na sombra do chapéu. – Se torna o quê?

Sem cabeça para pensar, e sem tempo também, saí correndo e, atrás de mim, ouvi Sauro dizer: "Uh, uh. Ele é meu amigo!" Mas o que eu estava fazendo? Desde quando eu tinha coragem para fazer aquilo? Eu ia apanhar daqueles caras. O meu *eu* interior gritava para parar de correr, e outra força qualquer me mantinha correndo. Por que eu estava fazendo aquilo? Era bem mais fácil fechar os olhos e esperar tudo aquilo acabar, isso era mais a minha cara. Mas o que mais me incomodava era Sauro, com todo o seu papo de autoconfiança, não ter erguido um dedo naquela situação. Achava que Sauro ia me salvar, talvez eu estivesse enganado. As pessoas nos enganam.

Gritei para o bando de alunos, e eles largaram o garoto no chão, que mal conseguia se mover.

– Quem é você? – perguntou o líder. – É um amiguinho pervertido dele?

– Não, eu não sou ninguém. Só não consigo ficar vendo vocês machucarem ele. Saiam daqui, ou eu chamo a polícia.

Os garotos riram.

– Você não é daqui, não é? Quer saber, se você também gosta de apanhar, quem sou eu para impedir? Cai dentro, seu miserável!

A minha primeira ideia foi correr e tentar me safar. Antes que eu pudesse bolar um segundo plano, eu fui salvo. O garoto que estava apanhando arrancou outro estilete de dentro da calça, chegou de fininho e cortou a garganta do líder. O membro mais gordinho do grupo avançou em cima dele, mas foi ferido com o estilete no peito e empurrado para trás. O terceiro fugiu.

O garoto que há meio minuto estava apanhando, não parava de sorrir e enfiar o estilete no peito do gordinho. Eu fiquei imóvel, com as pernas tremendo. O garoto, por fim, roubou a carteira do gordinho, cortou a orelha e a mastigou, deixando o sangue escorrer pelo queixo. Eu dei passos para trás com muito cuidado para não ser notado. O garoto fugiu da cena do crime levando a orelha de brinde e me ignorando completamente... Ainda bem!

Ao longe, eu pude ouvir a horrível risada de Rocco, aquela maldita risada. Senti ódio de mim mesmo. E como eu me odiava naquele momento! Comecei a chorar e saí correndo atrás deles, não estava com vergonha das minhas lágrimas, eu não consegui segurá-las, apenas isso.

– Meu herói! – disse Rocco, com aquele sorriso malévolo no rosto. – Cara, você acabou de me arrumar uma baita papelada para preencher, poderia até te bater, mas quer saber? Valeu a pena. Devo lhe dar os parabéns, Brian. Você acaba de criar um monstro!

Comecei a chorar ainda mais. Minha face estava quente, eu sentia uma enorme vontade de esganar Rocco e estava cansado de ouvir as suas risadas e toda a sua falta de consideração.

– Pensei... – disse eu, soluçando – que este lugar fosse perfeito, um paraíso na terra.

Rocco cuspiu.

– Este lugar? Este lugar tem os mesmos problemas de lá fora! A diferença é que, aqui dentro, eles não deixam vazar notícias ruins, pois é tudo acobertado. É tudo propaganda! Se este lugar fosse mesmo um paraíso, lá fora também seria! O ser humano tem a escolha de fazer o céu ou o inferno de suas vidas, mas adivinha o que eles preferem? Eles vivem esperando uma recompensa, mas esquecem de cuidar bem do mundo em que vivem, eles não fazem do mundo o seu paraíso!

Ele ria das minhas lágrimas, como se aquilo não fosse novidade para ele.

– Isso não é mais do que um bando de gente convivendo no mesmo lugar. E onde há pessoas diferentes convivendo, existirá a violência. Sabe por que, herói? Porque o ser humano é nojento, é podre, é mau! Não adianta, se as pessoas querem se matar, elas vão se matar. – Ele acende mais um cigarro. – São um bando de idiotas.

Sauro veio me abraçar, e Gaspar apenas colocou a mão no meu ombro.

– Calma, cara, isso acontece. Não foi culpa sua – disse Sauro.

– Vamos embora – falei.

– Somos seus amigos, se precisar, pode falar com a gente – disse Gaspar.

– Vamos embora – disse novamente, colocando fim à conversa.

Começamos a comer, Gaspar disse que era por sua conta. O Espeto de Ouro era uma churrascaria bem famosa, e já estava aberta. Revisei minhas informações, meu braço se encheu de letras mais uma vez. Eu estava bem em frente ao local descrito, então nos sentamos na janela para ter a visão necessária. Rocco acabara de chegar com a sua moto Chopper, a Gertrudes, como ele gostava de chamar. Ele havia se separado de nós, porque foi na sua casa buscar mais dinheiro, ele não queria ficar devendo para Gaspar. Sauro ficava fazendo cara de morsa, colocando as facas entre os lábios. Gaspar ria, contava piadas e histórias antigas. Eu não me sentia muito bem para rir.

– Qual é, herói, ainda está chateado? – perguntou Rocco.

Fiquei olhando pela janela e não me importei.

– Você não podia fazer nada, herói. Ninguém pode impedir a natureza do ser humano.

– Toda vez que eu tentar ajudar, algo ruim vai acontecer? – perguntei chateado. Gaspar logo respondeu:

– Não, como já foi dito, tudo depende do caos. Algumas pessoas acham que a Morte sempre vai te pegar; se você escapou hoje, amanhã você morre... A morte não é estoica, se você não cumprir a "função da Morte", ou a "natureza da vida" e essas palhaçadas, não quer dizer que você será punido, ou que os outros serão. Na verdade, ela é tão burocrática que acaba dando essa impressão. Hoje foi apenas um azar, acontece. É bem possível você ir contra a morte e salvar várias pessoas, porém, nem sempre isso dá certo. É tudo caos, então, não se culpe.

– É, você acha que isso nunca aconteceu com a gente? – perguntou Sauro. – A gente tá nesse ramo há muito tempo e já viu muita coisa. Tentamos ajudar, mas...

Encarei-o, espantado. Como assim, aconteceu com a gente? O que ele quis dizer?

– Espera aí, isso já aconteceu antes?

– Várias vezes, Brian camarada! Nós éramos flibusteiros, de vez em quando as coisas não saíam como previsto. – Gaspar deu uma cotovelada no estômago de Sauro, que tossiu.

– O que é essa droga de flibusteiros? – Estava um pouco irritado.

– Vocês ainda não falaram dos flibusteiros para ele? – perguntou Rocco. – Mas espera aí, novato, você tentou salvar aquele moleque pervertido sem saber da existência dos flibusteiros?

Houve um silêncio longo e algumas tentativas de interpretação de expressões. Rocco começou a gargalhar e bater com a mão na mesa, derramando nossos refrigerantes. Algumas pessoas do restaurante olharam para nós, indignadas.

– Você é mesmo um cuzão, Gaspar! – disse ele, apontando o dedo como uma arma. – O novato é igual a você quando jovem, e você nega a ele as possibilidades?

– Você viu o que aconteceu hoje, Rocco – disse Gaspar tirando o chapéu. – Admito que eu percebi que, apesar de tudo, ele tinha tal espírito. Mas não adianta, os flibusteiros não servem para nada, você mesmo viu. Então, foi melhor que ele não soubesse. Evita toda a dor.

– Como assim? Será que vocês podem me dizer, de uma vez por todas, o que é esse negócio de flibusteiros e parar de enrolar? – Exigi respostas.

Gaspar suspirou um pouco e continuou com a sua voz calma como as ondas do mar. As palavras iam e vinham no mesmo ritmo.

– Vou ser direto. Os flibusteiros eram um grupo de Mortes que, de vez em quando, interferiam nos trabalhos. Na verdade, o que nós fazíamos era o seguinte: nós simplesmente não recrutávamos pessoas, porque, depois de instruídas, elas voltam às suas vidinhas miseráveis de novo. Como se nada tivesse acontecido, como se nunca tivessem morrido, como se a vida não fosse nada. A maioria, hoje, ainda é depressiva, tem insônia e vive sem sentido. As pessoas são assim, elas prometem mudar de vida, mas o tempo passa e elas esquecem ou desistem. Consegue entender o que eu digo?

Fiz que sim com a cabeça.

– Você, por exemplo, pode até voltar a ser quem era sem mudanças drásticas na sua vida. Mas nós, além de recrutar, transformávamos as pessoas, mudávamos o seu jeito de pensar. Pensávamos que assim, pouco a pouco, transformaríamos o mundo.

– Nós salvávamos as pessoas! – disse Sauro, feliz, erguendo seu garfo com um pedaço de carne preso. – Nós éramos os piratas da morte, íamos contra as regras! Vivíamos ao máximo cada segundo! Fazíamos os novatos caírem na real e seguirem seus sonhos! – Sauro não conseguia conter a empolgação. – Éramos um grupo de amigos felizes curtindo a vida! E...

– Nós éramos tolos acreditando em uma mentira – cortou Gaspar. – A nossa intenção era mudar o mundo, mas é um sonho bobo. Com o passar do tempo, nós começamos a fazer o que você fez hoje. Nós, quando podíamos, mudávamos o destino das pessoas. Mas como você pôde testemunhar por conta própria, nem sempre dá certo. E, é claro, isso é muito perigoso, você mesmo pode acabar morrendo, ou causando mais problemas. Mas éramos jovens e despreocupados, tínhamos uma missão para cumprir, ora essa! Infelizmente, o mundo não quer ser mudado...

– Eu estava lá só para torturar os novatos mesmo – disse Rocco. – Ah, cada novato que apanhou na minha mão, cada teste que eu fiz. Eu era bom em fazer os novatos encararem seus medos. Eles tinham mais medo de mim! Bons tempos.

– Espera aí, faziam testes? – perguntei. – Então, é por isso toda aquela história da cova?

– Que cova? – perguntou Gaspar.

Houve um breve momento constrangedor, em que eu fiquei indignado com a cara de surpresa de Gaspar e Rocco. Sauro ficou brincando com os dedos, fazendo duas perninhas que subiam na parede, e assobiando, evitando qualquer contato visual.

– Sauro me fez cavar uma cova, minha própria cova! – falei acusatório. – Vocês faziam isso?

Gaspar começou a coçar o cavanhaque.

– Bem, é uma boa ideia. Fazíamos coisas parecidas, testes mais psicológicos do que físicos, mas esse negócio de cova eu nunca fiz.

– É mesmo? – voltei-me para Sauro. – Então, quer dizer que isso não é obrigatório?

Gaspar confirmou que não.

– Isso não é um ritual de todas as Mortes?

Ele novamente negou.

– Então, quer dizer que você me torturou por mera nostalgia, Sauro?! Quer dizer que você ia destruir a minha memória só para você se sentir o herói? Para poder sair com seus amigos de novo?

– Olha, não é bem as... – Pulei em cima de Sauro antes que ele pudesse se defender.

– Qual é o sentido disso tudo, seu desgraçado? Achei que você estava fazendo algo para me ajudar! Mas não, você só me torturou por diversão! – Comecei a chorar. – Minha mãe... Minha mãe!

Dei alguns socos em Sauro antes que Gaspar pudesse me segurar pelas costas.

– Você me usou! Você ia apagar a minha memória!

– Não, eu não! – disse Sauro, colocando a mão no nariz. – Eu perguntei se você queria ser a Morte, você disse que não, então foi alertado. Só isso. Era só dizer que aceitava e ir embora. Eu não podia forçar você a cavar a cova, você cavou por conta própria! Você podia muito bem ter virado as costas e ido embora, nada mais grave ia acontecer.

– Maldito!

As pessoas do restaurante não pareciam entender a nossa conversa, acredito que elas pensavam se tratar de uma briga de mafiosos ou coisa do tipo. Fomos expulsos da churrascaria, ficamos ali sentados no meio-fio com frio. Eu ainda tinha a obrigação de fazer o meu trabalho, não podia ir embora. Tinha que vigiar a igreja.

– Brian – disse Sauro, com uma voz tímida –, me desculpa, eu sei que eu fui muito rude. Sei que não foi justo com você, mas veja só, o Brian que eu conheci não teria coragem de enfrentar um bando de alunos briguentos para defender outro. O Brian que eu conheci iria virar a cara e fingir que não viu.

– E acabou matando dois – disse Rocco logo depois.

– Cala a boca – disseram Sauro e Gaspar juntos.

– A questão é – continuou Sauro – que você descobriu que pode fazer escolhas sozinho! Você tem o poder da escolha, de agora em diante você faz o que quiser! Você não está só se movendo conforme a música!

Eu estava muito zangado para admitir, mas era verdade. Eu finalmente sentia que eu podia mudar as coisas. Nesses últimos dias, percebi que as pessoas não levam a vida a sério, que desperdiçam muito tempo se escondendo, se odiando ou vivendo como marionetes. Todos eles na minha frente e todos eles eram reflexos de mim mesmo. Agora eu entendia por que Gaspar gostava de ser o oposto, talvez ele quisesse mostrar que cada um tem seu próprio monstro dentro de si. Gaspar podia ser quem ele quisesse, o que quer dizer que eu também podia! Eu também posso! Eu estou dentro do meu corpo e, se quiser, eu passo por cima das circunstâncias! Não escolhemos nossos medos, o subconsciente o faz, mas, se você quiser, pode mudar a situação. Você tem o poder de ser quem você quiser desde que não se importe com que os outros falem. Você não deve ter vergonha de ser feliz ou de ser quem é. Gaspar não tinha medo de ser chamado de covarde, pois usar a violência era mais vergonhoso para ele. Às vezes, vocês devem esfriar a cabeça e aceitar as pessoas como elas são.

– Olha lá – disse Sauro. – É ela!

Lá estava a garotinha, esperando o culto terminar. Ela pulava os quadrados da calçada como se fosse amarelinha. Estava sozinha. Em sua inocência, mal ela sabia que ela tinha chances de morrer. Ela sequer sabia de mim! Olhei no meu relógio, faltavam cinco minutos para o meu primeiro trabalho. A garotinha usava um vestidinho branco e cantava muito feliz. Pensei em mil formas de como essa menininha, do nada, viria a falecer. Olhei no meu relógio, os números marcavam 50%, ou seja, ela tinha uma boa chance de sobreviver. Rocco não gostava muito de ficar esperando sem fazer nada, então comprou umas cervejas em um bar na esquina.

– Não morreu ainda? – perguntou ele, quando voltou.

Eu estava encantado com a doçura daquela garotinha. Ela segurava o vestido com os dedos de uma maneira delicada enquanto dançava. Sim, ela dançava e não precisava de música para isso. Rodopiava para lá, rodopiava para cá em seu baile imaginário. A inocência da criança me dava nostalgia. Fiquei me imaginando sendo pai. Será que eu seria um bom pai? Será que eu saberia educar alguém? Sei que nem todas as crianças são legais como aquela garotinha, mas isso não é culpa dos pais? Bem, desisti da ideia porque eu não sabia nem cuidar de mim mesmo, quem diria de uma criança.

Dois homens altos e de terno se aproximaram da garotinha e lhe deram chocolate. Agacharam-se sorrindo e começaram a conversar com ela. Aqueles caras não pareciam ser pais ou irmãos dela. Um carro com vidros pretos, que impediam a visão interna, estacionou na frente da igreja. Os dois homens mais velhos seguraram na mão da garotinha e a acompanharam em direção ao carro. A pobre garotinha sorria, sem saber do que se tratava.

– Não! Por favor, não! – segurei forte o braço de Sauro, pedindo algum tipo de consolo. – Por favor, Sauro, NÃO!

Sauro não fez mais do que uma cara triste para mim. Olhei no meu relógio, ele ainda marcava 50%. Significa que...

– Ela ainda tem chance! – gritei.

Ninguém quis olhar na minha cara ou me dar ouvidos. Sauro suspirou e disse:

– Vamos, Brian, não torne isso pior para ela. Permita que ela passe para o outro lado. Será melhor assim.

Não, de novo não! Coloquei minha mão na cabeça, senti um ardor insuportável dentro de mim, uma agonia extrema. Olhei a garotinha sendo levada devagar para o carro. Não podia deixar aquilo acontecer, não podia deixar aqueles monstros a levarem! Por que a garotinha tinha de morrer? Esse não era o destino dela, destino não tinha nada a ver com aquilo. A culpa disso tudo era daqueles homens. A vida não queria que ela morresse, os adultos sim. Se somos nós que mudamos o mundo, eu também podia mudar, também podia salvar a garota. Assim como Sauro me disse que eu podia fazer a escolha que quisesse.

– Não, por favor. Eu suplico! Não me façam matar aquela garotinha. Ela não tem culpa!

– Pessoas matam pessoas – disse Sauro. – Nós não devemos interferir. Eu já lhe disse, é um saco, mas é como deve ser.

– Não acredito que esse miserável ainda pensa desse jeito – disse Rocco, depois de tomar um gole de sua cerveja. – Do que você está reclamando, pequeno sonhador? Essa garotinha não tem nada de especial, eu já vi várias putas morrerem do mesmo jeito. Entram num carro e não voltam.

– Mas espera aí, não devemos seguir eles? – Todos me olharam indignados, menos Gaspar, que continuava deitado no chão com o chapéu na cara. – Sabe, nós não temos que ver a morte dela, pra dizer se ela morreu?

– Não. Tá louco? – disse Sauro. – Você não precisa necessariamente ver uma pessoa morrer. Isso seria impossível na maior parte das vezes. Você precisa dizer o ponto de desgraça dela, quando não tem mais volta, entende? O momento em que a pessoa está fadada à morte. Por exemplo, agora: aquela garotinha só tem alguma possibilidade de vida enquanto ela caminhar até o carro. A partir do momento em que ela entrar, já era. Você precisa marcar que ela morreu, pois não tem escapatória. Esse é o ponto de desgraça dela.

Aquela era a caminhada mais longa que eu já vi. Torci com todas as minhas forças para que a missa acabasse, que alguém aparecesse de repente, que um avião atirasse nos dois homens, torci até por alguma catástrofe natural, mas nada aconteceu. A garota foi colocada dentro do carro. Meu relógio marcava 70%.

– Não! – gritei. – Ela ainda tem chance! Por favor, Sauro. Ela tem chance ainda!

– Aperte o botão, Brian. Vai ser melhor assim.

Mordi a minha mão para conter a agonia e minha tremedeira típica. Meus pulmões sentiam falta de ar, meu peito doía, comecei a ficar tonto. Eu queria tanto que meus remédios estivessem ali... Estava prestes a ter um ataque! Olhei para o meio-fio e lá estava a chave de Gertrudes, a moto de Rocco. Isso seria uma missão suicida, e eu aceitei as consequências. Rapidamente roubei as chaves do lado de Rocco, saí correndo, sentei-me em Gertrudes e tentei dar partida. Vi o carro partir correndo, levando a garota dentro. Mas é só até aí que eu me lembro...

12
Dez capítulos a menos

Acordei. Vi o teto branco com tinta desgastada do meu apartamento. Minha cabeça doía. Foi torturante tentar erguê-la, tanto que perdi um pouco dos sentidos. Fiquei sentado na minha cama, meu travesseiro tinha alguns sinais de gotas de sangue já secos. Tive coragem de pôr a mão atrás da minha cabeça, mas tirei quando levei um pequeno choque nervoso ao encostar naquele corte horrível. O relógio da mesinha marcava 23h18.

As luzes estavam todas apagadas, eu estava sozinho. Nenhum ruído sequer. Ergui-me com dificuldade e fui acender a luz. Abri a porta e alcancei o corredor, mas parei subitamente ao perceber que não estava sozinho como pensei. No fim do corredor, uma pequena figura estava parada olhando para mim. Antes que eu pudesse identificar o que era, ela soltou um grito ensurdecedor. Era um grito de criança... Saiu correndo e foi para a sala. Eu caí para trás com o susto. Aquilo não podia estar acontecendo. O que foi que eu fiz? Fui atrás da pobre garota.

Lá estava a garotinha, que outrora era linda e feliz. Sua face estava roxa, seus lábios estavam cortados. Em seu pequeno pescoço haviam marcas de estrangulamento. Ainda usava seu vestidinho branco, porém, na parte de baixo, na região dos órgãos genitais, o vestido estava manchado de sangue que escorria até o fim de suas pernas. Ela chorava alto e gritava para mim. Dei um passo para frente e ela berrou ainda mais alto. Recuei, imaginando se os vizinhos podiam ouvi-la, acho que não. A garotinha gritava por sua mãe e seu pai.

– Está tudo bem agora – falei com muita calma. – Não precisa ter medo de mim. Não sou como os outros, eu sou seu amigo.

– Eu quero a minha mãe – berrou a garotinha. – Você não é a minha mãe. Você é um adulto mau. Eu odeio os adultos! *Odeio! Odeio! Odeio!*

Eu também, pensei.

– Você não poderá ver a sua mãe, sinto muito.

– Eu quero a mamãe! – A garota continuou chorando. – Mãe, cadê você?! Socorro, mãe!

A garota caiu de joelhos, tapou os próprios ouvidos e gritou mais alto ainda, de maneira arrepiante. As cordas vocais dela talvez até se rompessem, mas ela já estava morta... Talvez eu ficasse surdo, surdo por um grito de socorro que ninguém mais podia ouvir... Que ninguém ouviu.

– Eu vou te levar para um lugar melhor – tentei lembrar o nome da garota –, Isabela Cristina!

Ela soluçou um pouco e parou de chorar por um momento.

– Como você sabe o meu nome? – perguntou ela entre os soluços.

– Eu sei porque eu... eu sou seu anjo da guarda. Eu sou seu amigo.

Eu me aproximei dela.

– Sai daqui. É mentira! Se você é meu anjo da guarda, onde estão as suas asas? – disse ela, voltando a chorar. – Mãe! Eu quero você, mãe!

Não esperava por essa.

– Mas foi justamente sua mãe que pediu para eu ajudá-la! E quanto às minhas asas... é que eu também sou responsável pelos animais indefesos. Uma galinha pediu minhas asas emprestadas para fugir da granja, por isso estou sem asas no momento.

Isabela parou de chorar. Devia estar tentando imaginar uma galinhazinha com asas enormes de anjo.

– Gosto de galinhas, são tão engraçadinhas. Elas mexem a cabeça quando andam.

– É mesmo – soltei um risinho. – Essa que pegou as minhas asas é bem espertinha, até agora não devolveu. Deve estar passeando por Paris, conhecendo o mundo. Danada!

Isabela riu. Crianças são tão legais, não é? Elas conseguem rir de coisas bobas, têm mais facilidade para serem felizes.

– Mas deve ter ficado feia! Galinhas precisam de asas menores, seu bobo!

– Você que está dizendo. Uma vez, eu emprestei minhas asas para um sapo-boi. Em troca, eu dei a língua do sapo para um crocodilo.

– Crocodilo com língua de sapo? Pra quê? – Ela, incrédula, balançava a cabeça em desaprovação.

– Pra ele alcançar as frutas em cima das árvores! Ele resolveu virar vegetariano.

Isabela ficou pensativa. Acredito que ela gostou da ideia de um crocodilo ser vegetariano. Ela sorria sozinha, esquecendo completamente a minha presença. A imaginação é uma bênção, é uma dádiva das crianças, mas como imaginação não é útil em nossos empregos, abandonamos...

– Isso é divertido... – disse ela, olhando para o nada.

– Não vou mentir para você, Isabela – continuei tendo cuidado com as palavras –, você morreu, mas não tenha medo. Está vendo? Não dói mais! E você foi uma menina muito boazinha em vida, então terá a sua recompensa agora! Você vai para um lugar muito especial, onde não há tristeza, onde só existe gente boa e feliz. E, se você tiver paciência, sua mãe e seu pai irão te ver mais tarde.

Ela parou de chorar e deixou eu me aproximar. Eu me senti muito mal em mentir para ela, porém não havia outra forma de acalmá-la.

– Eu morri? – Ela esbugalhou os olhos. – Mas *pú quê?*

– Porque você é uma criança, Isabela, em um mundo de adultos. Seu lugar não é aqui.

Ela não entendeu.

– Não tenha medo – continuei. – Eu te levarei a um lugar onde nenhum adulto vai te assustar mais, onde só há crianças. Confie em mim. Lá não tem adultos, são as crianças que mandam. Lá tem doces, brinquedos e nenhum professor à vista!

Lembrei do meu relógio. Dei um toque no botão, esperando vê-la sumir. Não deu certo. Coloquei a mão na cabeça dela e me agachei, então envolvi-a nos meus braços que, infelizmente, não podiam lhe dar calor e segurança. Meus braços atravessaram o corpo dela, mas a intenção foi boa, o psicológico dela sentiu, e ela se acalmou.

– Estou com sono – disse ela, enfim.

– Pode dormir lá na cama – respondi. – Quando acordar, estará num lugar melhor.

Acompanhei-a e a pus para dormir. Fiquei "segurando a sua mão", que era mais ficar de mãos atravessadas, e cantei as mesmas cantigas que minha mãe cantava para mim quando eu tinha medo de noite. Não demorou muito para que ela dormisse, então eu saí e fechei a porta com muito cuidado. Deitei-me no sofá e comecei a repetir o monólogo que Sauro me ensinara.

– Mas você é um inútil mesmo! – Uma voz ecoou na minha cabeça, mas não era a voz de Kate. Era a minha. Mas... eu não estava pensando.

– Por que você ainda tenta? Será que não consegue fazer nada direito? Não fez nada da vida, e não consegue nem se redimir salvando alguém.

Levantei-me do sofá, olhei para todos os lados e me assustei com a figura que estava presente, sentada na janela. Era EU! Era como olhar em um espelho, era um clone meu ali, bem diante de meus olhos.

– Não era isso que você queria? – perguntou o clone. – Um sentido na vida? Já que a sua vida não foi grande coisa, talvez ela tivesse valor se você fosse importante para as outras pessoas, se pudesse salvar os outros. Mas você não consegue, não é? Tudo o que você faz acaba piorando as coisas! Seu pai estava certo, você não vale nada, nem devia ter nascido!

– Quem é você? – perguntei perplexo.

– Eu? – disse ele, olhando para os lados, como se eu estivesse falando com alguém além dele. – Ora, eu sou você quase vivo! Eu sou você *ainda vivo!*

O sujeito abriu os braços e se jogou da janela. Corri para tentar *me* salvar, mas não havia nada para pegar, ele havia desaparecido por completo.

– Quando você vai dar valor a si mesmo? – perguntou uma voz atrás de mim. – Nós estamos esperando ansiosamente por esse dia, pelo dia em que seremos livres. Liberte-nos, Brian! Liberte-nos!

Eu me virei lentamente, e lá estava o meu clone novamente, sorrindo para mim.

– Você me decepcionou tanto – disse ele, fechando a cara. – Quem diria que você acabaria assim?

– Deixe-o em paz! – disse outra voz. Esse novo clone estava sentado no canto da sala, encolhido.

– Você é hipócrita e egoísta! – revidou.

– Ele não é egoísta, é apenas solitário – defendeu-me o clone do canto.

– Isso não pode estar acontecendo – falei. – Quem são vocês?

A televisão ligou sozinha, e um novo EU surgiu sentado no sofá.

– Eu não sei quem eu sou – disse o clone do sofá, sem piscar os olhos ou se mover. – Eu preciso daquele jogo de toalhas, e de cortinas novas...

– Cala a boca – disse o clone que estava em pé. – Todo mundo te odeia. Você nunca foi suficiente! *Todos te odeiam*!

– Por que vocês estão pensando tanto? – quis saber outra voz ao meu lado. – Pensar é para otários! Vamos sair e farrear! Fazer sexo com todas as mulheres da cidade! Vamos destruir alguma vidraça. Vamos nos divertir, caralho! Por que você está perdendo tempo aqui, sendo que Angélica está no outro quarto? É só chegar e transar, fim de papo!

Caí para o lado com o susto desse novo clone. Esse gostava muito de berrar na nossa cara. Agachado no chão frio do meu apartamento, estava preso entre várias entidades minhas, e nenhuma delas parecia sequer me entender.

– Por que vocês me odeiam? – perguntei. – Eu nunca fiz nada.

– Eu não te odeio – disse o clone que berrava. – A única coisa que eu sei é que eu quero!

– Quer o quê?

– *Eu quero tudo e agora*! – O clone desapareceu.

– Você nega a dor e nega a vida! Fica com o quê?

Todos os clones se tornaram um.

– Você sou eu? – perguntei.

– Sou o que você é. Talvez o que você gostaria de ser, talvez o que você quiser que eu seja. Eu estou aí para isso. Sou você agora, sou você antes, sou você depois. E talvez eu não seja você. E quem você é?

– Um voto a mais, um imposto a mais, um capital a mais... – disse um novo clone saindo de dentro desse outro.

– Deixe-me adivinhar, vocês são várias partes da minha cabeça?

– Talvez sejamos reais, ou talvez sejamos você vivendo em um universo paralelo em sua mente. Diferentes personalidades, diferentes mundos. Talvez você seja apenas uma personalidade vivendo na cabeça de outro alguém.

– Talvez você viva na caverna escura – disse um novo clone. – Talvez você seja as sombras.

– Vão embora! – gritei, sentindo meu cérebro ferver.

– Você não tem essa autoridade!

Os clones se multiplicaram em milhares e milhares, ocupando todo o meu apartamento. E todos eles berravam: *inútil! Inútil! Inútil!*

Tapei meus ouvidos, mas era uma causa perdida. As vozes vinham da minha cabeça. Então, em um ato desesperado de agonia, soquei-a contra a parede repetidas vezes, tentando, de alguma forma, abafar os gritos de *inútil*. Uma luz finalmente adentrou pelo buraco de trás da minha cabeça. Era um som doce e delicado, suas palavras eram reconfortantes. Talvez fosse até mesmo o meu subconsciente, mas eu acho que era Kate falando.

– Isso acontece com todos, meu pobre garoto – Kate dizia. – Vai chegar um momento em que o mundo inteiro parecerá estar contra você, isso acontece em toda juventude, mas com você atrasou. O mundo vai querer até te jogar contra seus amigos, família e seus ideais. Tenha calma, meu querido. Eu estou aqui com você, você é importante para mim. E você sempre pode confiar nos seus amigos, você é importante para eles também, não precisa ficar se torturando.

Um por um, os clones foram desaparecendo, e no embalo da voz de Kate, fui, aos poucos, pegando no sono. O tom da sua voz era melhor do que um dardo sonífero para derrubar elefantes. Pronunciei o monólogo bem baixinho e devagar, enquanto não tinha muita consciência entre o que era sonho e o que era real. Dormi.

Lá estava eu de novo, me aventurando pelo Quarto Andar. Encontrei a garotinha, e ela parecia feliz.

– Onde você estava? Fiquei esperando um tempão! – disse ela, emburrada, cruzando os bracinhos.

– Eu fiz a curva errada e acabei me perdendo – respondi.

Isabela estava como antes, toda arrumadinha e sorridente, nem se envergonhava de haver uma janela bem na frente do seu sorriso, aliás, por que se importaria? Eu preenchi os formulários e ensinei a ela tudo. Isabela era uma garotinha muito curiosa e conversadeira, não parou quieta um minuto, sempre me pedindo para brincar. Interessante como tudo é novidade quando se é criança, tudo tem sua mágica, tudo tem valor. E quando se cresce, tudo parece um tédio. Isabela era uma garotinha educada e encantadora pessoalmente, os pais dela deviam sentir orgulho, pois eles realmente se importaram com a criação dela. Acho uma covardia esses novos casais mundo afora se sentirem na obrigação de perpetuar a espécie como se esse fosse seu único dever. Fazem filhos, mas não se importam como essas crianças irão crescer, jogam elas nas escolas achando que se tornarão cidadãos melhores. Aliás, a sua parte no mundo você já fez, não é? Fez uma criança e a deixou largada no mundo. Não é culpa sua se essa criança toma caminhos errados, não é? Ter um filho deveria ser uma expressão de união entre duas pessoas, e da vontade de passar os seus ideais para frente com uma nova prole, pensando em um mundo melhor, mas não. Alguns homossexuais são melhores pais do que muitos casais por aí. Mas, afinal, tem tanta gente neste mundo, por que simplesmente não adotamos aqueles que foram recusados pelos próprios pais?

Apresentei Isabela a Kate, e as duas se entenderam muito bem. A relação entre elas foi tão natural como a de mãe e filha. Kate perguntou se eu estava bem, pôs a mão no vidro querendo me tocar e ver como estava a minha cabeça. Respondi que estava bem, que ela não precisava se preocupar, ainda mais com um cara como eu. Peguei meus formulários e fui embora, deixando Kate sozinha novamente em seu cubículo de vidro.

Em nossa frente estava aquela porta normal. Normal, e apenas isso. Apesar de tudo, ela tinha uma importância muito grande, mesmo sendo a porta mais comum que você possa ter visto. Mesmo assim, ela podia ser muito arrepiante, justamente por não conter nenhuma dica, nenhuma identificação. Abraço Isabela pela última vez, ela atravessa a porta sorrindo e acenando com as pequenas mãozinhas.

Eu prometera a ela que depois daquela porta não existiriam mais adultos, menti que ali o mundo era regido pelas crianças. Eu queria, com todas as forças, que isso fosse verdade. Se eu pudesse ter o poder para isso, eu faria. Talvez fosse melhor até entregar o mundo nas mãos das crianças, haveria menos problemas com que se preocupar. Pense bem como seria: "Ah, eu vou tacar uma bomba nuclear em você", "Não, eu é que vou!". No final, os dois voltariam para casa e no outro dia já estariam brincando na rua de novo, bons amigos, como se nada tivesse acontecido. Isabela morreu, não porque não tinha condições de se defender, mas porque ela vivia em um mundo de adultos. O mundo é dos adultos.

Despedi-me de Kate e do Quarto Andar, pensando que assim tudo voltaria ao normal. Acabei caindo em uma armadilha. Tive pesadelos com a garotinha em que eu a via morrer, mas não podia fazer nada. A palavra *inútil* me atormentava novamente. Voltava a ver minha mãe em meus sonhos. No final estava eu, na cama, suado, acordando de pesadelos com um susto. Acordei repetidas vezes naquela madrugada. Minha cabeça doía e meu corpo reclamava em início de infarto. Fui ao banheiro pegar os meus medicamentos, eu tremia tanto que deixei alguns caírem na pia. Tomei os meus calmantes, estes velhos amigos. Sentei-me na privada para descansar, fechar os olhos e esperar melhorar. Comecei a voltar ao normal. Talvez, agora, eu pudesse voltar ao sono. Amaldiçoei aquelas malditas paredes finas e aqueles azulejos inúteis que deixavam o som passar por entre eles. Eu ouvia gritos... Eu ouvia gritos de Angélica vindo do outro lado. Ela gritava e chorava alto:

– Não, Sérgio, eu não quero! Não, por favor, NÃO! – chorava ela em voz rouca.

– Cala a boca, vadia! Você faz o que eu mando! – berrava Sérgio com uma voz um pouco arrastada. – Agora anda logo!

– Não, me larga! Sai daqui!

Ela gritava alto, e, do meu banheiro, eu pude ouvir o som de alguns tapas. Angélica soluçava e chorava um pouco mais baixo agora. Chorava como um bebê recém-nascido, só que com uma voz mais grossa. Droga! Alguém vá ajudá-la! Eu não sou o único vizinho do prédio! Por que ninguém chamou a polícia ainda? Por que eu tinha que passar por tudo aquilo em uma mesma noite?! Por que eu? Tapei os meus ouvidos tentando fingir que aquilo não era verdade, mas eu não podia deixar de ouvir o choro de Angélica. Eu não tinha força nas pernas para me levantar, como eu poderia fazer alguma coisa para ajudar? Como?, se eu era tão fraco em relação a Sérgio? Sérgio não era tão alto, talvez eu tivesse chance, mas mesmo assim... Eu não sabia nem fechar as mãos em punho!

– Não, por favor, não! – gritava Angélica.

Lembrei-me da garotinha e o que ela teve que passar sem ter ninguém para ajudá-la, sem que eu pudesse fazer nada. Não! Não dessa vez! Nunca mais! Fiquei em pé e minhas pernas estavam firmes como pilares gregos de Partenon pela primeira vez. Meu corpo estava quente, senti o suor do meu rosto evaporar. Aquilo era a raiva, a última arma dos covardes. E eu sou um covarde!

Bati com força na porta de número 321. Nada aconteceu. Soquei a porta com força mais uma vez. Eu não sou bobo. Quando ouvi a voz de Sérgio praguejando e confirmando quem abriria a porta, não perdi tempo. Enfiei o primeiro soco com todas as forças no momento em que ele estava desprevenido. Ele tombou para trás, e não perdi tempo: agarrei-o pela camisa e o arrastei até as escadas. Mandei um chute no peito, e ele caiu entre os andares. Eu agradeço e muito à pessoa que inventou a cachaça, esse cara salvou a minha vida! Sérgio mal conseguia se levantar e nem sabia o que estava acontecendo. Ele tentou se pôr de pé, se agarrando nas calças caídas e até cogitou a opção de subir as escadas e me enfrentar, mas mudou de ideia depois que caiu para trás mais uma vez.

– Depois eu te pego, seu miserável! Vou acabar com a sua cara! – disse ele. – Espere até eu recompor as minhas energias!

Bem que eu podia dizer alguma frase de efeito, nada mais justo, eu me sentia poderoso! É um sentimento que muitos coitados procuram... Eu também senti na pele. Antes que eu pudesse formular alguma frase e concretizar minha sepultura, Sérgio saiu escorregando pela escada bem devagar. Voltei para ver como Angélica estava.

Entrei em seu quarto e lá estava ela, sentada na cama, nua e com vários hematomas pelo corpo. Mesmo de longe era possível enxergar a deformidade de sua bochecha esquerda, incrivelmente inchada. Ela continuava a chorar e soluçar alto. Aproximei-me, percebi que só chorava com um olho, o outro estava tão roxo e inchado que ela não conseguia abri-lo. Sangue escorria de um pequeno corte em sua testa. Abracei Angélica com cuidado para ampará-la e acariciei seus cabelos.

– Tudo bem, Angélica, já passou – disse baixinho em seu ouvido.

Ela soluçava com a cabeça no meu ombro, nem me importei com o catarro escorrendo pelo meu peito. Com cuidado, peguei minha camisa e limpei seu rosto. Acariciei com o polegar o seu rostinho, ela conseguiu sorrir timidamente para mim. Aos poucos, ela foi se aproximando de mim e seus lábios tocaram os meus. Ela me abraçou, eu tive muito receio em fazer algum movimento brusco e machucá-la. Ela me jogou na cama e se pôs em cima de mim. Pequenas partes de seu corpo eram iluminadas por uma fina luz que vinha da rua e adentrava por uma brecha na janela, luz suficiente para eu ver algumas marcas de agressão em sua barriga. A beleza de Angélica não era prejudicada por tais marcas, ela continuava linda. Acariciei sua barriga com cuidado, vendo aquele terrível rasgo em sua superfície, tentando, de alguma forma, reconfortá-la, ou curar seus machucados. Fizemos sexo pela primeira vez, lento, demorado, calmo e apaixonado. Seus lábios foram o meu desejo por muito tempo, agora eu não conseguia parar de beijá-la, só queria continuar ali, deitado com ela até o dia amanhecer.

Depois que terminamos, tivemos um tempo para nos olhar, sorri para ela, e ela devolveu um sorrisinho, mas de súbito o conteve. De repente, ela voltou a chorar. Ergueu-se e ficou sentada na beira da cama, segurando o edredom na frente dos seus seios, como se eu não os tivesse visto anteriormente. Ela pôs a boca no edredom e começou a gritar com som abafado. Perguntei para ela qual era o problema, mas ela nem sequer se virou para mim, apenas disse para eu sair. Tentei conversar mais um pouco, mas ela gritou para eu sair novamente. Fiz como Angélica mandou…

Já era manhã, eu estava parado no corredor sem entender o que estava acontecendo. É como dizem: as mulheres são estranhas.

13

Onze capítulos a menos

Foi o dia mais longo da minha vida, dormi até as duas horas da tarde. Quando acordei, verifiquei o meu braço direito, mas ele não mostrou nada. Esse, aparentemente, seria um dia de folga. Por conta própria, resolvi me manter distante de todos. Aproveitaria esse dia de folga, o dia em que eu descansaria e colocaria a minha mente no lugar. Finalmente eu podia ficar longe de Sauro e outras maluquices, longe também de Angélica. Não sabia como eu devia me comportar, então achei melhor dar um tempo para ela pensar. Por isso, iria ficar ali no meu apartamento, fingindo inexistência, sem dar o ar da graça à luz do Sol.

As horas não passavam. Ficar parado no sofá era torturante. Liguei e desliguei a TV várias vezes. Essa que tinha sido a minha companheira nas noites solitárias, hoje não mais ia com a minha cara. As emissoras de TV, sem dúvida, são o maior presente que a Morte poderia receber. O noticiário facilitou muito o nosso emprego. Entre uma programação maçante e outra, o noticiário dava o seu show. Parece que a Vision Enterprise está sendo processada pelas inúmeras mortes cerebrais e danos psicológicos que seus famosos aparelhos celulares, os V-Fones, vêm causando em seus usuários. Eu até ficaria espantado, talvez triste, mas eu só pensava numa coisa: quanta papelada...

Lavei a louça que estava ali desde a última visita de Sauro. Eu nunca deixei a louça tanto tempo suja assim, mas dessa vez eu não me sentia incomodado. Antes seria algo inconcebível. Nem o fato de alguns vermes de mosca terem aparecido na minha lixeira me incomodou, apenas limpei o que tinha de limpar. Quem eu iria culpar? E por que culpar a natureza? Existem coisas melhores pra se fazer.

Senti aquela velha dor ao lembrar de Sauro. Por quê? Tudo o que eu queria era ficar sozinho um tempo, longe de Sauro e dos outros, então, por que estava mal? Foi uma decisão minha me afastar. Por que eu fazia isso? Por que eu tinha essa vontade de me machucar, de me destruir? Por que eu sentia vontade de me afastar de meus amigos, sendo que sozinho eu me sentia pior? Por que esse sentimento de estar *feliz-sem-saber?*

A noite foi pior, de novo não conseguia dormir. A imagem da garota continuava a me perseguir. De repente, me veio o sentimento de que eu sou a pior pessoa da Terra. Esse sentimento vem e vai, e a noite é o seu habitat natural. Fiquei com medo dos clones voltarem a me atormentar. Kate não dava sinal de vida, então andei para todos os lados naquele meu apartamento pequeno, procurando alguma coisa para fazer. Meu mundo parecia estar de cabeça para baixo, então plantei bananeira contra a parede. Não sei, pareceu certo. Senti a necessidade de colocar as coisas de cabeça para baixo. Comecei a sentir a pressão na minha cabeça, fiquei curioso para ver se ela explodiria. As veias da minha cabeça estufaram, e minhas orelhas ardiam como brasa, mas eu queria ver se meus olhos saltariam para fora ou se eu ia desmaiar.

– Ela não te ama, Brian. Ninguém te ama!

Levei um susto e caí com a cabeça no chão. A cicatriz atrás da minha cabeça abriu de novo, só pra variar. Eu me recompus, averiguei o meu apartamento, mas não havia ninguém, nem a sombra de uma barata fazendo seus passeios pela cozinha. Deitei na cama mais uma vez, pensei até em ligar para algum número da minha lista de garotas de programa, mas me surpreendi comigo mesmo. Eu não queria dessa vez, simplesmente não estava a fim. O meu último recurso foi tomar os meus amigos do peito, os meus remedinhos para dormir. Não para dormir, mas para desligar o meu corpo, pois eu queira voltar para o Quarto Andar, já que eu não podia mais confiar no meu subconsciente, tinha medo de meus próprios pensamentos.

O Quarto Andar continuava o mesmo, cheio de gente andando e reclamando. Assinei todos os formulários só para poder ir ver Kate. Ela ficou muito grata por eu ter ido vê-la.

– Ninguém nunca vem nos visitar – disse ela com uma cara triste. – Então, como está se saindo? – Voltou a sorrir.

Kate tinha um sorriso tão puro e bonito. Parecia que nunca conhecera nenhuma malícia, que havia sido criada ali, dentro daquele cubículo, longe de qualquer falsidade ou segundas intenções. Ela sorria porque ficava feliz em nos ver, não porque era um cumprimento obrigatório.

Conversamos por muito tempo. Descobri que Kate era holandesa, que sua família era muito carinhosa com ela, que ela adorava crianças. Por isso, apesar de seu pai achar que ela devia casar com um médico e aprender a tricotar, sempre sonhara em ser pediatra. Mas ele aceitou bem, ainda amava sua filha. Descobri, também, que morrera tentando salvar um cachorro de se afogar em um rio. Não se salvou, nem salvou o cachorro. Eu, pessoalmente, não acreditaria nessa história, mas vendo o rosto de Kate e a maneira que ela falava, parecia ser verdade. Talvez ela fosse capaz disso, talvez fosse por isso que ela estava ali. Porque, no mundo real, pessoas como ela não existem…

Kate falou, falou e falou a noite inteira, ou o que eu achava que era noite, pois no Quarto Andar é impossível saber o turno. Tive, então, que usar a própria mente como relógio com base em suposições. Kate falou bem mais do que eu, claro; ela, com certeza, queria conversar, até porque ninguém vinha conversar com ela. Já fazia anos que ela estava ali, presa dentro daquele cubículo, sem ter ninguém para conversar. Pensando bem, eu me senti útil. Estava feliz.

Apesar de estar adorando passar um tempo com Kate e, finalmente, conversar com alguém sobre alguma coisa que não fosse a morte, voltei para o mundo real. Já era mais tarde do que eu imaginava que seria. Pareciam ter se passado mil anos, mas o dia do churrasco enfim chegara. Apesar de não ter sonhado com nada, de parecer que sempre estive acordado, meu corpo estava descansado, afinal ele dormiu, eu não. Lavei minha alma com um bom banho, me senti leve, me senti bem.

O ronco alto do motor de uma moto chegou até o meu apartamento. Rugia repetidas vezes querendo chamar a atenção. Fui até a janela um pouco relutante. Sabia quem era, mas não queria que fosse. A curiosidade matou o gato, talvez até a própria curiosidade subisse pelas escadas e viesse me matar se eu ficasse esperando. Lá estava Rocco, montado em sua Gertrudes, com óculos escuros, olhando em direção à minha janela. Ele fez sinal para eu descer, depois um sinal de guilhotina.

– Quem você pensa que é para sequer encostar na minha Gertrudes, pequeno sonhador?! – gritou Rocco quando eu atravessei o portão.

– Desculpa, Rocco – respondi sem fazer contato visual. – Eu queria salvar aquela garotinha. Puxa, ela ia sofrer muito e…

– Esse não é a sua responsabilidade, seu desgraçado! – Rocco jogou seu capacete no chão e partiu para cima de mim. – Roubar a minha moto? Nem que fosse pra salvar a minha mãe!

Ele me agarrou pela camisa e me ergueu. Senti o cheiro de cigarro quando ele me puxou para perto de sua cara.

– Você vai receber uma lição, desgraçado!

Fechei os meus olhos e, dessa vez, eu deveria agradecer à cruel ocasião, porque Sérgio apareceu atrás de Rocco, berrando que iria me matar. Rocco me pôs no chão e se virou lentamente. Rocco era um gigante perto de Sérgio, mas isso não pareceu intimidá-lo. Empunhava uma faca na mão, ameaçando Rocco.

– Saia da frente, eu tenho que matar esse desgraçado! – berrou Sérgio.

– Ah, é mesmo? – perguntou Rocco fazendo pouco caso. – Por quê? Seu anão metido a açougueiro!

– Não é da sua conta! Agora saia da minha frente, seu idiota, ou eu te mato também!

Escolha errada de palavras...

– Gostei do jeito que fala – Rocco fechou os punhos. – Gostaria ainda mais se você pudesse tornar as palavras verdades. – Ele não perdia o sorriso cínico.

– Vai encarar? Vai correr o risco de perder a vida para salvar esse merdinha aí?

– Merdinha? – perguntou, surpreso. – Por que esse cara está tão zangado com você, pequeno sonhador? Como você pôde, em alguma hipótese, ter irritado alguém dessa forma? Pensei que você fosse tão miserável como um inseto, com o qual ninguém se importaria. – Rocco se virou para mim.

Ah, nada. Eu só comi a mulher dele – respondi com muito gosto. Eu senti um desejo incontrolável de ver o circo pegar fogo.

– Seu desgraçado! – berrou Sérgio. – Olha como fala!

– Vai embora, seu pivete! – Rocco fez novamente aquele ronco de animal. – Eu até deixo você bater nele, mas primeiro você tem que passar por mim. Está esperando o que, seu bosta? Você não quer sangue? Eu também!

Vi o momento em que Sérgio explodiu contra nós. Rocco nem se moveu, simplesmente se agachou e deixou Sérgio perfurar o seu ombro. Sérgio era tão pequeno comparado com Rocco, que ele ficou pendurado segurando a faca quando Rocco se reergueu. Rocco deu um soco no estômago de Sérgio e o jogou para longe.

– Você é muito lento – disse Rocco, retirando a faca do seu ombro. Ele lambeu o sangue. – Como você sobreviveu tanto tempo nessa selva de concreto? Ah, já sei. Você viveu sempre nos bairros ricos, não é? Aposto que você assiste filmes de ação, não é? Patético! Nunca deve ter presenciado uma morte na vida! – Rocco cutucava com a ponta da faca sua própria cabeça.

– Por que vocês estão brigando por vadias? – continuou Rocco. Ele pegou sua carteira e jogou dinheiro para Sérgio. – Pronto, cara, esse é meu presente de consolação para você. Esqueça a vadia, você pode arranjar várias outras por aí com esse dinheiro. Mas tem uma condição: se você voltar a mexer com o Brian, eu acabo com a sua raça. Entendeu?

O soco de Rocco era realmente muito potente, por que Sérgio estava vomitando o que, supostamente, seria o seu café da manhã.

– Ele ainda comeu antes de vir brigar – resmungou Rocco. – Esses idiotas. Ei, isso não é um filme. A vida não é um tipo de entretenimento para passar o tempo!

Sérgio não quis debater, apenas pegou o dinheiro e foi embora com a mão na barriga. Rocco voltou-se para mim e, por precaução, recuei. Se eu levasse aquele mesmo soco, desmaiaria novamente por três dias.

– Vamos embora, pequeno sonhador. Temos um churrasco para fazer.

– Tudo bem – disse, tentando evitar qualquer lembrança da surra que ele queria me dar.

– Aliás, você tem que fazer algum trabalho hoje?

Verifiquei meu braço, algumas mensagens apareceram. Rocco as analisou e disse:

– Só dois trabalhos para fazer? Tudo bem, eu te levo até esses lugares. Sobe aí na moto.

– Obrigado – arrisquei em dizer.

– Ah, é, pequeno sonhador. Não vamos comentar o que aconteceu aqui hoje com o Gaspar, tudo bem? O que os olhos não veem, o coração não sente.

– Por mim, tudo bem. – Desde que ele não me desse uma surra...

Rocco me levou até o local indicado no meu braço. Marcava um apartamento do segundo andar, número 212. Ficamos do outro lado da rua, com uma vista das janelas de todos os andares. Rocco nem sequer quis ir ao hospital para tratar seu ferimento no ombro, ou "picada de mosquito", como ele mesmo disse. O máximo que se permitiu fazer foi comprar uma linha, uma agulha e, claro, uma cachaça para nós dois. Ficamos comendo pastel, esperando o tempo passar. Olhávamos atentamente para as janelas, esperando que alguma delas explodisse. Meu relógio marcava 90% de chance de morte do pobre coitado. Mas nada, aparentemente, aconteceu.

– Será que ele morreu? – perguntei.

– Vai ver ele escorregou no banheiro, tem algum assassino em série lá dentro, ou ele morreu de asfixia autoerótica. Em qualquer um dos casos, é bom confirmar a morte.

– Melhor prevenir mesmo. – Apertei o botão.

– Finalmente aprendeu, não é, pequeno sonhador?

Não lhe respondi, não queria dar a ele esse prazer. Rocco riu de qualquer jeito.

– Pois é. Viva e deixe morrer! – disse ele, dando partida na moto.

Fomos para o próximo local. O segundo nome da lista era um jovem rapaz, que beijava sua namorada apaixonadamente embaixo de uma árvore, atrás de uma escola. Nas delícias da juventude, o garoto sucumbiu repentinamente. O *plug* em sua cabeça, que o conectava ao seu celular V-Fone, explodiu. Ele teve um ataque epiléptico em frente à namorada, que não pôde fazer nada, além de ver seu amor morrer em seus braços babando, e até soltando o intestino. Rocco gargalhou com a cena do adorável casal.

– Julieta, seu Romeu tem uma fábrica de chocolate! – dizia ele. – Shakespeare da vida moderna!

Meu relógio marcava 90%, apertei o botão. Eu queria ir embora, mas Rocco queria saborear o momento mais um pouco. Disse que queria ver a reaçao dos enfermeiros da ambulância. Depois disso, passamos o resto da tarde em uma oficina, Rocco disse que o freio estava falhando. No final, ele quase bateu no mecânico.

O anoitecer chegou, e Gertrudes estava bem. Passamos no mercado para comprar a carne, e Rocco quase bateu – de novo – em alguns comerciantes. Andar com Rocco era estressante, era como andar com uma bomba nas mãos; poderia explodir por qualquer mínima vibração. Quando chegamos à casa de Gaspar, Sauro já estava cuidando da churrasqueira, grande erro.

– Ah, você chegou na hora certa, Rocco meu amigo! – Sauro se aproximou e pegou o cigarro da boca de Rocco. – Não precisa disso aqui, certo? Faz mal!

Sauro *tacou* o cigarro dentro da churrasqueira e pulou para trás da mesa. A churrasqueira explodiu em chamas! O fogo alcançou o teto da casa, e o calor intenso socou o meu rosto. Torci para não ter perdido minhas sobrancelhas. Dona Camila abriu a porta dos fundos correndo, pegou uma bacia, encheu e jogou dentro da churrasqueira, causando uma enorme nuvem de fumaça.

– Mas que droga, seu maluco! – gritou Rocco contra Sauro, que se escondia atrás da mesa. – O que faz mal é viver com você por perto! Vai estragar o nosso churrasco!

– Sauro, qual é o seu problema? – perguntou dona Camila. – Eu já falei pra você ficar longe da churrasqueira.

Sauro saiu de seu esconderijo.

– Desculpa, dona Camila, mas esse negócio demora muito! Eu vou morrer de tédio antes do fogo começar a queimar!

– De tédio não! Se você queimar a minha casa, *eu* te mato!

– Não se preocupe, dona – disse Rocco. – Pode deixar que eu tomo conta agora... Isso se ainda restar um pouco de carvão.

Dona Camila não pareceu mais aliviada com o que Rocco dissera, porém não argumentou nada com ele.

– Se você queimar a minha casa... Não vai poder se esconder na casinha da árvore! – disse Camila.

– Dona Camila, eu não quero queimar a sua casa, eu só quero acender o fogo do meu amor para uma donzela que ainda vai chegar!

– Deixa de papo e vai lavar a louça, pois hoje é a sua vez. Até agora, tá lá, suja!

– Sortudos eram os homens das cavernas!

Dona Camila revirou os olhos.

– Sabe por quê? – perguntou Sauro. – Porque não tinham que lavar louça! Quem me dera estar no meio do mato agora, caçando um mamute pra me alimentar... E não lavar louça! Pelo menos seria uma aventura!

– Deixa de história, Sauro! Senão, eu vou chamar o Gaspar! – Sauro ficou quieto, enquanto dona Camila atravessava a porta dos fundos para dentro da casa.

Sauro estava todo animado, apesar de tudo, querendo ajudar, de alguma forma, a temperar a carne ou com o fogo de novo.

– Você ajuda ficando lá naquele canto parado! – disse Rocco. – Assim, você evita mais problemas.

Sauro não ficou abalado, estava de muito bom humor, mais do que de costume. Fiquei conversando com ele por um tempo. Perguntei onde estava Gaspar, e ele me disse que estava corrigindo algumas provas ou vendo algumas contas para pagar. Sauro, porém, logo mudou de assunto, perguntando se eu estava bem da cabeça.

– Você deve ser feito de ferro! – disse ele. – Levou uma pancada forte na cabeça e sobreviveu!

Rocco cuspiu.

– Aguentar uma garrafada na cabeça é dever de todo homem – disse ele, com olhar de desprezo. – Se não aguentar nem isso, não é digno de ser chamado de homem!

– Então, a maioria não é homem, nem eu! – disse Sauro, rindo. – Imagina só nos hospitais: "Então, doutor, é menino ou menina?", "Espera aí, deixa eu ver", e dá-lhe garrafada!

Nossos risos foram interrompidos por uma voz feminina, porém muito ríspida e sem emoção.

– Que coisa mais horrível para se dizer, Sauro. Horrível... Mas é do meu bom grado.

Sauro levantou-se num salto, abrindo aquele seu sorriso invejável.

– Copélia! Meu prazer agridoce de uma dor de cabeça! – disse Sauro, abrindo os braços. – Pensei que você tivesse dito que eu só voltaria a vê-la em seu funeral. Se esse for o caso, você é a defunta mais linda que eu já vi. E afirmo com toda a certeza, dentre todas que estão embaixo da terra, você é a mais linda de todas! Minha gata!

– Mas que homem romântico e sensível você é, Sauro. Você sabe como agradar uma garota morta. – Copélia deu um sorriso tão rápido quanto o bater de asas de um beija-flor.

– Diz que sentiu saudades e que me ama! – cutucou Sauro.

– Não – disse ela, friamente.

– Me ama, sim! – Sauro apontou o dedo e piscou.

– Não – rebateu Copélia.

– Ela é má comigo... É por isso que eu amo ela! – disse Sauro, olhando para mim.

– Não!

– Ah, mas eu senti sua falta! Que tal um abraço? Como velhos amigos? – Sauro estufou o peito.

– Não. Sabe que eu não gosto de contato – disse ela, com mais entonação na voz.

Sauro fez uma carinha de cachorro pidão, com os braços abertos. Copélia até que tentou desviar o olhar, mas no fim cedeu.

– Ah, está bem. – Ela bufou.

A mulher se aproximava com as mãos no bolso da sua calça jeans escura e usava uma bandana preta com desenho de caveira que escondia seu cabelo. A mulher era pálida como Gaspar, mas abusava de maquiagens em um tom escuro embaixo dos olhos. Tanto o batom quanto o esmalte em suas unhas eram pretos. Usava uma camisa preta com toques de roxo, com mangas longas quase transparentes, coturnos, gargantilha, uma corrente como cinto, e trazia uma mochila. Ao se aproximar, era perceptível que a mulher tinha um certo poder de sedução. Parecia ser o tipo de mulher que esconde grandes segredos e você fica louco para descobri-los. Era como se sentir atraído para uma armadilha: você sabe que algo de perigoso pode acontecer, mas aqueles olhos verdes te puxam, hipnotizam, e você vai aceitando todos os riscos, mesmo que se veja preso dentro de sua teia e não possa mais sair. Talvez tivesse sido isso o que aconteceu com Sauro, pobre coitado...

Ela deu um abraço tímido em Sauro, depois apertou a minha mão.

– Você é novo? – Quis saber ela.

– Esse é meu amigo Brian. Sabia que eu sou patrono agora? – respondeu Sauro, antes que eu pudesse abrir a boca.

– Prazer em conhecê-la – eu disse, um pouco tímido.

– Prazer – continuou ela. – Mas veja só, você sendo patrono? O que aconteceu para você mudar de ideia? Pensei que achava que esse tipo de coisa era pra gente que não tinha nada pra fazer.

– Sabe, é que eu *tô* nessa onda de responsabilidade, saca? Eu mudei. – Sauro sorriu e pôs as mãos atrás da cabeça. Lá no fundo, Rocco ria.

– Responsável, mas pelo visto ainda é dependente de Gaspar e mora na casa da árvore... – disse Copélia.

– Gaspar não vive sem mim, e eu gosto das alturas!

Copélia apenas ergueu a sobrancelha e encarou Sauro por alguns segundos.

– Mas você veio sozinha?

– Sim, por quê?

– Uma donzela que nem você não pode andar na rua sozinha. Precisa de um homem forte como eu pra te proteger!

Sauro ergueu os braços e mostrou os músculos.

– Espera aí que hoje eles murcharam. – Sauro soprou os músculos como se fossem balões a se encher.

Copélia se aproximou lentamente e acariciou o braço de Sauro. Lá estava aquele olhar de víbora hipnotizante.

– Hum, você está forte, hein, Sauro... – disse ela, massageando seu braço.

– Elas não resistem... – disse Sauro.

Quando menos se esperava, Copélia torceu o braço de Sauro e o derrubou em cima da mesa.

– Quem precisa de um homem pra se defender, queridinho? – perguntou ela, bem perto do ouvido de Sauro.

– É. Eu já sabia que isso ia acontecer – Sauro ria como se não sentisse dor. – Sabe, eu preciso de uma mulher como você para me defender! Não está interessada? Meu pagamento será em beijos e abraços.

– Eu sou uma mulher de gostos caros. – Copélia sempre fria. – Você gosta quando eu faço isso, não é?

– Ah, sim, claro. Adoro quando quebram meus braços.

Copélia riu e o soltou. Lá na churrasqueira, Rocco gargalhava, aquela risada estrondosa.

– E aquele ser detestável ali ainda está vivo? – perguntou ela, apontando para a churrasqueira. – É realmente muito trágico...

– Ei, quem deixou essa mulher fugir do necrotério? – gritou Rocco. – Copélia, uma vez eu transei com um cadáver no cemitério, acho que era sua irmã.

– Pelo que eu vejo, você consegue ser ainda mais desprezível do que antes, Rocco.

Sauro perdeu o sorriso quando finalmente notou que Copélia trazia uma mochila nas mãos.

– Aliás, o que tem nessa mochila? – perguntou Sauro, curioso. – É um presente como prova do seu amor por mim?

– Não seja ridículo – continuou Copélia, fazendo pouco caso. – Isso é para ajudar no churrasco.

Ao abrir a mochila, nos deparamos com vários livros de autoajuda.

– Queimarão perfeitamente! – disse Copélia, com um sorriso malévolo.

Ali estavam alguns dos flibusteiros reunidos, mas ainda faltavam dois. Um era Gaspar, e o outro eu desconhecia. Talvez ele chegasse mais tarde.

– Então, os flibusteiros estão de volta, reunidos mais uma vez! Ei, vocês se lembram daquela vez lá na estação de trem? – conseguiu dizer Sauro, engasgando nas próprias risadas.

– Aquele lá se borrou todo! – disse Rocco.

Ouvi várias histórias antigas, algumas muito divertidas, outras nem tanto. Estava me sentindo bem, estava feliz, bebendo entre eles. Sauro não perdia os olhos de Copélia. Ele realmente sentia muita saudade. Copélia evitava ao máximo qualquer contato com Sauro, apenas o acompanhava nas histórias. Não sei se foi a cerveja, mas eu não vi mal nenhum em perguntar:

– Sauro, são dessa mulher aquelas cartas que você esconde no baú? É essa a menina que você beijava naquela foto? – E eu, tolo, pensei que estava ajudando.

Copélia arregalou os olhos, e Sauro a imitou.

– Sauro... – disse Copélia bem devagar, segurando-se para esconder a raiva. – Você não mostrou aquelas cartas para ninguém, não é? Eu mandei você queimar todas, não foi?

– Sabe como é, né, Copélia? – Sauro coçava o braço e desviava o olhar. – Não mostrei para ele, não, ele é que tem mania por limpeza e acabou encontrando aqueles papéis velhos. Sabe, eu nem lembrava deles...

Eu fiz sinal que sim, para tentar ajudar Sauro.

– Então, vá queimá-los agora! – Copélia começou a ficar vermelha.

– Por que, Copélia? Por que você se importa? São coisas boas escritas, por que jogar elas fora?

– Porque o tempo já transformou as palavras em mentiras! Eu já falei pra você seguir com a sua vida!

– Mas eu segui! Segui mesmo, você acha que eu ia ficar parado? Eu só não encontrei ninguém. E você?

Copélia continuou olhando para ele com os braços cruzados.

– Qual é, Copélia! Nós já fizemos o teste. Tomamos caminhos diferentes e não deu certo. A solução seria...

– Não! – disse ela. – Não, Sauro. Estamos muito bem do jeito que estamos. E, por favor, esqueça o passado, queime aquelas cartas!

– Não posso.

– Por que não?

– Por que eu te amo, Copélia! Eu não encontrei ninguém mais para te substituir, você é única para mim. Fui tão feliz perto de você...

– Não, Sauro! Você não me ama! Tudo o que você quer é uma nova mãe pra cuidar de você! E você, se me lembro bem, consegue duas ou três mães por aí fácil. Eu não vou fazer tudo por você, eu não vou te ensinar a viver, colocar você no caminho certo ou coisa do tipo. Eu não tenho obrigações com você!

Sauro ficou estático por um tempo, sem demonstrar nenhum sinal de vida. Ele abriu a boca para falar, mas foi interrompido.

– E aí, quando sai esse churrasco? Estamos morrendo de fome! – disse uma voz infantil. – Devo avisar que Marie come mais do que o próprio peso.

– É... Comi! – disse a garotinha, sorrindo.

Nero Buscapé chegou bem na hora, evitando, assim, alguma briga ou lágrimas posteriores. Rocco ria dessa interrupção repentina das crianças de rua, sem medo de parecer inconveniente.

– Que pena – disse Rocco, baixinho.

As crianças de rua que Gaspar convidara se esbaldaram. Comeram tudo a que tinham direito, pegavam vários pedaços de carne com as mãos e tentavam enfiar goela abaixo. Sauro tratou as crianças muito bem, talvez para evitar conversar com Copélia. Apesar da conversa que tiveram, Sauro continuava feliz e fazendo piadas com as crianças. Não demorou muito para que os ânimos de todos estivessem mais ou menos estabilizados. As crianças trouxeram o violão, de que Sauro rapidamente tomou conta enquanto elas comiam.

– Essa aqui é perfeita pra cantar no aniversário da sua vovozinha de oitenta anos! – disse ele, subindo na mesa.

Sauro começou a cantar o chamado Rock do Tic-Tac, a música que ele cantava dentro do ônibus quando eu morri. Naquele dia, eu só a ouvi por partes e sussurros. Agora, eu a escutava por completo. Os demais flibusteiros cantavam em uníssono, sabiam de cor aquela letra. Tanto Rocco quanto

Copélia ergueram seus copos para cantar, eu e as crianças de rua entramos na dança.

– Longa vida à labuta! – gritavam eles ao final. – O melhor sempre está por vir! Sempre estará!

Acabei conhecendo várias outras músicas dos flibusteiros, como: "Peguei o barco errado", "Desencarnados na Bélgica" e "Adeus, meu amor, eu tenho uma papelada sua pra resolver". Essa última seria a música mais clássica entre os ceifadores.

– Onde está o Gaspar? – perguntou Nero Buscapé, o único que se lembrou dele.

– Bem, ele está resolvendo uns negócios lá em cima. Ele está muito ocupado – disse Sauro. – Ele tem que corrigir muitas provas da escola.

Nero bufou.

– Aquele idiota. Mexendo com escola, enquanto ele podia estar aqui se divertindo. Eu nunca precisei de escola para sobreviver! Eu vivo é das ruas!

– Cala a boca, seu moleque sujo – disse Rocco. – Qualquer dia desses a própria rua da qual se orgulha será o seu túmulo.

– Sai fora, tio. A rua é minha casa, e nela eu vivo bem. Ganho meus trocados.

– Trocados como? Dando o cu na esquina?

– Fazendo música!

– Papo furado, sua peste! Você dever ser um ladrãozinho de meia-tigela que se acha dono do mundo! Um dia desses, você vai acabar sendo morto e sua irmãzinha aí vai ficar sozinha. E morrerá de fome, obviamente.

– Eu não sou um ladrão. Ladrões são pessoas ruins e gananciosas. Eu só preciso de comida para alimentar a minha irmã.

A garotinha Marie começou a chorar.

– Calma, Marie, é mentira dele. Seu irmão vai sempre estar do seu lado. Eu sempre vou te defender – disse Nero, enxugando as lágrimas no rosto da irmã.

Rocco cuspiu e blasfemou.

– Ah, então quer dizer que você se acha forte? Que consegue proteger a sua irmã?

– É claro que posso! Eu devo!

Rocco deu um soco na barriga de Nero e o jogou do outro lado da mesa. Pegou Marie com apenas um braço e disse:

– Então venha, defenda ela, seu inútil!

Nero *tacou* um copo na cabeça de Rocco, o que não surtiu nenhum efeito, além de deixar Rocco ainda mais zangado. Quando Nero pulou para lhe dar um soco, Rocco largou Marie no chão, segurou o irmão mais velho pelo pescoço e o jogou contra a mesa.

– Você acha que é forte? Você é fraco, sua peste! Você acha que é um salvador? Que é uma pessoa boa? Não! Você é só uma criança. Um dia você vai crescer, vai se viciar e viciar sua irmãzinha em drogas e os dois se tornarão ladrões para sustentar o vício. Um dia, você vai cometer um assalto e acabará morrendo com um tiro na cabeça, sua irmã ficará sozinha, perdida neste mundo, carregando um filho na barriga de um bandido qualquer por aí! Ela, com certeza, vai apanhar muito desse cara... Ah, vai!

– Larga ele, seu desgraçado! – gritei, pulando em suas costas.

Rocco me socou com apenas umas das mãos e eu fui jogado para longe. Meu nariz sangrou. Rocco continuou a cuspir e socar Nero.

– Você, por enquanto, é uma criança. Mas um dia vai ser um adulto! Você não é especial, seu desgraçado! Você vai ser tão podre como eu, está me ouvindo? Tão podre como eu! – Cuspia em sua cara. – Está fadado a se tornar um ser humano podre e nojento, não tem escapatória! Agora para de sonhar, seu idiota! A vida é uma droga!

Sauro e Copélia também tentaram impedir Rocco, mas o homem era um monstro. Era impossível pará-lo, a não ser que alguém tivesse uma arma de choque.

– Rocco! Basta!

Rocco se conteve. Gaspar havia surgido na porta e, apesar de parecer cansado, encarava Rocco com seu olhar de águia. Pelo visto, Gaspar não precisava de arma de choque.

– Larga o garoto – disse Gaspar.

Rocco assim o fez.

– Vocês são um bando de idiotas! – esbravejou Rocco. – Ficam dando esperanças para essas crianças, sendo que elas viverão num futuro pior e mais cruel do que o nosso!

– Já chega, Rocco – repetiu Gaspar. – Nós já entendemos.

– Quer saber, eu não preciso disso, não. Não preciso de toda essa falsidade de amiguinhos. Eu vou embora!

– Satisfeito? Acabou de provar o que queria? Que pessoas como você existem? – Ele encarou Rocco com uma expressão de ódio que eu nunca tinha visto. – Ou você quer transformar essas crianças em você?

Rocco bufava e tentava disfarçar a raiva. Gaspar continuou a encará-lo, até que desaparecesse do seu campo de visão. Saiu da porta e foi até Nero para tentar ajudá-lo, mas o garoto era muito orgulhoso.

– Eu estou bem! – disse Nero, limpando o rosto. – Aquele cara é fraco, precisa de muito mais para me derrubar! – Beijava os bracinhos finos. O garoto era um verdadeiro valentão.

Ao longe, se ouviu o ronco de Gertrudes, correndo em disparada rua acima. As coisas se acalmaram enquanto Gaspar comia o resto que sobrara do churrasco. Ele entregou a Nero e Marie um pote com comida para eles levarem para casa. Já era tarde e, o que era pra ser uma comemoração feliz, terminou com um gosto amargo.

– Ora, se não é o Gaspar – disse Copélia. – Você deve ser uma Bossa Nova, pois dizem que a música acalma as feras selvagens. Como eu faço para ter esse seu poder?

– Simples, só deixar essa sua barba crescer mais um pouco – disse Gaspar.

– Acho melhor deixar as piadinhas para o Sauro – revidou Copélia. – Você não se encaixa bem nesse papel.

– Então, quer dizer que você me acha engraçado? Te peguei! – disse Sauro, apontando o dedo. – As mulheres adoram homens engraçados!

Copélia não deu muita importância.

– Aquele Rocco sempre foi um babaca e sempre será. Não sei como você o suporta, Gaspar – disse Copélia. – Eu ainda acho que você tem uma coleira invisível em suas mãos... Mas eu vou embora, está ficando tarde, e estou cansada.

Antes de ir, Sauro segurou na mão de Copélia e a encarou. Acho que ele queria dizer alguma coisa, mas não disse na nossa frente. Acompanhou Copélia até a saída. Eu, como não tinha muito mais o que fazer, segui Gaspar até o seu cantinho da paz. O lugar continuava do mesmo jeito que eu vira na primeira vez, só a mesa estava mais cheia de papéis. Gaspar despencou na cadeira, atrás de toda aquela papelada. Ele não estava vestido como de costume, seu chapéu estava na mesa de sinuca, seu cabelo estava grande e bagunçado. Ele usava uma camisa branca amassada e uma gravata frouxa no pescoço. Entre a pilha de provas para corrigir havia uma garrafa de uísque pela metade e um copo cheio. Não falou nada, parecia cansado demais até para isso.

– Gaspar – pude dizer, enfim –, o que Copélia disse me parece certo. Como você suporta Rocco? Eu não consigo entender. Como um cara tão calmo e não violento, como você, continua sendo amigo dele? Me desculpa perguntar.

Gaspar fez um esforço para mover seus olhos cerrados para mim.

– Ah, Rocco? – Sua voz estava mais lenta do que o normal. – Sim, é verdade, ele pode ser um pé no saco, às vezes.

– Às vezes? – perguntei, um pouco exaltado.

– Brian, entenda, Rocco cresceu em uma outra cultura, dentro desta mesma cidade. Ele nunca teve uma mãe, o pai abusava dele até o dia em que foi preso... Sabe o que é isso?

– Sei – respondi inocentemente.

– Não, não sabe, não. – Ele *tacou* o copo dele no chão, enfurecido. – Você não tem como saber isso. É a maior idiotice, é... *desumano,* ou devo dizer *muito humano?* – Ele riu de uma maneira desagradável. – É pior do que a morte, Brian, é pior... – Ele se aproximou de mim, apontando o dedo, com uma voz ameaçadora. Fiquei com medo. – Você não sabe o que é ser usado! Você não sabe o que é não poder fazer nada enquanto usam você! *Você não sabe o que é pedir pra morrer e perceber que não pode mais morrer!* Você já não pode mais morrer... – Gaspar se afastou um pouco e caiu na poltrona, voltando à melancolia. – Você não sabe, Brian, o que é ser abusado, ser morto e depois ser recrutado para o serviço só para continuar sofrendo abuso. Ver que, mesmo depois de morto, alguém tem poder sobre você... – Gaspar colocou as mãos na cabeça, espetando os cabelos. – A Morte nem sempre é boazinha, Brian, a morte é feita por homens... Você não sabe o que é ver a vida ficar sem graça, sem cor, sem esperança. O estupro é a maior crueldade do mundo, e o pior é que tem gente que diz que as mulheres sofrem "estupro consentido", sendo que a palavra estupro quer dizer justamente o contrário. É inacreditável como as pessoas tentam colocar a culpa sempre nas vítimas, ou em algo externo. Ninguém tem que entregar o corpo e ficar calado por medo ou convenção social. As pessoas não têm culpa do desejo que os outros sentem, não são obrigados a satisfazê-los... – Tomou fôlego e continuou. – Então, Rocco foi criado por um tio que era líder de uma milícia que dominava uma área do bairro. Desde criança, ele acreditava que ser alguém na vida era aquilo que ele vivia: ser temido, matar quem estivesse na frente, ser bandido. O que você acha errado, para ele era o sentido da vida, ensinaram pra ele que era assim. Entendeu?

Fiz que sim com a cabeça.

– Vida bandida, morte bandida. Roubava e abusava dos outros. Ser lembrado como matador era o que ele queria. Até que um dia o tio dele foi assassinado, ele jurou vingança. E foi aí que eu o conheci.

– Entendi. Ele foi morto, e você o recrutou para os flibusteiros?

– Não, na verdade eu o impedi de matar alguém. Antes que ele pudesse matar um dos membros da gangue rival na pancada, consegui fazê-lo mudar de ideia. Disse que a vida era muito curta para viver com raiva, dor e no meio de tanta violência.

Gaspar suspirou.

– Acontece, Brian – continuou ele –, que as pessoas têm maneiras diferentes de preencherem seus vazios. Eu descobri o que Rocco tentava esconder com tudo aquilo, qual era o seu real objetivo. Depois daquele dia, ele veio atrás de mim querendo me bater, por eu tê-lo feito de bobo. Ele me bateu, sim, mas quando viu que eu não revidava, parou. Eu conversei com ele e mostrei os motivos de ele ter tanto ódio no coração.

– E o que era? – perguntei.

– Se eu te contasse, Rocco nunca me perdoaria. Por fim, eu acabei ganhando o respeito dele, pois fui o único capaz de entendê-lo, esquecendo todo seu lado negativo, todo o lado ruim. Fui o único que tratou-o com amor, de igual pra igual. Um tempo depois, ele foi traído e baleado pelos seus "amigos". Aí, sim, eu o convoquei para os flibusteiros.

Gaspar coçou os olhos. Ele me pareceu muito triste, sua voz estava melancólica.

– É horrível, não é, Brian, como a vida pode ser? As pessoas não percebem que elas criam seus próprios monstros. Essa história toda poderia ter sido diferente, mas ninguém se importa mais, ninguém se importa com o amor. As pessoas matam por dinheiro e prazer. – Ele abaixou a cabeça e coçou o pescoço. – Vai chegar o dia em que quem possuir a mente mais forte do que seus instintos será chamado de herói. Eu tenho muito medo dessa afirmação... Quando se é estuprado, ou quando se passa a vida inteira sendo subjugado por outras pessoas, a nossa perspectiva de viver, talvez por simples revolta, anda ao lado de resistir a certos impulsos...

Eu parei para pensar no que Gaspar estava dizendo. Mesmo assim, eu não consegui aceitar Rocco.

– Mas isso é motivo suficiente para continuar sendo amigo dele? O cara continua sendo um babaca! Você não o transformou em alguém melhor, você falhou!

– Ah, mas ele melhorou muito depois que eu o conheci. Entenda, Brian, eu prefiro Rocco onde eu possa ver, do que ele livre e sozinho por aí. Compreende o que eu quero dizer?

Gaspar era realmente interessante. Seu ponto de vista era compreensível, mas, para mim, ou para uma pessoa como eu, insuportável.

– Acredite em mim, Brian – continuou Gaspar –, Rocco daria a própria vida para salvar qualquer um de nós.

– Ele? Eu acho que ele nos jogaria para os leões só para passar o tédio!

Gaspar não conseguiu conter uma leve risada.

– Rocco se odeia, Brian. Mais do que a todos, ele mesmo se odeia. Para ele, nossas vidas têm mais valor do que a própria. Não foram poucas as vezes em que ele se meteu em brigas desnecessárias para poder proteger alguém que ele nem conhecia, fazendo tempestade em copo d'água. Ele diz que é porque ele gosta de briga, gosta de bater nos outros, mas eu descobri que isso é mentira. Ele apenas quer encontrar alguém que...

Gaspar parou para respirar fundo.

– As pessoas são tão orgulhosas, não têm coragem de admitir suas fraquezas... Preferem sofrer sozinhas. Às vezes, nós deveríamos vencer o nosso ego e não nos importarmos com nossa fama.

– Essas coisas são complicadas – respondi.

Admito que eu mesmo não estava contente. Por que as coisas não são mais simples? Por que tanto trabalho, mesmo depois da morte? Por que não podemos, simplesmente, virar adubo? Prefiro isso do que ficar a noite inteira revirando papéis. Lembrei-me de fazer uma pergunta, que talvez só Gaspar pudesse me responder:

– Quem inventou tudo isso? Quando isso começou?

Gaspar abriu os olhos, me encarou por uns segundos e roçou o cavanhaque, pensativo.

– Interessante. Você é um cara solitário, não é, Brian?

– Sim, mas… por quê?

– Você é que deveria me responder – Gaspar riu. – Mas tudo bem. É que a maioria não pergunta sobre isso. Ninguém questiona, apenas fazem o que mandam. O fato de você estar interessado assim, tão cedo, denuncia que é um cara solitário.

– Mesmo? Nada a ver.

– Pessoas solitárias estão mais acostumadas a pensar, já que não têm com quem conversar. Claro, depois da iluminação é preciso se abrir, para valer a pena. Você corre o risco de se tornar um egoísta, caso fique muito tempo na solidão. É perigoso se tornar um babaca…

– Ninguém nunca perguntou isso?

Gaspar se levantou da cadeira, foi até a sua estante cheia de livros, pegou vários de História e jogou na mesa de bilhar. Os conteúdos eram os mais diversos, como pré-história, revoluções, África, Grécia, China, povos da América Latina.

– Eu não sei, Brian! – disse ele, olhando os livros. – Eu pesquisei todos. Rituais maias, faraós do Egito, gregos, sociedades antigas, poemas de morte de antigos samurais…

– Piratas… – me intrometi.

Gaspar conseguiu sorrir.

– Sim, claro… São histórias divertidas. – Gaspar parecia mais relaxado. – Busquei até na alimentação dos dinossauros. Mas, até hoje, eu não sei dizer onde isso começou, não sei nem se isso "começou"! Eu procurei, mas não achei a resposta. Quem foi o primeiro? É impossível saber com certeza, são só suposições… – Ele olhou pra mim e começou a rir bem feliz. – Sabe, muitos de nós acreditamos na tese do *cogito, ergo sum*. Ao que tudo indica, a morte é feita a partir das concepções dos vivos sobre ela mesma. O primeiro ser que meteu a paulada no inimigo para matá-lo, saindo assim da natureza, se tornou a primeira Morte, e aquele que sofreu a paulada virou o primeiro homem do Quarto Andar… Sauro gosta de brincar que é a tese da "paulada primordial".

– Você está querendo me dizer que o novo homem, aquele mais primitivo, foi o primeiro homem engravatado do Quarto Andar, que mexia nos computadores?!

– É aí aonde eu quero chegar, meu camarada: como era a Morte? Ao que tudo indica, a morte tem relação com a vida, e a vida exerce força na morte, uma influencia a outra. Isso nos leva a crer que nem sempre a morte foi como ela é agora. É bem possível que não houvesse cubículos ou computadores; na verdade, é bem possível que houvesse apenas uma balança... – Gaspar mostrou o livro dos mortos egípcio. – Pense bem nos ritos dos povos antigos, por exemplo: nos homens do vale de Neander, que já faziam cerimônias para enterrar os seus mortos, isso não é uma forma de permitir que os mortos passem para o outro lado? Não é isso que fazemos? O que são as lápides? Nós não apenas sinalizamos quem morre? Aliás, você não chegou a conhecer Napoleão, não é?

– Não...

– Pois é, ele tentou liderar uma revolta de mortos que queriam voltar à vida, mas aí percebeu que ele não tinha poder nenhum, já que lá ninguém podia "morrer" ou se ferir... Ele tentou, inutilmente, chegar ao final do corredor e encontrar uma saída. Vivia perguntando: "Sabe quem eu sou?", e se irritava quando um adolescente que só reclamava por não ter mais o celular dizia sinceramente que nunca tinha ouvido falar nele. – Gaspar riu. – Ele era bem divertido, sujeito bacana... pelo menos na morte. Não sei se ele aceitou a morte ou se ainda procura uma saída...

– Alguém já conseguiu fugir?

– O pessoal diz que alguns já conseguiram, mas, assim como na vida, não há nada comprovado.

– Você não consegue os registros da Morte? Sabe, isso seria importante para responder algumas perguntas históricas! – falei abismado.

– Não é tão fácil assim, é preciso ter uma justa causa para ter acesso. E como ter uma justa causa para encontrar pessoas que morreram há centenas de anos? Talvez você consiga alguma coisa, se for mais recente, mas mesmo assim é difícil...

Ao ouvir isso, senti uma dor no coração. Imaginei que talvez nunca encontrasse o emissário da morte de minha mãe... Mas foi neste momento que Sauro escancarou a porta.

– Ela me odeia... Por isso eu a amo!

Ele atravessou a sala com aquele sorriso bobo no rosto.

– Eu acho que dessa vez ela volta pra mim! – disse ele, com um ar esperançoso.

Gaspar pôs a mão no rosto e suspirou.

– Não, ela não vai – disse Gaspar.

– Daí nós seremos felizes até envelhecermos e ficarmos parecidos com maracujá!

– Não. Não vão! – insistia Gaspar.

– O nosso amor é eterno! Ela é minha vida!

– Não, não é!

– Nascemos um para o outro!

– Não, não nasceram!

– Nós teremos um cachorrinho chamado Cãozilla! Daí ela vai me bater por ter escolhido um nome tão estúpido, vai dizer: "Eu escolho o nome do nosso filho".

Gaspar revirou os olhos.

– Relaxa, Gaspar, eu só estou brincando com a sua cara. Mas uma coisa é certa: eu vou tentar de novo!

– Sauro, por que você não a esquece? Ela não se importa mais com você. O tempo muda as coisas.

– Para, Gaspar. O tempo faz umas coisinhas sim, tipo, dar mais saudades! Você não viu que ela sente a minha falta?

– Ela não sente, Sauro! Já esqueceu por que ela te largou?!

– Porque ela não estava preparada, era uma pequena dúvida no relacionamento. Mas está tudo no jeito agora! Vou comprar uma caixa de bombons para ela, ela vai se derreter toda!

– Errado, eu vou comprar, não é? É com meu salário que você compra as coisas!

– O amor não se importa com bens materiais.

Gaspar deu um tapa na própria testa. Eu até que fiquei do lado de Sauro, ele talvez fosse o herói de alguma fábula infantil, mas no nosso mundo ele era apenas um coitado, um iludido. Dragões e fadas aplaudiriam de pé, entre os humanos ele seria humilhado e ridicularizado.

– Puxa, Gaspar, você encontrou o amor, por que eu não posso também? – perguntou Sauro com a cabeça abaixada. – Eu a amo e vou fazê-la voltar para mim!

– Tenha dó! Deixe-me lhe refrescar a memória: ela te largou, não porque você mora numa casa da árvore, mas porque não quer sair dela! Te largou porque você não consegue se cuidar sozinho!

Gaspar ficou zangado de repente.

– Não é verdade – disse Sauro relutante.

– Ah, é? Esqueceu que, quando as coisas ficaram sérias, quando ela quis dar um passo adiante, foi você mesmo que fugiu? Por que você não queria sair daqui? Não queria deixar a casa da árvore? Você não quer deixar de ser uma sanguessuga! E quanto àquela outra?

– Uma sanguessuga? É isso o que eu sou para você?

– Qual é, Sauro! Eu não posso alimentar você e a minha filha ao mesmo tempo. – Gaspar *tacou* os papéis que estavam em sua mesa no chão. – Salário de professor é uma miséria!

– Ah, é? Desculpa se eu não sou tudo o que você queria! Desculpa se não sou a sua queridinha Keiko! Você nem devia ter me salvado naquele dia de chuva, devia ter me deixado cruzar a porta. Assim, eu não estaria causando problemas para você!

– Droga, Sauro! Não é isso, mas você tem que crescer um dia. Você tem que viver sozinho! Estou dizendo isso porque eu me importo com você. Você não pode ficar embaixo das minhas asas para sempre.

– Mas eu não quero ficar longe de você... pai. Eu não consigo... Eu não sei o que eu vou fazer, pai!

Algo surpreendente aconteceu: Sauro conseguiu chorar! Fiquei de boca aberta, ele parecia uma muralha, nada conseguia abalá-lo, mas essa foi a prova de que todo mundo chora. É impossível ser uma estátua a vida inteira, algumas pessoas são mais fortes do que outras, mas você não sabe o que acontece com elas quando elas chegam em casa, quando a consequência de suas vidas, de seus atos, se abate sobre elas. Não se enganem. O que você está passando agora muitos também estão, então não se sinta sozinho. Eu estou aqui.

– Desculpa, pai, se eu sou uma sanguessuga! Eu nunca quis ser um peso para você!

Gaspar estendeu os braços e abraçou Sauro.

– Calma, meu filho. Eu sempre vou estar com você, mas você precisa sair debaixo da minha sombra. Você precisa ser independente.

– Desculpa, pai. – Sauro chorava, mal conseguia formular suas frases. – Eu... Eu te amo, pai.

– Também te amo, moleque. Eu nunca me arrependi de ter te acordado aquele dia, Sauro. Aquele moleque com as bochechas inchadas de tanto apanhar que, mesmo assim, sorria para mim... E comeu seis salgados, dois bolos, e tomou um refrigerante de dois litros!

Sauro riu encostado no ombro de Gaspar.

– Mas enfim – continuou Gaspar –, você alegrou a minha vida, Sauro. Você tem esse dom. Nunca cresceu...

– Desculpa... – chorava Sauro.

– Ora, não peça desculpas a mim, rapaz! Peça desculpas a Peter Pan!

– Desculpa, Peter Pan! – Sauro parecia feliz.

– Não fique com inveja de Keiko, Sauro. Eu amo os dois, mas Keiko ainda é criança, e eu preciso formar o caráter dela. Eu tenho que educá-la, amá-la, tenho que dar mais atenção a ela. Mas esse não é um trabalho só meu, é seu também! Eu preciso da sua ajuda!

Sauro olhou para Gaspar.

– Preciso que você seja um exemplo para ela – continuou Gaspar. – Um exemplo de que sempre é possível ser feliz! Ninguém melhor do que você para isso, Sauro! É como nos velhos tempos de flibusteiros, só que na direção certa. O que muda o mundo é justamente a formação das famílias, e eu não posso fazer isso sozinho. Você me ajuda... filho?

– Está bem, pai – disse Sauro, chorando. – Eu vou tentar melhorar as coisas, se você também estiver comigo...

Gaspar pôs a mão em sua cabeça.

– Estou orgulhoso de você, Sauro. Está amadurecendo.

– Mas a casa da árvore sempre será minha. Nada de deixar a Keiko fazer festinhas com as amigas lá, beleza?

– Está bem, então – disse Gaspar, rindo. – Seu apartamento será mantido como está.

A vida é uma montanha-russa de acontecimentos e emoções, leitores. Enquanto abraçava Sauro, atrás de seu campo de visão, Gaspar, com um sorrisinho malandro, piscou o olho para mim e, acreditem, ele estava bem feliz de ver seu filho crescendo.

14

Doze capítulos a menos

Eu sou o homem mais completo do mundo...

Voltei a trabalhar no mercado. E, de fato, a Morte não interfere em quase nada em seu cotidiano. Ela é bem educada a esse ponto. Fiquei responsável pela parte de entregas do mercado, então andava por toda a cidade em cima da moto. Os nomes que apareciam no meu braço eram justamente de vítimas de acidentes de trânsito. Poucos deles eram de fora das minhas rotas, não era nada que me atrapalhasse. Você pode muito bem voltar à sua vida normal. Se tiver uma vida bem agitada... azar o seu.

Se tornaram raros os meus momentos com Sauro. Passamos a nos ver muito pouco, tendo eu voltado ao trabalho, ainda mais porque ele também estava com seu emprego. Sim, leitores: Sauro resolveu arranjar um emprego. Começou a trabalhar num frigorífico. Ele disse que estava pensando seriamente em virar vegetariano.

Sacrifiquei meus sonhos. Toda noite era o mesmo ritual. Eu recitava o monólogo e tomava meu remedinho para dormir. Assim evitava pesadelos e, consequentemente, nunca mais tive problemas com os clones. Eu passava minhas noites no Quarto Andar, conversando com Kate. Adorava passar as noites com ela. Nós concordávamos em tudo, não brigávamos – talvez porque não éramos ligados ao mundo, talvez porque não precisássemos nos impor nada. Todo tipo de conversa é uma terapia.

Com o passar do tempo, descobri os medos e sonhos de Kate, os que ela tinha antes de parar no escritório. Uma vez pude me encontrar com ela em seu horário de folga. Foi a primeira vez em que nos abraçamos, em que tivemos um contato. Seu cabelo tinha um cheiro gostoso. Não sei como eu podia sentir um cheiro dentro da minha própria cabeça, mas enfim. O dia que passamos conversando no refeitório do escritório foi um dos melhores da minha vida. Eu gostaria de ter nascido duzentos anos antes, se houvesse mais pessoas como ela. A vida passou a ser mais longa, quando se tem a impressão de que se está acordado 24 horas por dia.

– Nunca te vi de cabelo comprido – reparou Angélica. – Está parecendo uma pessoa mais segura de si, sei lá. Você parece decidido, seu olhar mudou... parece menos preocupado. Gostei. Quando você dormir, vou roubar seu cabelo pra mim! – Ela fazia tesourinhas com a mão.

Angélica foi se dirigindo ao meu quarto. Deixei meu cabelo crescer, mesmo. Antigamente eu parecia mais um soldado; eu finalmente notara que meu cabelo era mais macio do que eu imaginava. Deixei que alcançasse meus ombros. Não só deixei o cabelo crescer, mas também a barba. Eu fazia a barba apenas uma vez por semana, não todos os dias, como de costume. Minha barba loura se unia a meus cabelos longos na formação de um verdadeiro "bicho-grilo". Era como minha mãe me chamaria, caso me visse assim. Senti até vontade de comprar um violão, fazia tempo que eu não praticava... desde a época de Cristóvão.

Deitamos na cama e fizemos sexo mais uma vez. Os dias que sucederam os eventos daquela noite violenta nos trouxeram até aquele momento: uma rotina convencional de prazer. Toda vez era assim. Eu chegava do mercado, Angélica entrava no meu quarto, transávamos e ela ia embora, me deixando sozinho. Não quero reclamar, leitores, mas... Nos primeiros dias, eu pensava que isso era algo especial, que era mais do que apenas uma noite. Eu achava que ela realmente se importava comigo. Mas as minhas tentativas de aproximação não surtiam efeito.

Eu conversava pouco com ela, pois logo ela se cansava do diálogo e íamos para o quarto. Não seria necessário fazer um ritual de acasalamento, mas eu bem que queria que Angélica ficasse comigo a noite inteira, que dormisse do meu lado, que eu pudesse acordar e a primeira coisa que eu visse fosse seu rosto. Eu queria poder passear com ela nos dias de folga, levá-la ao cinema e coisas do tipo. Ela sempre recusava, inventava uma desculpa. Eu queria que Angélica estivesse sempre no meu apartamento, me atrapalhando ou me ajudando com as coisas enquanto preparávamos o almoço, ou arrumávamos a cama em que dormíamos.

Eu imaginava que as coisas seriam mais fáceis se eu tivesse alguém para dividir a vida, que as peças se encaixariam. Vendo aquela mulher se vestir e ir embora do meu quarto sem olhar para trás me fazia perguntar se eu realmente a amava. Eu, enfim, tinha tudo que queria: Angélica estava comigo, a mulher que eu amava. Mas, de alguma forma, esse amor se desgastou. Talvez Copélia estivesse certa. Talvez eu só quisesse uma nova mãe. Quem sabe seja essa a verdadeira e única busca de todos os homens: encontrar uma nova mãe, que cuide deles. Será que era só isso que eu queria?

Eu estava sozinho de novo no meu apartamento. Depois de Angélica, era hora de me encontrar com Kate. Uma me saciava com prazer, emprestando seu corpo. A outra me preenchia de compreensão e aliviava minha mente. Eu era o homem mais completo do mundo.

– Angélica... – Ela parou na porta do quarto. – Eu te amo. Quero estar com você, quero...

– Ah, Brian, eu gosto de você, mas... Vamos com calma. Isso é uma coisa complicada. Estamos felizes, não estamos?

– Bem... estamos. – Não pude discordar.

– Então está tudo bem. Não há por que mudar, não é? Vamos ter calma, Brian.

Ela foi embora, e eu fui rever Kate.

Era meu dia de folga dos dois empregos. Mas que dia maravilhoso! Não porque ninguém morreu, mas porque ninguém matou ninguém. Resolvi dar uma volta na cidade, almoçar fora, entrar em algumas lojas, me sentir livre. Deparei-me com Angélica no corredor.

– Bom dia, Brian!

– Bom dia, Angélica.

– Está de folga, hoje?

– E como... – Observei a face de questionamento de Angélica. Ela sorriu.

– Eu também não tenho nada para fazer. Só preciso ir ao banco pagar umas coisinhas. Quer me acompanhar?

– Isso é um encontro? – perguntei, bocejando.

– Deixe de ser bobo!

Odeio bancos, odeio as filas dos bancos. Odeio tudo relacionado a eles. Mas pelo menos eu tinha com quem conversar. Angélica voltara a ter uma vida, nessa manhã. Parecia a mulher que eu conhecera alguns anos antes.

Algumas pessoas que trabalhavam no banco me lembravam da galera do Quarto Andar. Senti-me em casa. Peguei o terrível costume de observar as pessoas: se elas possuíam relógios ou alguma coisa diferente. Não, leitores, eu não queria roubar ninguém. Só queria saber se eles faziam parte da minha tribo *não-urbana, desvivida.*

Não sei quanto a vocês, mas eu sempre tenho a impressão de que as pessoas que vejo na rua são versões diferentes de outras, que eu já conheci. Por exemplo, o homem na nossa frente na fila me parecia uma versão gorda de um conhecido meu da escola – talvez até fosse. A mulher que trabalhava no banco me parecia uma versão mais velha de uma vizinha minha. E o cara do lado de fora era... Ele era esquisito. O homem estava em cima da sua moto, e olhava através do vidro transparente com muita atenção. Não era um sujeito qualquer. Alguma coisa me dizia que ele era diferente. Será que eu o conhecia? Ele deu uma olhada no seu relógio de pulso no braço direito, depois se voltou para mim.

– Vamos embora! – falei para Angélica, puxando-a pelo braço.

– Ei, me larga! Eu ainda não paguei as minhas contas! – Com um puxão forte ela se libertou das minhas mãos. – Qual o seu problema? – falou, zangada. – Pra que tanta pressa?

– Vamos. Depois você paga isso aí!

O mau pressentimento que tomou conta do meu corpo começou a crescer, se alimentando dos meus nervos. Olhei para o homem do lado de fora, e ele deu mais uma olhada em seu relógio.

– Se você quiser ir embora, pode ir. Eu preciso pagar as minhas contas!

Olhei para os lados, tentando prever o que poderia acontecer.

– Vamos embora logo! – eu disse, com um pouco mais de firmeza. – Não estou me sentindo bem. Só isso.

Angélica abriu a boca para falar, mas foi quando uma mulher e dois garotos anunciaram um assalto. Não passava de uma dona de casa com uma arma na mão – se a imagem assusta você, fique tranquilo, isso é normal. A mulher era roliça, com presilhas no cabelo e sandálias nos pés. E era simplesmente a melhor ilusionista que eu já vira! De debaixo de sua saia ela arrancou uma arma calibre doze! Junto com ela, dois rapazes mais novos renderam as pessoas. Olhei para o lado de fora e vi o homem dando partida na moto e indo embora. Desgraçado! Se ao menos tivesse nos avisado! Não podia ir embora assim, preguiçoso!

Deitamos no chão. Eu fiquei agarrado a Angélica. Ela me beijou, o que talvez fosse nosso último momento juntos. Um dos garotos, o mais velho, puxou

Angélica e a fez refém. Porcaria, não podia ser. Angélica? Será que ela estava marcada? Qual era a sua porcentagem? Meus braços começaram a tremer, eu não sabia o que fazer. Os três tinham armas, e qualquer movimento brusco eu levaria um tiro e morreria também. Outra ideia invadiu a minha mente: talvez não fosse Angélica marcada para morrer; talvez fosse eu. E agora? Isso era possível? Eu estar marcado para morrer? Mas eu estava em serviço!

– Larga ela! – eu disse, com as pernas tremendo. – Se precisa de um refém, pode ser eu. Ninguém vai sentir a minha falta!

Como resposta, levei um chute no nariz. Ódio se apoderou de mim e me deu forças para levantar. Minhas pernas ainda tremiam, mas a raiva me deu coragem. "Coragem" não é o termo certo, acho que seria "valentia". Eu precisava fazer alguma coisa, estava pronto para uma luta até a morte. Meu coração pulsava com força.

– Larga essa arma, seu covarde! Enfrente-me como um homem! – chamei um dos moleques para brigar. Não haveria perigo, certo? Afinal, eu já havia morrido. Só teria que atravessar algumas daquelas portas bobas.

O mais novo dos assaltantes deu um tiro na minha direção. Caí no chão e me mijei. Estava acontecendo de novo. Eu estava tendo meus ataques, e dessa vez eu não conseguia nem enxergar. Meu corpo não respondia às minhas ordens. Gritos de "inútil" invadiam minha cabeça, eu sentia que ia explodir.

– Ele precisa de um médico! – Ouvi alguma pessoa dizer.

– Não, mãe, eu nem acertei nele. Esse cara precisa é de um exorcista! – disse outra voz.

– Um pescoço entorta desse jeito? – perguntou outra voz.

Tentei dizer que não, mas minha boca devia ter vontade própria. Talvez eu até tenha falado em latim! Coisas que já me eram conhecidas, como "*mortis*". Eu teria vomitado em alguém? O mais importante foi a voz de Kate, que voltava a conversar comigo. Aos poucos eu consegui me concentrar em sua imagem. Minha mente até poderia estar em paz, mas meu corpo estava em guerra. Entre gritos de "inútil", os bandidos, fazendo suas orações por mim, e as palavras de Kate, eu me encontrava como uma marionete cujas cordas estavam embaralhadas.

Deve ter sido o meu melhor ataque! Nunca pensei que isso me seria útil alguma vez na vida. Acabei causando distração suficiente para os policiais entrarem e renderem os bandidos. Eles tiveram uma chance única, e aproveitaram. Angélica me abraçou. Eu comecei a melhorar. Minha visão voltou a clarear, eu senti meu corpo dormente. Meu peito doía muito, mas a voz de Kate me ajudava. Minha mente estava presa a outro lugar, um lugar melhor, perto de Kate. Acabei salvando Angélica e prendendo três bandidos muito supersticiosos sem usar violência. Gaspar ficaria orgulhoso!

Fui atendido pelos paramédicos. Adivinha só quem era: Carlos, que piscou o olho para mim.

– Isso é trabalho seu? – perguntou ele.

– Não, e não faço ideia de quem seja – consegui dizer. – Mas ninguém ficou ferido.

– Então você mudou as estatísticas, não é? Parabéns!

– É... Eu acho.

Consegui me erguer. Sentia-me como se tivesse passado horas dentro de uma piscina. Meu corpo parecia mais pesado. Procurei Angélica na multidão, já havia repórteres lá. Quando encontrei a mulher, ela estava nos braços de alguém... Nos braços de Sérgio.

– Foi horrível, amor. Eles me pegaram e... eu senti tanto medo – disse Angélica, chorando em seus braços.

– Calma, amor. Eu já estou aqui para defender você. – Ele estufou o peito.

O que vocês fariam, leitores? Tirariam satisfação? Eu não pude. Fugi de fininho antes que pudessem perceber, e, se pudesse, continuaria assim para não pagar mico ou sentir dor maior. Afinal de contas, tirar satisfação do quê? Nunca tivemos um relacionamento realmente sério... Eu nunca mais queria aparecer na frente de nenhum dos dois. Não queria mais voltar ao meu apartamento. Ah, como eu me odeio! Como posso ser tão ridículo? As lágrimas apareceram de supetão novamente, mas, dessa vez, eu iria combatê-las. Dessa vez eu passaria a noite no bar.

O que foi que eu fiz de errado, leitores? Sempre fui tão legal com ela. Fui carinhoso, até salvei ela – não da maneira convencional, mas salvei. Por que, então? Será que, se eu tivesse dado um soco nela e a puxado pelo cabelo, ela me amaria? Eu era só uma aventura? Resolvi não me importar com aquilo. Estava farto de pensar. Puxa, do que é que eu estava reclamando? Eu nem tinha certeza se a amava, isso não devia ser dolorido.

Sentado junto a uma mesa, ouvindo música, vi vários rapazes se divertindo e dançando. Nada de mais, estava até me sentindo mais jovem. Angélica apareceu na cadeira ao meu lado.

– Ué? Você não me amava? – perguntou ela. – Por que me deixou ir?

– Amo, sim, mas não vou lutar com o Sérgio. Sua vida vai ser bem melhor com ele. Quero que você seja feliz.

– Espera aí! – disse uma voz forte, do meu lado esquerdo. – Você não me amava? Quem é essa?

Para minha surpresa era Anja, sentada na mesma cadeira de rodas com desenhos de soldadinhos que ela fizera.

– Mas eu te amava! – me defendi.

– Então por que você diz que ama essa outra? Eu não era o seu amor? – Anja fazia a mesma velha pose de emburrada.

– Mas você morreu!

– Só por isso deixou de me amar? Pensei que seria para sempre! Você deveria esperar!

– Desculpa... É que...

– E quanto a mim, Brian? Só eu que te entendo. – Fui interrompido por uma terceira voz.

Fiquei petrificado com a Kate à minha frente. Seria essa imagem verdadeira? Ou será que eu apenas escutava a voz dela e meu cérebro fazia sua imagem?

– Ninguém ama você. – Kate tinha a voz do meu pai, agora.

Aos poucos, quem surgiu foi meu pai. Ele pulou para cima de mim, tentando me estrangular.

– Eu te amo! – berrou ele, tentando me sufocar.

Quando eu estava quase perdendo a consciência, soquei sua barriga, e ele se soltou de mim. Caí em cima dele, puxando sua camisa.

– Por quê?

– Ora, veja só o que temos por aqui, oficial Itamar – disse uma voz.

– Pois é, oficial Humberto – respondeu outra.

Uma luz forte socou como um punho os meus olhos. Quando dei por mim, eu estava só de cueca e tênis, tentando estrangular uma placa de parada obrigatória.

– Sabe o que eu acho, oficial Itamar? – disse o policial mais gordinho, com um bigode na cara.

– O quê, oficial Humberto? – perguntou o mais baixo e magricelo.

– Acho que não sou pago o suficiente para o meu emprego.

– Concordo plenamente. – O outro batia com o porrete na palma da mão, bem devagar. – Concordo plenamente...

Fui jogado na minha suíte de hotel na delegacia. Eu estava desprotegido, sem remédios, sem conforto e sozinho. Fiquei no chão, imaginando o que poderia acontecer, mas o mais importante: onde estavam as minhas roupas? Essa não era a pior parte. A pior parte ainda estava por vir. Eu gostaria de ter sido jogado numa cela com um psicopata assassino, com um ladrão, ou até com um cara um pouco carente – se é que me entendem. Eu compartilharia a cela com qualquer um, menos com aquele, que era justamente uma junção de todos eles...

– Ora, se não é o pequeno sonhador! – disse uma voz, vinda do fundo. – Acredito que alguma garotinha juvenil e fantasiosa diria que foi o destino que nos uniu. Mas, de novo, não acredito em destino. E, de novo, uma garotinha juvenil e fantasiosa não deveria estar numa prisão.

Ainda no chão virei a cabeça para poder ver, pedindo, suplicando para não ser ele... Infelizmente, nem tudo o que desejamos se torna realidade.

– Afinal, a festa deve ter sido muito boa, não é, pequeno sonhador? – disse Rocco, com aquele seu sorriso sádico. Dessa vez tinha uma nova cicatriz, pequena, no seu lábio. – Perdeu até as roupas! Mas essa não é a pergunta importante. A pergunta importante é: por que eu não fui convidado?

– Mas que droga! Vim parar num buraco justamente com você! – falei, me levantando.

Rocco começou a rir, e muito. As ofensas faziam parte da conversa de amizade entre os homens. Ele era o que mais gostava disso, desde que você não fosse uma pessoa desconhecida. Se fosse esse o caso, acabaria num hospital.

– Onde você foi parar, não é, senhor certinho? – disse ele, com aquele sorriso perturbador. Ele parecia um maníaco com sede de sangue, mas você se acostuma... Ou não. – Anda logo, o que aconteceu para acabar neste lugar, pequeno sonhador?

– Mulheres... – Abaixei a cabeça.

Rocco riu novamente.

– Sim, também estou aqui por causa de uma delas. A patroa chamou a polícia, depois que eu briguei com um idiota no bar. Como eu amo aquela nojenta... – Odeio o sarcasmo de Rocco. – Mas você teve sorte, pequeno sonhador. Só te levaram a roupa.

– Chama isso de sorte?

– Isso não é nada!

Rocco ergueu a camisa e mostrou uma cicatriz enorme na barriga.

– Sabe o que é isso? Mulheres... – De alguma forma, Rocco não abria mão de seu sorriso. – Uma vez eu dormi com uma mulher muito gostosa. Quando acordei, ela já tinha roubado meu rim! Mas valeu a pena, considerando que ela fazia um sexo gostoso. Eu faria de novo.

– Para de falar asneiras, Rocco. Cante mais uma de suas músicas. Nós estamos entediados. – O oficial Itamar estava do lado de fora, batendo seu porrete nas grades.

– Você gosta de me prender, não é, Agostinho? Se precisa de mim para cantar, que compre um maldito passarinho!

– A culpa não é minha, Rocco. Eu só fiz o meu trabalho. Você acha que eu gosto de ter que resolver os seus problemas conjugais toda semana? Policial não resolve casamento de ninguém! Aliás, como vai a sua mulher?

– Vai bem, obrigado por perguntar. Então, avisou o Gaspar que eu estava aqui?

– Avisei. Ele disse que só vem te buscar amanhã, pra você aprender que ele não é a sua babá.

– Não só a minha! – Rocco apontou para mim. – Liga de novo e fala que o amiguinho dele, o Brian, está aqui também. Ele virá correndo!

– Ah, então vocês se conhecem – disse o oficial Itamar.

– Infelizmente – respondi.

– Tinha que ser – continuou Itamar. – Todos loucos!

O segundo oficial se aproximou com aqueles olhos esbugalhados e queixo para dentro.

– Anda, canta aquela do tique-taque! – disse ele, sem nenhum tom de autoridade. Era um pedido.

– Essa é velha, suas carniças! – refutou Rocco. – Porém... Tenho uma que talvez vocês não conheçam.

Querem me prender, chegaram tarde
Pois uma mulher já condenou meu coração
Até hoje eu estou acorrentado naquela cama
Comendo em sua mão
Vocês estão sempre atrasados!

Me soquem, bastões serão o suficiente
Caso seu desejo seja me mostrar a dor, chegaram tarde
Eu já nasci chorando, as lágrimas são do meu corpo
A vida se apresentou primeiro do que vocês
Mas ela é certa, vocês não
Vocês estão sempre atrasados!

O que de novidade vocês têm?
Ei, a vida bateu primeiro!
Chegaram tarde, e sempre chegarão!
Joguem suas pedras, que eu já tenho anticorpos
Esqueceram que a roda gira por vocês
Vocês mesmos se atrasam, sempre se atrasam!

Compraram meu tempo, eu vendi
Prezo apertando uma porca, mas chegaram tarde
Eu já estou acorrentado pela morte
Vagabundo eu seria, se a negasse
Agora venham, que já está tarde
Vocês estão sempre atrasados!

Para o fim de meios-termos
Fim da liberdade, mas chegaram tarde
Cada um com seus grilhões
A culpa é sua, ou da natureza
Não importa, vocês estão sempre atrasados!

Mas só agora vieram pedir desculpas?
O que eu disse o tempo todo?
Estão atrasados até para isso
Agora vamos logo, que graças a vocês
Eu também me atraso!

O que de novidade vocês têm?
Ei, a vida bateu primeiro!

Chegaram tarde, e sempre chegarão!
Joguem suas pedras, que eu já tenho anticorpos
Esqueceram que a roda gira por vocês
Vocês mesmos se atrasam, sempre se atrasam!

Os policiais acompanhavam o ritmo, batendo seus cassetetes nas grades, enquanto Rocco entoava sua música.

– Essa se chama "Esperando recompensa e não fazendo nada de bom". Ou seria "Hipócritas nunca morrerão"? Sei lá, tanto faz!

Devo dizer que minha primeira noite numa delegacia não foi das piores. Já tive noites piores, e com pessoas de quem eu gostava. Rocco cantou mais algumas músicas. Eu, por outro lado, tentei dormir e visitar o Quarto Andar. Não foi tão difícil quanto eu pensei que seria. A música me fez bem como qualquer remédio que eu pudesse tomar. E a promessa de ver Kate novamente me alegrava a ponto de eu relaxar. Nem me importei com o dia seguinte ou o futuro, e apenas dormi.

Depois de muita papelada e muitos carimbos, encontrei-me com Kate. Quando ela me viu, levantou-se com muita rapidez e deu pulinhos alegres. Seu sorriso aqueceu novamente meu coração; nem parecia que meu corpo de verdade estava numa cela fria. Ela batia palminhas animadas, e tentava conter a emoção, mas falhou.

– Adivinha, Brian! – disse ela, segurando o sorriso.

Ela era uma gracinha com aqueles olhos esbugalhados contendo o entusiasmo.

– Por que você está animada?

– Me diz uma coisa: você não está mais a fim de conhecer o emissário que trabalhou no caso da sua mãe... Está?

– Está louca? Claro que estou. Estou nisso só para achá-lo!

Ela conteve o sorriso um pouco.

– Encontrei os registros da morte que você me pediu! – disse ela, parecendo interessada em ver minha reação.

Foi como levar um soco. Sorri forçadamente para não deixá-la no vácuo. Por dentro eu me sentia mal. Finalmente eu iria confrontar a pessoa que desgraçara a minha vida. Não sei dizer o que senti, mas não era alegria. Talvez fosse raiva...

– Que bom! – eu disse. – Obrigado, Kate. O que eu seria sem você?

A garota corou.

– Ah, não precisa agradecer. É só o meu trabalho. – Ela brincava com os cabelos.

– Sério. Você é demais! Então, quem é?

– Ah, sim. Deixa eu explicar. – Ela fez um sinal de pausa com as mãos. – Eu não fui capaz de encontrar a pessoa.

Olhei para ela, indignado, mas ela continuou rapidamente.

– *Mas* – disse ela, dando ênfase –, eu tive acesso a pessoas que já marcaram o nome que você me deu. Nós últimos anos houve três mulheres chamadas Eva Copolla. Eu só tive acesso a um emissário.

– Três? – perguntei, abismado.

– Sim. Não tenho conhecimento das datas. Só os nomes e a cidade, então...

– Tudo bem. Você fez mais do que bem! Obrigado de novo, Kate. – Fiquei um tempo admirando o sorriso dela. – Não se preocupe. Mande esses nomes para mim quando eu acordar, eu vou atrás deles. Um será o verdadeiro.

– Mas o que você pretende fazer? – perguntou ela, um pouco triste. Acho que ela já sabia.

– Não se preocupe, só quero conversar.

– É mentira! – disse ela, em voz alta. Finalmente se exaltara. – Brian, se você for machucar alguém, eu não quero fazer parte disso... Eu acho que você tem o direito de saber, mas...

Pus a mão no vidro e olhei-a nos olhos.

– Não se preocupe. Eu me sentiria péssimo se fosse culpado pelo seu desconforto. Eu não vou machucar essa pessoa, quem quer que ela seja – eu disse, quase mudando de ideia graças àquele rostinho de Kate. – Só pretendo dizer a verdade a essa pessoa. Quero dizer que ela destruiu a minha vida. Ela tem de saber, não pode ficar impune. Pela honra da minha mãe.

– Depois de tanto tempo trabalhando aqui, você ainda pensa desse jeito? – questionou ela, olhando para baixo.

Observei Kate sem fazer nenhum comentário. Ela voltou a se sentar em sua cadeira, e rapidamente mudou de assunto. Resolvi acompanhá-la, eu não queria deixar Kate chateada. Fiz o melhor possível para melhorar o ânimo dela. Tentei contar algumas piadas e histórias engraçadas que aconteceram comigo.

De súbito fui lançado para longe, e tudo ficou preto. Ouvi uma voz chamar o meu nome. Senti meu corpo de uma maneira mais física. Eu realmente estava dentro dele, dentro de uma máquina. Foi o maior susto da minha vida! Fui puxado do Quarto Andar para a vida real por Rocco, que gritava no meu ouvido:

– Pequeno sonhador, acorda! Está na hora de irmos embora.

Reparei que Gaspar estava ali, sorrindo.

– Quer saber, Brian? – disse ele, mostrando a palma das mãos. – Não vou nem perguntar.

Surpresa agradável essa, perceber que estava chovendo quando saímos da delegacia e eu não tinha nenhuma roupa.

– Eu poderia ter trazido umas roupas minhas, ou de Sauro, mas Rocco não me avisou que seria necessário – disse Gaspar.

– Ah, ele está elegante assim. – Rocco sorria.

– E você, Rocco – Gaspar cutucou o peito –, pare de arranjar problemas. Eu não posso ficar te buscando na delegacia, nem devo!

– Nem todos têm um casamento perfeitinho com base em mentiras como o seu, Gaspar. – Rocco fechou a cara.

– Está com inveja? Um dia você terá um igual, caso esqueça esse seu orgulho!

– Cale a boca e me dê uma carona!

Gaspar deu a impressão de que iria negar, mas percebeu que eu também precisava de uma carona. Ele deixou Rocco em casa e depois me levou ao meu apartamento. Perguntei se ele podia me esperar, pois eu pretendia falar com Sauro. Apesar de ter precisado buscar os amigos na delegacia, Gaspar estava de muito bom humor, e foi bem educado.

Não falei para ele o que pretendia fazer. Não que eu não confiasse nele, mas ele com certeza tentaria me fazer mudar de ideia. E ele tinha poder para isso. A única pessoa com quem eu me sentia bem em falar era Sauro. Ele era o único que sabia daquela história toda. Tinha de contar a Sauro que Kate finalmente achara o culpado pelos meus anos de sofrimento, e que agora eu iria atrás de quem fosse. Não tinha coragem de ir sozinho. Eu precisava de alguém para me acompanhar, e tinha quase certeza de que Sauro não iria recusar.

15

Treze capítulos a menos

Se choveu no bairro da Maré? Ora, se choveu, não parecia. E olha que saí com manga longa... O sol raiava forte no céu e, em uma casa qualquer, entre tantas outras daquele bairro pacato, uma figura um pouco incomum jazia embaixo de uma árvore. Estava usando uma roupa bem colorida e óculos enormes. Seu cabelo cacheado estava volumoso e bagunçado. Estava deitado em um colchão rosa, com várias bonecas e bichos de pelúcia. Ao seu lado também havia uma linda menininha, sentada num banquinho com um jaleco bem maior que seu corpo, cabelos presos para trás, segurando uma prancheta com desenhos rabiscados.

– Doutora! – disse Sauro, pondo a mão na testa, em agonia. – Eu acho que estou ficando louco!

– Hum, entendo – disse Keiko, rabiscando na prancheta. – O que você está sentindo, Sr. Louco?

– Eu me sinto pequeno, o mundo está se expandindo à minha volta. Parece que a qualquer momento eu serei esmagado! Socorro, doutora! O que eu faço? Estou louco ou é só impressão? – Sauro sacudiu um pônei de pelúcia.

– Sim, você está, meu querido. Acredite em mim, eu tenho faculdade!

Keiko analisou Sauro de cima a baixo.

– Sei qual é o seu problema, Sr. Louco – afirmou Keiko, sorrindo e fechando os olhos.

– O que é, doutora? É grave? Eu vou morrer? – disse Sauro, apertando o pônei contra o peito.

– Você sofre de visão *ilusorium aumentorium devidoriom a vidrorim forçadorium*.

– Morri!

– Não, não! – disse Keiko, abanando as mãozinhas com as mangas longas do jaleco penduradas. – Tire os óculos, por favor.

Sauro tirou os óculos e seus olhos diminuíram quase três vezes de tamanho! Ele fez uma cara de espanto.

– Doutora! Você é milagreira, não uma médica! Estou curado! Veja só, Clebisvênia, meu amor! Estou curado!

Sauro beijou de língua o pônei de pelúcia.

– *Para, Sauro!* – gritou Keiko. – Que nojo! Eca!

– Ah, sim, claro... – Ele tentava cuspir os pelos da língua. – Agora vamos tratar de outro problema que está me atormentando. A questão matrimonial!

– Vamos dar início à nossa terapia de casal – disse Keiko, rindo.

– Sabe como é... – Sauro tapou os ouvidos do pônei. – Eu acho que ela está me traindo. E com aquele macaco!

Ele apontou o dedo para o macaco com chapéu que cantava a Macarena.

– Veja! Ele está rindo da minha cara, doutora – disse Sauro, frustrado. – Sinto como se todos estivessem rindo de mim pelas costas! Eu só não largo dela porque tenho de pensar nos meus três filhos...

– *Sauro*! – gritou uma mulher, dentro da casa.

– Vixe, lascou... – disseram Sauro e Keiko juntos.

– Onde está o meu jaleco? E os óculos do meu falecido vovô?

– Corra, Clebisvênia! Salve sua vida, não chore por mim! – Sauro jogou o pônei de pelúcia longe.

Ele tentou esconder os óculos no bolso do jaleco, mas dona Camila o pegou em flagrante.

– O que vocês estão aprontando? – perguntou ela, um pouco zangada. Mudou de expressão ao ver a aparência de Keiko.

– Eu estou resolvendo os problemas emocionais dele, mamãe! – disse Keiko. – Eu fiz faculdade!

O coração de Dona Camila amoleceu.

– Estou vendo, filha. Você está linda! E Sauro... Tome cuidado com essas coisas, está bem?

– Sim, dona Camila. Não se preocupe. Eu não vou quebrar os óculos, a não ser que essa cabeçuda quebre primeiro!

– Você que é um trapalhão, um desastrado!

– Brinquem com cuidado, por favor! – advertiu dona Camila. – Ah, bom te ver de novo, Brian.

– Igualmente, senhora!

Sauro se levantou do colchão rosa rapidamente, quando me viu. Eu até tentei recuar um pouco, mas ele não se importou: me abraçou do mesmo jeito.

– E aí, cara! Quanto tempo! Gostei do seu novo visual. Parece que está mais confortável, sei lá.

– Estou bem, sim. Só um pouco louco, eu acho.

– Não seja por isso. Temos uma psicóloga de primeira aqui! – Sauro apontou para Keiko, que brincava com suas bonecas.

– Talvez na próxima vez. Enfim, eu preciso conversar com você.

– Espera, vamos terminar essa conversa no meu escritório no segundo andar! – Ele apontou para a árvore.

– Ainda bem que não é o Quarto!

Sauro concordou e riu. A casinha da árvore continuava a mesma: um pouco bagunçada, com um colchão esparramado e vários livros e revistas.

– Pensei que fosse sair dessa casa da árvore – comentei.

– Estou juntando dinheiro para isso, meu caro. Estou quase comprando uma casa na árvore ali no fim dessa mesma rua. – Sauro riu. – Não, sério, uma casa no chão, dessa vez. Uma casa sem graça e no chão...

– Na mesma rua? Por que não aluga um apartamento mais perto do centro? – falei, para provocá-lo.

Sauro me olhou com uma cara de desaprovação.

– Calma. Vamos ficar no bairro da Maré, por enquanto. Eu preciso ficar de olho nessa família. Eles ficam perdidos, sem mim. E outra, eu não gosto de apartamentos...

– Sei, sei.

– Então, o que foi? – perguntou Sauro, jogando sua bolinha azul na parede. – Uma galinha botou ovos de ouro? Ou você só estava com saudades?

– Quase. Kate encontrou a pessoa que talvez seja responsável pela morte da minha mãe.

– Ah, essa história de novo? – Sauro revirou os olhos. – Como assim, "responsável"? Não foi culpa de uma Morte! Não se lembra de que a Morte não mata pessoas? Pessoas matam pessoas...

– Sim, já estou enjoado desse papo! Mesmo assim eu preciso encontrar esse cara, preciso conhecê-lo. O homem ou mulher que acabou com a minha vida!

Sauro se jogou no colchão mais uma vez, bufando.

– Você não larga o osso, hein! – Sauro olhou para o teto de sua casinha. – Mas o que você quer, de verdade?

– Eu quero que você venha comigo.

– Ah, obrigado. Mas se quer ter um encontro comigo, tem que me trazer flores e me levar para jantar.

– Sauro! – Só pude pensar em um jeito de convencê-lo a me acompanhar. – Se você não for, para me vigiar, eu não sei o que eu posso fazer. Quem sabe eu possa ser muito rude.

Sauro pôs o travesseiro na cara e bufou mais uma vez.

– Está dizendo que precisa de uma babá? – disse ele, enfim. – Você tem medo de ir sozinho, não é?

Sauro, apesar de palhaço, era bem esperto. Ficou sentado no colchão numa pose de monge, estreitou os olhos, como se quisesse me desafiar. Levantou-se, abriu as pernas, parecendo um pistoleiro prestes a sacar sua arma. Fiz o mesmo – já estava acostumado com isso. Nos analisamos, esperando o momento certo de disparar. Quando Sauro piscou, apontei meu dedo mais rápido e "disparei" primeiro. Sauro morreu.

– Está bem, compadre! – disse Sauro, assoprando a ponta do dedo. – Você ganhou. Eu vou com você, mas quem nós vamos procurar?

Eu havia me esquecido desse detalhe. Olhei para meu braço direito e esperei que Kate me mandasse as informações. Linhas se escreviam sozinhas no meu braço; eu nunca entendi como isso funcionava. Elas simplesmente sabiam a hora de aparecer. O nome de Cristóvão Eduardo Silveira apareceu. Dei umas palmadinhas para ter certeza de que não era a informação errada. O nome continuou o mesmo.

– Impossível, não pode ser! Isso é mentira! Mas como... – Me contive, tapando a boca.

– O quê? – perguntou Sauro, curioso. – É alguém da TV? Se for, podemos pedir um autógrafo!

– Isso é piada! Já sei. Não é o mesmo! Afinal, esse não é um nome tão incomum, certo?

Sauro ainda estava tentando desvendar as minhas expressões e minhas palavras pela metade.

– Ele não teria feito isso comigo! Ele teria me avisado! – eu disse para mim mesmo.

– Quem é? Para de enrolar! – gritou Sauro. – Você está fazendo isso de propósito só pra me irritar, não é?

Deixei que Sauro lesse o meu braço. Ele ficou estático. Não esperava que Sauro compreendesse, pois o nome era igual ao de meu colega da escola, que ele não conhecia. Mas não era possível ser o "meu" Cristóvão. O Cristóvão que eu conheço teria me ajudado. Me dado uma dica. Me impediria de ter ido para fora da cidade com Anja. Ele era meu amigo, faria alguma coisa! Sauro voltou a sorrir. Parecia mais animado do que surpreso.

– Ah, sim. O Cristóvão – disse ele, feliz. – Essa vai ser fácil. Sei exatamente onde ele está!

Meu mundo caiu.

– O quê? Você o conhece?

– Claro que conheço! Ele foi um dos flibusteiros originais! Não se lembra do cara na foto? Era ele.

Tentei me lembrar da foto. Realmente o quinto integrante, com o violão nas costas, era parecido com Cristóvão, mas ele estava muito diferente. Estava mais forte e alto. Deixou os cabelos crescerem, e fez *dreads*.

– Mas isso não é possível! Eu estudei com esse cara! Ele era meu amigo!

– Puxa, que legal! Você conheceu Cristóvão antes de nós? Isso está começando a ficar interessante. Eu estou muito a fim de ver no que vai dar. E de rever um velho amigo.

Sauro correu e vestiu uma camisa menos extravagante: uma velha camisa dos flibusteiros. Desceu as escadas enquanto eu o olhava incrédulo.

– Vamos, não fique aí parado! – De repente Sauro estava mais empenhado do que eu. – Temos que ir atrás de Copélia!

– Copélia? O que Copélia tem a ver com Cristóvão?

– Você quer que eu o acompanhe, certo?

– Quero… – falei, não tendo mais muita certeza disso.

– Pois é. Acontece que Cristóvão está preso numa clínica para doentes mentais, agora. E eles não me deixam mais ir visitá-lo sozinho, a não ser que eu esteja acompanhado por alguém responsável e conhecido deles.

– O quê? Um hospital psiquiátrico? O que aconteceu com ele?

– Aposentadoria… Ou quase. Vamos logo. Você saberá quando o vir!

Então essa era a resposta para o paradeiro de um velho amigo de escola. Ele tinha ficado louco? Eu não vira mais Cristóvão desde aquele dia fatídico.

Será que ele se lembraria de mim? E, pior ainda, seria ele o culpado por todo o meu sofrimento? Por ter arruinado a minha vida? A última vez em que eu o vi e conversei com ele foi na frente da escola. Lembro de sua imagem jovem, sua face triste me dizendo: "*Seja feliz!*" Isso significava alguma coisa? Essa era a dica que ele me dera? Só isso? Eu esperava que um amigo meu me alertasse de uma forma melhor. Esperava que um amigo de verdade não fizesse o que ele fez! Ele se escondeu e observou minha vida ir por água abaixo. E permaneceria impune, fingindo ser meu amigo. Continuaria do meu lado, sem se sentir culpado!

Fui acometido por um mal-estar terrível, e Sauro percebeu isso em minha face.

– Calma, cara. Já chegamos – disse ele, sorrindo. – É aqui que a Copélia trabalha!

Estávamos na frente de um hospital enorme. O letreiro dizia Hospital de Câncer Infanto-Juvenil. Fomos ao encontro de uma enfermeira que lia uma revista de meninas jovens sobre caras bonitos e outras coisas. Sauro perguntou se a enfermeira Copélia estava.

– Ah, Copélia? Sim, ela está. Vocês são parentes? – perguntou a recepcionista.

– Diga que o marido dela precisa vê-la urgentemente! – acrescentou Sauro.

A mulher da recepção pareceu surpresa.

– Nossa. Já faz tanto tempo que trabalhamos juntas e ela nunca disse que era casada! Você é um homem de sorte, ela é uma mulher incrível. É a personificação da bondade. Vai ser uma mãe perfeita, pois as crianças daqui a amam! De fato, um homem de muita sorte.

– Sei muito bem disso, senhora – completou Sauro, sorrindo.

– Ah, sim. Os astros devem ter unido vocês – disse a enfermeira, não notando que Sauro segurava a risada. – Eu estava justamente lendo aqui no meu horóscopo que a vida me aguardava novas surpresas, e veja só!

– Ah, e guarda muitas outras, pode apostar! – disse Sauro, rindo.

Sauro foi até gentil com a enfermeira, não acham? Pensei que ele ia rir da cara dela por meia hora, que ia jogar aquela revista para o alto, mas se conteve como pôde. Começou a gargalhar e dar tapinhas no próprio joelho, quando a enfermeira saiu. Ficamos esperando no hall de entrada. Quem diria, eu nunca imaginaria que Copélia trabalhava num lugar como aquele. A ideia de ver aquela mulher fria sorrindo não entrava na minha cabeça! Fiquei me perguntando se ela não assustava as crianças, ou se se vestia de palhaço para disfarçar a face sem emoção. Mas a ideia de vê-la como palhaço não me agradava.

Uma mulher veio em nossa direção. Pensei que fosse alguma outra enfermeira, mas era justamente quem estávamos procurando. Precisei olhar duas vezes para ter certeza de que era Copélia – não era a mesma mulher que eu conhecera no churrasco. O choque maior foi descobrir que meu cérebro deixou escapar um detalhe muito importante: o cabelo! Copélia não tinha cabelo. Era careca. No churrasco na casa de Gaspar, ela aparecera com uma bandana dos flibusteiros na cabeça. Talvez o efeito do álcool tivesse me feito esquecer desse detalhe. A mulher à nossa frente não usava nenhuma maquiagem, e mesmo assim continuava linda. Copélia parecia ter renascido em uma forma menos agressiva. A única coisa que a denunciava eram seus olhos verdes. Quando ela os estreitou, senti o olhar de víbora.

– Quem disse que você pode sair espalhando por aí que é meu marido? – disse ela, dando um soco fraco no ombro de Sauro.

– Eu não lhe disse? – Sauro fez uma cara de surpresa. – Não conta para ninguém, mas... – Fez uma pausa e olhou para os dois lados. – Eu prevejo o futuro!

Copélia deu um tapa na testa.

– Eu mereço... – disse, acariciando a cabeça. – Mas o que vocês querem? Estou trabalhando!

– O Brian precisa falar com Cristóvão. Parece que ele marcou a mãe dele e *blá-blá-blá*... Enfim, eu não posso entrar lá sozinho. Agora, se você for a responsável...

Copélia bufou.

– Você precisa mesmo fazer isso? – perguntou Copélia para mim.

– Preciso, por favor. Eu tenho algumas dúvidas que não suporto mais. Eu nunca mais vou te incomodar! – supliquei.

– Eu sei que você não vai – disse ela. – Agora, ele...

Sauro sorriu.

– Meu turno acaba daqui a três horas – disse ela. – Então poderemos ir. Combinado?

– Está bem – Sauro e eu respondemos.

Copélia se virou e foi embora, as luzes do hospital refletindo em sua careca.

– Nossa, cara, eu não notei que ela era careca, da outra vez! – admiti a Sauro.

– Falei que eu não gosto de mulher peluda.

– Sauro, como uma mulher tão fria como ela se dá bem num lugar assim? Eu, pessoalmente, não saberia lidar com crianças, principalmente com as daquele hospital. Eu ficaria mais desesperado que elas!

– Ah, meu bom amigo Brian. – Sauro balançou a cabeça. – Você não conheceu Copélia antigamente. Ela gosta de fazer esse papel de durona, de mulher má. Mas, no fundo, ela tem um dos maiores corações que eu já vi. Ela faria de tudo para ajudar os outros, por isso ela está aqui. Por isso eu a amo. Ela é uma mulher incrível quando a gente conhece de verdade, e, acima de tudo, é a mulher que eu amo. Eu não conseguiria viver com nenhuma outra, Brian. Não conseguiria...

Depois das três horas terem se passado e de muita conversa jogada fora, Copélia apareceu com uma menina que a chamava de "tia".

– Amanhã eu estou aqui de novo – disse ela, sorrindo. – E amanhã nós vamos cantar aquela música juntas, tudo bem?

– Está bem, tia Copélia. Vou sentir saudades! – disse a garotinha.

– Eu também, minha querida.

Copélia beijou a testa da menina, abraçou-a por longos segundos e então se despediu. Eu aproveitei o tempo para tentar me acostumar com a ideia de Copélia realmente ser uma pessoa de bom coração. Ela realmente era querida pelas crianças, se importava com alguma coisa, apesar de seu comportamento e visual niilistas. A minha dúvida finalmente foi respondida quando passamos por uma família na rua. Vimos uma criança sendo espancada pelo pai, enquanto caminhávamos. O pai da criança berrava para o menino parar de chorar, porque homem não chorava. Deu para sentir nos olhos de víbora de Copélia que ela não aprovava tal comportamento.

– Seu animal! – disse Copélia. – Expurgando suas frustrações em sua própria cria! Vocês homens são todos iguais.

– Ainda bem que eu sou um dinossauro – respondeu Sauro.

– É, e, pelo visto, o meteoro não foi tão eficiente como disseram. É realmente uma pena, quero um reembolso!

– Quem iria pagar o seu reembolso? – perguntei, entrando na brincadeira.

– O Quarto Andar! – disse a mulher. – Por mim, todo mundo tinha era que deixar de existir, daí eu não tinha que trabalhar. Nem aturar o Sauro... – Este não pareceu ofendido.

Digamos que Copélia era o contrário de Sauro em tudo. Enquanto ela era conhecida do Hospital Psiquiátrico e muito bem-vinda, Sauro estava proibido de entrar. Pelo que parecia, ele instigara uma tal guerra de frangos, ou coisa do tipo.

Entramos em uma sala grande praticamente vazia, com algumas mesas com tabuleiros de xadrez. No canto havia um piano velho e empoeirado. Numa das cadeiras, sentado e sozinho, estava Cristóvão, mais parecido com o que ele era na época da escola em comparação com a foto que eu vira. Estava bem mais velho, é claro, com rugas perto dos olhos, apesar de ele ainda ser jovem para elas aparecerem em sua face. Cristóvão parecia um corpo sem alma, um pote vazio. Não se movia, com a boca um pouco aberta. Seus olhos estavam fixos na parede à sua frente.

– Aquele é o Cristóvão – disse Sauro. – Ou, pelo menos, o que sobrou dele. Mas fique tranquilo, Brian. Eu tenho um plano!

Sauro pegou um copo descartável e o encheu de água, tirou um pacotinho de suco de maracujá em pó do bolso e despejou no copo.

– Você já sabe o que fazer, não é, meu amor? – perguntou Sauro, sorrindo para Copélia. – Sabe o seu papel?

– Não acredito que vou ajudar você a fazer isso... – respondeu ela.

Quando a enfermeira entrou para trazer os remédios de Cristóvão, Copélia pôs em ação o plano de Sauro: causou uma distração, uma conversa sobre rugas. Segurou a cabeça da enfermeira, a fim de que ela prestasse atenção nas imperfeições de sua pele.

– De enfermeira para enfermeira, você não me recomenda nenhum médico para eu cuidar desses pés de galinha horríveis? Olha só! Está vendo? – disse Copélia, espremendo a cara da enfermeira contra a sua. Dava pra ver em seus olhos que ela odiava falar de coisas fúteis, parecia que alguém a esfaqueava. Mas foi engraçado, pra ser sincero.

Enquanto isso, Sauro sorrateiramente trocava os medicamentos pelo suquinho de maracujá. A enfermeira ajudou Cristóvão a beber o suco, sem desconfiar de nada. Copélia sabia fingir bem. Sauro, por outro lado, tentava segurar o riso. De vez em quando ele soltava alguns ruídos de pum com a boca.

– Você me paga, Sauro! – falou Copélia entre dentes, logo após a enfermeira ir embora. – Nunca paguei tanto mico.

– Pode deixar que eu pago, sim, pago muito bem! – disse Sauro. – Agora é só esperar. Vai demorar um pouco até ele ficar um pouco são, ou "louco", como muitos dizem. O importante é que ele vai estar consciente, e aí você vai poder conversar com ele, Brian.

– Esperei tanto por esse momento... Acho que posso esperar mais um pouco – eu disse, calmamente.

A verdade é que eu não estava com nenhuma pressa. Fui ao hospital psiquiátrico justamente para estrangular aquele maldito. Reuni todos aqueles anos de ódio em um ponto só. Um ponto em que poderia deixar explodir a minha fúria e recomeçar a minha vida. Mas vendo aquele homem que nem sequer podia se mover, perdi a vontade. Perdi o sentido, ainda mais porque eu não tinha certeza se Cristóvão era mesmo o culpado. Tudo o que acontecera na minha vida fora por conta daquele miserável, então por que eu não queria me vingar? Talvez eu só quisesse perguntar uma coisa que nem ele saberia responder: por que eu?

– Muito bem, seu velho lobo do rio Estige! – disse Sauro, tentando erguer o peso morto de Cristóvão. – Vamos colocar o baile pra começar, fazer essas mocinhas bonitas arrebitarem as saias!

Sauro não se importou com a cara zangada de Copélia. Carregou Cristóvão sozinho para o piano abandonado no canto da sala. Foi como colocar uma chave na fechadura. Tudo se encaixou automaticamente e criou-se vida. O homem, mesmo que ainda sem expressão facial e com olhar fixo, mesmo sem tentar se comunicar, começou a tocar o piano magnificamente. Suas mãos tinham vida; o resto de seu corpo, nem tanto.

– Além de ouvir uma serenata, o que faremos? – perguntou Sauro, receando o tédio.

– Esperamos. Aproveite a música, ora essa! – disse Copélia. – Sua voz é dissonante demais para mim.

Sauro mostrou a língua.

– Copélia, vamos brincar?

– Brincar do quê, criatura? – respondeu ela.

– Vamos brincar desse jeito: primeiro, eu amo você. Depois, você me ama.

– Você nunca muda.

– Eu sei o que você está pensando. Mas eu já estou dando um jeito na minha vida. Por enquanto eu não vou te atrapalhar... tanto. Vamos, me dê uma chance!

– Viver é aceitar um constante estado de mudança, Sauro. Você nunca cresce, e nunca se importa com nada! Você só quer que eu tome conta de você.

– Mas eu sou a mais pura personificação das estações do ano, meu amor! O importante é que eu nunca desisto da minha essência, como muitos fazem por aí. Como você vai saber que eu nunca mudo, sendo que não me dá outra chance? Vamos, só mais uma chance. Depois você pode jogar meu coração para os seus abutres!

Copélia ficou quieta, pensativa. Acredito, pela sua expressão facial, que ela gostava da ideia dos abutres. Sauro interrompeu o raciocínio dela para mais uma de suas ousadas tentativas. Ele ficou de joelhos, pôs o dedo em cima da boca para fingir que era um bigode e falou firme:

– Princesa Copélia! – Ela riu com o "princesa". – Eu prometo amá-la até depois da vida, ou seja, até o Quarto Andar, minha querida!

Copélia fingiu estar incrédula.

– E digo mais! – continuou Sauro, erguendo um dedo e estufando o peito. – Quando eu morrer, vou esperar por você no Quarto Andar e, então, atravessaremos aquela porta juntos!

– Nossa, Sauro, que maleficamente romântico você é! Horripilantemente encantador! – disse Copélia sem medo, enfim. – Agora para, isso não é hora, nem lugar. Eu vou ficar encabulada. – Ela apontou para mim.

– Desculpa. Sabe como é, Copélia. O amor de morte juvenil é lindo. – Sauro começou a sussurrar no ouvido de Copélia: – Quando a Morte está com os hormônios à flor da pele, é melhor sair de perto!

Eu quase vomitei, a mulher também, e Cristóvão continuou a tocar as suas músicas. Parecia mais solto agora. E, para meu espanto, estava sorrindo!

– Pronto! Agora ele está feliz! – disse Sauro.

Cristóvão não sabia que nós existíamos e estávamos ali. Não fazia ideia de que talvez tivesse estragado a minha vida. Não sabia para onde ia, não sabia de onde viera. Mas estava ali, tocando seu piano e sorrindo. Ficou lá, perdido em sua mente, aparentemente mais realizado do que eu, que sempre fiz tudo certo. Que nunca perdi meu tempo fazendo coisas que não têm futuro. O desgraçado estava zombando de mim, estava me provocando.

– Feliz? Ele nem sabe o que está acontecendo! – eu disse, irritado.

– Uma maravilha, não é? – disse Sauro, com sua cara de bobo alegre. – Uma maravilha!

– Uma bela ironia – completou Copélia. – Mais feliz que qualquer um de nós.

Cristóvão nos ignorava enquanto continuava a tocar.

– Isso é ridículo. Ele não tem nenhum sentido! Só está aí, tocando uma música qualquer! – falei, me irritando cada vez mais.

– Se você se refere a isso como "uma música qualquer", é justamente o motivo pelo qual não consegue ser feliz – disse Sauro.

– Como assim? Isso não é nada de mais! Olha só pra ele: preso onde ninguém pode ouvi-lo! Nunca fez nada de significativo! Por que você acha que ele é mais feliz do que eu, droga?

– Talvez porque ele não se importe. Talvez, aos olhos dele, nada é "uma música qualquer". Pra ele, tudo é importante.

– Mas ele não tem propósito!

– Quem disse que um propósito é o mesmo que felicidade? – perguntou Copélia, dando o ar de sua presença na conversa. – Como se todo mundo nascesse com uma função! Não somos máquinas, Brian. Essa é a grande maravilha. Seria tão legal se as pessoas nascessem sabendo que não há propósito. Talvez parassem de se torturar... Talvez.

– Mas se não há propósito, não vale a pena – retruquei.

– É justamente a única coisa que vale a pena. Você não quer se ver preso por um propósito, não é? Não quer ser livre para fazer o que quiser? Basta viver pelo lado bom das coisas, assim como o Cristóvão na sua loucura. – Copélia continuava falando sem mudar o tom de voz.

– Ele não tem nada além dessa música! Ele não tem nem como comprar um chinelo! Ele está num manicômio, droga. Isso lá é coisa boa? Isso lá é jeito digno de se viver?

Cristóvão começou a tocar um *boogie-woogie* bem animado. Dessa vez ele mexia sua cabeça de um lado para o outro, em devaneios.

– As pessoas tiraram todo o valor da vida, que é a única coisa que importa. E trocam por valores materiais, por status. E, assim, renunciam à vida...

– Copélia respirou fundo. – Elas se corrompem e se destroem. Mas esquecem que a única coisa que importa é a vida em si. Nem o Quarto Andar tem valor, nem as portas. O que tem valor é isso aqui, seja lá o que isso for.

– O Quarto Andar não é importante? – perguntei, indignado com tanto pessimismo. – O nosso trabalho não é importante?

– Não! O que fazemos aqui é que importa. Já vi muita gente chorando, com medo de não existir nada além da vida. Se for assim, que seja! Se não existir nada depois, então nossos esforços deviam se concentrar no mundo real. Veja só: se não há sentido, então viver é a única coisa que importa. Ser bom e feliz é a única coisa que vale nesta vida! Ah, lembre-se: ser feliz não é o sentido da vida, é um dos valores concebíveis na vida. Na verdade, a vontade da mente em relação à vida é buscar conforto e, em momentos diferentes, a felicidade é apenas um desses confortos, assim como a tristeza também pode ser usada como um conforto: uma maneira de tirar a responsabilidade da sua vida de si mesmo e colocar em algo que aparentemente não pode ser mudado. E todos esses confortos são relacionados ao medo da morte. A Morte trabalha para os vivos, e os vivos vivem para a morte. Ser bom muitas vezes é vencer o medo da morte. Quando não se pensa em si mesmo, não se pensa na perda de tempo para realizar os seus desejos em relação à morte. Aí sim, se vence esse temor. Conseguir a felicidade nesse âmbito é reconhecer que não se buscam desculpas para saciar os desejos por conforto em face da morte, já saciando o seu desejo por conforto, porém em face da vida como ela é.

Ser feliz, porém até onde se pode ser bom? Essa é uma ideologia que se encaixa em muitos contextos, até porque possui um sentido muito amplo, e digamos que é uma maneira muito digna de se viver. Tentei pensar em algum contra-argumento para Copélia. Talvez ser bom para uma pessoa seja fazer o mal a outra? Não sei. Sempre existem erros. Pode haver brechas em sua ideologia, mas fato é que eu acho que gosto de gente que pensa desse jeito. Acredito que as pessoas que chegaram a essa conclusão acabam se tornando pessoas que valem a pena se ter como amigas.

Essas eram as ideias por trás de Copélia? Por trás da cortina? Essa era a verdadeira Copélia, não a mulher que parecia gostar de beber sangue, mas a que cuidava de crianças com câncer. Ela negava a morte para viver a vida, mas fazia isso ao tentar fazer o bem e tirar disso momentos felizes. Pior ainda, considerava isso um extremo ato de rebeldia contra o seu emprego, ou contra uma lógica de vida e morte. De fato, ela era uma mulher incrível. Não à toa Sauro gostava tanto dela.

– Claro que nem tudo pode ser tão simples – disse ela, revirando os olhos. – Você pode achar que fazer o bem não serve para nada. Aí eu não posso discutir. Você pode muito bem ter uma visão de "bem" e "mal" diferente...

– Então é tudo uma questão de valores corrompidos? – perguntei.

– Depende do que você considera valor...

– *A queda do Império! Helena! Seus malditos! Malditos! As crônicas! A paçoca!*

Parecia que Cristóvão resolvera entrar em nossa conversa.

– Seus monstros! – disse ele, enquanto chorava em cima do piano.

– Agora ele está melhor – disse Sauro. – Ei, Cristóvão, tem um amigo seu querendo falar com você.

Ele se virou na cadeira e, diferentemente de seus berros, parecia bem controlado, como um entrevistador em seu programa de TV. Sua face estava do mesmo jeito que antes, dopada e fixa, só que dessa vez ele olhava para mim.

– Acho que você não se lembra, mas...

– Brian, meu camarada! – exclamou ele, pulando em cima de mim.

Não tive tempo de reagir, Cristóvão parecia um sapo. Quando dei por mim, estava caído no chão com o homem cutucando a minha cara, como se não acreditasse que eu era real.

– Puxa, os anos não foram legais com a sua cara... – disse ele.

– Nem com a sua cabeça – respondi.

– Rá! – disse ele, apontando o dedo para o meu nariz – Inteligente... Muito inteligente! Como tem passado? Esqueci de te avisar que terça que vem tem prova de matemática!

Pois é, uns oito anos tarde demais para me dizer isso...

– Tudo bem – eu disse. – Eu já estudei, obrigado. Agora sai de cima de mim!

– Desculpa. – Ele me ajudou a levantar. – Caraca, quer dizer que você também caiu dentro da conspiração? Pobre coita... *Maldição! Até você?*

Meus tímpanos quase explodiram com esses gritos-surpresa de Cristóvão. No fundo, pude ver Sauro e Copélia rindo.

– Que conspiração, cara? Você ainda pensa nisso? – perguntei, protegendo os ouvidos.

– Os gatos! – Ele olhou para os lados.

– Os gatos?

– Sim, eles sabem de tudo, Brian! Eles sabem!

Cristóvão olhou pela janela e viu um gato gordo descansando na borda.

– Malditos! Eu sei o que vocês fizeram com o Bastet! Malditos! – Cristóvão caiu no chão, de joelhos, e começou a chorar. – Miseráveis!

– É só um gato, Cristóvão!

Ele parou e me encarou com um olhar de ódio.

– Eles são os mentores dessa conspiração toda! Não pode ver?

– Lá vai você com esses seus papos de conspiração. Você não mudou nada desde a época da escola! Isso é mentira, Cristóvão. Não existe esse negócio de conspiração!

– Ah, é, Brian? Você nunca acreditou nas minhas histórias de morte e de almas penadas naquela época de escola. E veja só, me diz se a morte é mais uma grande conspiração? – Ele parou e olhou para o gato que dormia lá fora. – Eles sabem... Eles sabem!

Cristóvão sentou à mesa e começou a mexer freneticamente em todas as peças de xadrez.

– Eles acham que eu não sei, mas eu sei! Eles acharam que podiam apagar a minha mente, mas estavam enganados. Esse sempre foi o meu plano: passar pela minha aposentadoria a ponto de ser dispensado e não perder as lembranças. É um procedimento perigoso. Você pode até ficar louco. Tem de desistir no último segundo! – ele murmurava rapidamente, mexendo nas peças.

– Ah, jura? – eu disse, sentando ao seu lado. – Mas eu só quero perguntar uma coisa a você, Cristóvão.

Ele parou para me olhar, e começou a mastigar o cavalo do xadrez.

– Você se lembra da minha mãe? – perguntei, segurando minhas lágrimas. – Lembra que ela foi assassinada? Lembra-se de que você marcou o nome dela e não fez nada para ajudá-la? Lembra-se de que você era meu amigo?

Cristóvão parou de mastigar o pobre cavalinho. Mas não parecia arrependido, nem surpreso.

– Ah, então é por isso que você veio atrás de mim, depois de tantos anos? Só agora, quando você quis vingança, teve coragem de ver seu amigo! Eu fui atrás de você. Você me evitou, se afastou de todos nós! E agora vem com esse papo de "amigo"? Por uma coisa estúpida como vingança?

– Não inverta as coisas! Você matou a minha mãe primeiro! Se não fosse por você, para início de conversa, a minha vida não estaria nessa merda. Nada disso teria acontecido!

– Você quer colocar a culpa da sua vida inteira ser ruim em alguém, e quer vingança? Com certeza isso o deixaria mais feliz, não é? Com certeza é justamente esse sentimento que o impossibilita de ir em frente. Você fica preso no passado! *Paçoca!*

Cristóvão estava tendo tiques nervosos. De vez em quando, soltava palavras sem nexo no meio das frases.

– Primeiro: não fui eu que marquei a sua mãe, Berlim, 1945! E segundo: eu não tinha morrido ainda, naquela época; só morri depois disso, Stradivarius! Morri num acidente de carro. Eu já tinha dezoito anos, Radiogaláxia! Não a FM, seu idiota, a outra!

Quanto mais Cristóvão falava, mas parecia que estava se comunicando com outra pessoa, além de mim.

– Sauro estava lá, quando eu morri! – disse ele, com um tique nervoso, piscando os olhos duas vezes a cada piscada normal. – Chernobyl! Eu falei que ia dar merda, essa Chernobyl!

– É verdade – confirmou Sauro. – Eu o recrutei para os flibusteiros. Ele morreu depois de velho.

– Droga! Agora não, eu preciso de mais tempo! – Cristóvão pôs o tabuleiro de xadrez na cabeça. – Não é nenhum papel alumínio, mas terá de servir. Preciso mandar mensagens para os profetas do passado! – Cristóvão tremia. – Preciso impedi-los de construir o **Chand Baori! O homem na Lua, também! A Lua já foi vendida há muito tempo, a Terra é um playground! Baikalsk! Baikalsk é onde está enterrado! Gatos negros e seus poderes demoníacos! *Não! Não!***

– Cristóvão! – eu disse, alto, tentando focar a sua atenção em mim. – Você sabia que minha mãe ia morrer ou não?

– Sua mãe? Não, ora essa, a minha! Não! Sua mãe foi uma surpresa para mim, também. Tentei consolá-lo, mas você desapareceu! Eu lembro, Brian, eu lembro!

– Lembra o quê? – perguntei, já quase desistindo da conversa.

– Lembro quando um nome parecido com o da sua mãe apareceu para mim. Só que essa escrevia o nome com apenas um "L" no "Copola".

Cristóvão ficou sério e, com os olhos entreabertos, disse:

– "Vou fazer uma oferta que ele não pode recusar!".

– Eu adoro esse filme! – comentou Sauro.

– Foi uma mulher que morreu engasgada com o próprio vômito! – disse Cristóvão, fazendo uma pose de ioga no chão. – Mulher jovem, festa de quinze anos, Woodstock... Foi louco!

Despenquei com a cabeça na mesa. Algumas peças de xadrez caíram no chão. Essa era a verdade: Cristóvão não era o culpado pela morte da minha mãe, e simplesmente não adiantava mais conversar com ele. Não tinha futuro!

– Satisfeito, Brian? – perguntou Sauro. – Já pode deixar toda essa história para trás? Aposto que você não vai conseguir muito mais do que isso.

Cristóvão começou a cantar outra música alegre. Puxou Sauro pelos braços e começaram a dançar juntos como se estivessem num baile de pagode à moda antiga. De vez em quando, Sauro fingia que usava um vestido, se agachando e segurando as pontas imaginárias para cumprimentar o outro. Cristóvão fingia ter um chapéu, o qual ele tirava para devolver o cumprimento. Sauro até que tentou fazer a dança do acasalamento para Copélia, mas desistiu depois de, na terceira vez, quase levar um soco no peito.

– Para, Cristóvão! – eu disse para ele, que por sua vez obedeceu. – Você não percebe o que está acontecendo? Você está preso! Perdendo tempo com música e dança!

Cristóvão deu um grito de surpresa, pôs a mão no peito, cambaleou para um lado e para o outro. Depois, caiu estatelado no chão.

– Ah, mãe, ele é tão cruel comigo! – disse, no chão, secando lágrimas imaginárias. – O que foi que nós fizemos com esse menino? A gente fez tudo certinho, demos tudo o que ele queria. E agora ele diz isso! Tá vendo, Sauro? Tá vendo o que a sua criança está dizendo?

– Não é culpa sua, querida! – disse Sauro, pondo a cabeça de Cristóvão no colo. – Acho que nós mimamos muito ele. A juventude de hoje é muito rebelde. Juventude transviada!

Eu já estava começando a ficar irritado com toda aquela situação sem objetivo. Puxa vida, nada sério saía da boca dos dois. Não tinha lógica.

– Cristóvão, você não quer sair deste manicômio?

Ele olhou para o teto, brincando com os próprios dedos. Enfim disse:

– Sair, por quê? Lá fora as pessoas matam; aqui dentro, não. Aqui as conversas são verdadeiras, lá fora, não. E aqui eu tenho um piano! Aqui eu toco música todos os dias!

– Vai desistir da vida lá fora por causa da música?

– Desistir, não. Música não tem nada a ver com desistir! – Ele se levantou e curvou os braços, como se estivesse segurando uma coroa ou um capacete. – Sabe por que eu gosto da música, Brian?

– Por quê?

Cristóvão arregalou os olhos, curvou a cabeça e falou bem baixinho, como se estivesse contando um grande segredo.

– Porque a música nunca morre! – disse ele, abrindo um sorriso enorme – Ela muda, muda e muda. Mas ela nunca morre! Sem papelada! Sem problemas! O poder de criar algo imortal!

Sauro começou a venerar Cristóvão, abanando as mãos, em frenesi.

– Amém! – exaltou Sauro.

– Livrai-me das propagandas!

– Amém!

– Livrai-nos de acordar cedo nas manhãs e de pegar ônibus!

– Amém!

– Livrai-me das quinze prestações das "Casas Maria"!

– Amém!

– Pela paçoca!

– Amém!

Copélia continuava lá atrás, apenas observando e vigiando caso alguma pessoa chegasse de repente. Pude ver que ela estava feliz – pelo menos um pouquinho –, apesar de ainda manter a pose, com os braços cruzados.

Não foi o que eu esperava de um encontro com um velho amigo. Foi decepcionante. Eu voltara à estaca zero. Continuei sem ter respostas para minhas perguntas. E não adiantava mais conversar com Cristóvão. Ele estava lá, "nadando" no piso do hospital. Fomos embora e o deixamos em paz. Deixamos que ele aproveitasse seu momento, que fosse feliz. Mais feliz que todos nós.

16

Quatorze capítulos a menos

As vozes não me deixavam em paz. Elas me perseguiam por todo canto, e dessa vez eu estava sozinho. Os dias passaram-se; as noites também. Kate continuava buscando a pessoa que teria marcado a minha mãe. Eu continuava a esperar sozinho. E sozinho eu aprendi uma coisa terrível: eu preciso de alguém. Aprendi também que as paredes do meu banheiro eram muito finas, e que talvez eu devesse mudar para outro prédio. Aquele cara ali, sentado ao lado da privada, sou eu, chorando. Dessa vez eu não ouvia gritos de socorro. Eu ouvia gemidos de prazer. Entre os gemidos, um "*eu te amo*" de vez em quando surgia.

Fiquei olhando para meu reflexo no espelho, ouvindo não somente os gemidos de Angélica, mas também gritos em minha cabeça. Eles nunca me deixavam em paz. Sempre me lembrando do quanto eu era inútil, como eu era a pior pessoa do planeta, o quanto eu não merecia ser amado. A voz do meu pai voltava, e eu me sentia uma criança de novo: "*Você nunca faz nada direito, não serve para nada!*". No espelho, meu pai refletido. Eu estava cada vez mais parecido com ele.

Foi então que eu aprendi outra coisa horrível. Enfiei minha cabeça com toda a força contra o espelho. Ela atravessou para o outro lado, e eu já podia ver a minha pasta de dente. Minha testa começou a sangrar, graças a todos os cacos de vidro que penetraram na pele. E pude ouvir a voz de Kate. A doce e consoladora voz de Kate, minha calmaria na tempestade. De repente não havia mais nada, nem gritos, nem gemidos. Era só ela na minha cabeça. Deitado no chão frio do banheiro, eu jazia imóvel, mas minha mente estava finalmente em paz. Fui para o Quarto Andar.

Não importa quão graves fossem meus cortes ou hematomas, eu nunca ia para o hospital. Nunca gostei de hospitais, desde criança, então os evitava ainda hoje, depois de adulto. Ainda mais estando sozinho. Eu socava minha própria cara e cortava os pés e braços toda noite, tentando afastar o mal-estar... Eu precisava ouvir a voz de Kate. Diante desse mundo que só me machucava, era a única forma de sobreviver. Fiz muitas coisas perigosas nesses dias, mas nunca nada fatal. Queimei a mão na chapa de lanche, quebrei os pratos na cabeça, imitei garotas cujos corpos não são aceitos pela sociedade, aderindo à prática da bulimia. E, talvez, eu só precisasse de uma mãe, no final das contas.

Me tornei um flibusteiro por conta própria, também, mas nunca quis me tornar patrono de ninguém. Não teria paciência para isso. Explicando melhor, eu sabia quando os acidentes de trânsito aconteceriam, então eu entrava no meio e, de vez em quando, acabava salvando alguém. O meu patrão me proibiu de pilotar a moto e me mandou para o caixa, simplesmente o pior lugar para mim. Fiquei uns dias de férias, pelo menos, depois que eu quebrei a perna. Foi uma maravilha ouvir a voz de Kate enquanto eu esperava a ambulância para ir ao hospital. Pedi demissão do mercado e comecei a trabalhar em uma pizzaria. Prefiro ficar andando pela cidade a ficar parado no caixa do mercado que, aliás, parecia muito o Quarto Andar, com pessoas diferentes andando para todos os lados, só que, em vez de papel nas mãos, tinham comida. Bem, Sauro aproveitou o meu novo emprego. Toda vez ele encomendava uma pizza lá no bairro da Maré. "É na casa da árvore", dizia ele. De vez em quando eu via que Copélia estava com ele na casa do Gaspar. É como Sauro mesmo disse: ele pode ser bem convincente.

Não importando o quanto eu ocupasse o meu tempo, as vozes nunca iam embora. Elas me perseguiam aonde quer que eu fosse. No meu emprego na pizzaria, elas apareciam para me destruir. Explodiam em gritos em minha cabeça, me torturando. Eu estava sozinho e sem ninguém para me socorrer. Tentei tapar os ouvidos, mas mesmo assim sentia que ia desmaiar. Eu precisava fazer as vozes pararem; precisava que alguém me salvasse. Peguei um pote de molho de pimenta e joguei nos meus olhos. Eles arderam como se estivessem pegando fogo, mas fui recompensado quando a voz de Kate deu lugar aos gritos de desprezo. Quando sua voz amorosa esquentou o meu coração, lavei os olhos e já me sentia curado, revigorado. Mas não demorou para que as vozes voltassem a me atormentar.

Na outra semana elas explodiram enquanto eu fazia minhas compras no mercado. Quando percebi, estava tentando enfiar um pacote de biscoito pela goela de uma criança. Detonaram outra vez quando eu voltava para casa à noite. Quando acordei, estava tentando sufocar uma pobre idosa. Ainda bem que a rua estava vazia, e pude fugir antes de ter ou causar mais problemas. Acabei me isolando ainda mais. Comecei a ter medo de sair sozinho na rua, pois talvez me descontrolasse de novo. Talvez machucasse mais gente inocente. Ninguém merecia pagar pela minha loucura. Eu merecia. Então lá estava eu, trancado no meu apartamento de novo, furando a minha mão com uma agulha repetidas vezes. E Kate voltava para me salvar, sempre voltava...

Sérgio nunca mais me incomodou. Se fosse como antigamente, ele arrombaria a porta do meu apartamento e me socaria enquanto eu dormia, e talvez roubasse algumas coisas como brinde. Mas ele me deixou em paz, apesar de algumas vezes eu topar com ele no corredor. Eu evitava muito me encontrar com Angélica, não conseguia mais olhar para a cara dela. Toda vez que chegava ao prédio, ia correndo para o meu apartamento para evitar qualquer encontro, e não era tão difícil quanto parece.

Eu nunca quis me tornar patrono, de verdade. Apesar de Kate me enviar um monte de formulários, me pedindo para eu me tornar um, eu sempre ignorava. Sim, vocês podem me chamar de negligente, incompetente ou do que mais vocês quiserem.

Um dia desses apareceu o segundo nome do suspeito no meu braço. Eu estava com um olho roxo muito feio, que eu mesmo causara ao me espancar com a concha de feijão, então não podia ver Sauro. Eu teria de inventar alguma desculpa. Fui sozinho atrás do tal homem. Logo descobri que não poderia ter sido ele: era um senhor muito velho, um refugiado. Era um estrangeiro que veio para o nosso país, tentando fugir do seu passado sangrento de guerrilheiro. Estivera batalhando em um país vizinho, quando minha mãe faleceu.

– Viver em guerra é um desperdício, garoto – disse o senhor, chorando. – Demorei tanto tempo para perceber isso... Que ideal vazio e imundo! Quem dera o mundo fosse diferente. Eu conheço a sua dor, garoto. Sei como você se sente. Só posso dizer para que aguente firme e esqueça tudo isso. Sei muito bem o que é a vingança, e ela não é digna de entrar na linha de tempo de nenhum ser humano. Será ela que acabará com o mundo, se não for ela que já infectou os corações dos seres humanos. Cada vez mais desumanos, cada vez mais vazios. Cada vez mais dinheiro. Cada vez mais mães e filhos chorando... E o pior é que as pessoas vão se acostumando com as notícias da

TV. Cada vez mais imitam! Pensamos que estamos construindo o mundo, mas, na verdade, estamos construindo uma ponte para o fim. No final, não deixaremos nada a não ser desgraça para o futuro. Nada de nós restará...

Ele chorava. Muitas lembranças lhe vinham à cabeça. Ouvi todas elas. Ninguém merece ser esquecido como ele foi. Ser menosprezado por ser idoso e não levar em conta uma vida inteira de emoções passadas. Aquele senhor só queria ser ouvido e redimido por alguém. Uma redenção que para ele era impossível.

Em contrapartida, certa vez recebi o serviço de outro senhor de idade com o qual joguei pôquer. Conversamos enquanto eu olhava as porcentagens no meu relógio da morte. O senhor era muito feliz, e gostava muito de fazer piadas mesmo jogando uma partida séria de pôquer.

– Eu não tenho mais nada para provar para ninguém – dizia ele, contente. – Se os jovens soubessem disso, viveriam mais felizes. Infelizmente é impossível pensar dessa maneira quando se é jovem. Eu tentei. É só quando se fica velho que essa capacidade surge!

Ele fez seu último *All-in*, fechou os olhos e faleceu na minha frente. Nesse ramo encontramos de tudo. É preciso aprender a suportar e não se acostumar. Pra vocês que leem agora, nunca se acostumem!

Voltando ao assunto, já vi gente que se enforcou com os cabos dos V-Fones, que ficou anos em cima de uma cama, uma mulher que morreu amamentando o filho quando resolveu se drogar e teve uma overdose, moradores de rua que morreram queimados por jovens populares que se achavam engraçados. Enfim, muitos casos de falta de amor.

Numa noite qualquer, a silhueta de Angélica veio me perturbar mais uma vez. Ela se deitou na minha cama e me acariciou, beijando meu pescoço. O que eu podia fazer, leitores? Mesmo tendo sido apunhalado nas costas, eu me sentia carente, queria me sentir bem. Nem fiz questão de perguntar por Sérgio, apenas deixei que nós aproveitássemos um ao outro e, num momento de gozo, deixei escapar algo que doeu tanto em mim quanto nela.

– Kate – falei, bem baixinho.

Angélica me encarou furiosa, eu brochei. Levei um tapa tão forte que senti meu pescoço estralar. Enquanto ela ainda estava em cima de mim, pude ver lágrimas brilhando timidamente, camufladas pela escuridão. Ela se vestiu e saiu do quarto sem dizer nada, como antigamente. O que eu posso dizer? As mulheres são estranhas. Entre tapas e beijos, preocupava-me o porquê de eu ter mencionado o nome de Kate. Por que dizer seu nome? Kate era só uma voz na minha cabeça, puxa vida! Eu e Kate não poderíamos existir juntos, ela não existia! Não estaria eu trocando a minha vida real por uma promessa, estaria? Mas Kate não fazia nada além do seu trabalho. Ela também tinha outros emissários para ajudar, e não significa que ela realmente gostasse de mim. Ela só era uma pessoa boa, não queria dizer que me amasse. Fiquei olhando a paisagem pela janela, a vertigem me acometeu. Perguntei para mim mesmo, na minha mente:

Kate. Você realmente gosta de mim, ou eu sou só mais um trabalho?

Nenhuma resposta.

Você me ama?

Não obtive resposta. Subi na janela e fiz de novo a mesma pergunta.

Kate, você me ama?

Novamente não obtive resposta. Soltei minhas mãos e senti o medo penetrante me atingir como um arpão. Talvez fosse assim que as pobres baleias se sentissem. Mas tive tempo de me segurar mais uma vez na janela. Kate estava lá mais uma vez para me confortar, impedindo que eu me machucasse ainda mais. Ela era bem convincente. E se por acaso ela me amasse? Eu a amava? Tudo que fiz foi usá-la, fiz com que ela fosse atrás de uma pessoa para meu próprio interesse vingativo. E durante todo esse tempo eu nunca a imaginei como alguém a ser amado, afinal, ela não existia! Infelizmente o meu subconsciente não se importava com esse detalhe. Vocês devem ter cuidado com as vozes na sua mente, leitores: elas até parecem ser de pessoas vivas, mas vocês têm de saber diferenciar quem são os amigos e quem não são. Vocês devem saber dar ouvidos às vozes certas.

Nessa semana eu apenas dava socos na minha barriga, pois Sauro me chamou para almoçarmos juntos, uma reunião de amigos pois tirávamos folga no mesmo dia. Então eu não podia me cortar ou me machucar feio. Tinha de dar socos onde seria possível esconder as marcas. E Kate sempre estava lá por mim. Eu sentia como se ela pairasse sobre a minha cabeça, como se me guiasse.

Logo percebi que machucar o estômago não era uma boa ideia. Eu não conseguia comer um salgadinho qualquer. Sauro, por outro lado, já estava no terceiro *round*. Fingi não estar com fome, e fiquei assistindo às notícias da TV. Época de eleição: propagandas e mais propagandas de partidos políticos prometendo mudanças. Em cada uma delas, mais e mais gente venerando uma pessoa comum como se fosse um salvador. A propaganda é uma coisa poderosa. Transforma qualquer um em herói ou vilão.

A grande notícia da semana era que uma estrela da televisão fora presa por ter relações com o tráfico de animais ilegais. Ela tinha um zoológico apenas de micos-leões-dourados. A atriz, acabada e com a maquiagem borrada na cara, gritava e esperneava contra os policias enquanto era arrastada e jogada no camburão: "Não tirem minha juventude! Eu continuo linda, não é? Sou bonita, não é? Vocês me amam, não é?" Logo em seguida, a notícia de que, graças à caça ilegal do mico-leão-dourado, e como havia poucos machos, os pobres animaizinhos estavam fadados à extinção. Sobraram milhares de fêmeas sem ter com quem acasalar, e os cientistas estavam procurando por uma solução por meio da clonagem.

– Coitadinhas – disse uma mulher sentada atrás de nós. – Ficaram sem seus machos que nem você, amiga!

– Um destino horrível – revidou a outra. – Aposto que você sabe como é, não é, queridinha? Estar fadada a morrer sem homem?

As duas mulheres riram juntas, satisfeitas consigo mesmas. Usavam muitas joias e abusavam de maquiagem. Seus lábios não podiam esconder o uso exagerado de *botox*, nem que conseguissem se mexer e dizer "não". Suas faces eram mais esticadas que roupas no varal da minha mãe, quase trincavam quando as duas riam. Deviam ter seus cinquenta anos de idade, mas a idade é uma coisa relativa. O espírito é quem diz. As mulheres brincavam com seus cachorrinhos em miniatura – que cabiam perfeitamente em suas bolsas –, dando-lhes pedacinhos de comida a todo momento e lhes beijando o focinho. Os cãezinhos latiram para mim e Sauro, quando passamos por eles. Todos os cães faziam isso. Acredito que eles sentiam o cheiro de morte, ou tinham um sentido especial. Antes de sairmos daquele estabelecimento, nos deparamos com uma criancinha com roupas caras e muito coloridas que brigava com a própria mãe, pedindo que ela comprasse uns cigarros, não importando o quanto a mulher dissesse que aquilo era pra gente grande.

– Sua inútil! Eu te odeio! – berrava a criança. – Você não me ama!

– Ah, meu querido, é claro que amo!

– Então compra um celular novo pra mim!

– Querido, você ainda é criança. E eu já comprei três só este mês!

– Mas esse já está ultrapassado! Eu vou ser zoado na escola! Eu não quero ser um fracassado pobre!

– Está bem, meu queridinho. Eu compro um celular novo. Mas vamos embora, por favor.

Lembrei-me do que Copélia havia dito quando fomos visitar Cristóvão. Ao passo em que eu vivia meus dias com a sociedade, mais se concretizavam suas palavras. Cada dia, em cada rua, eu via cada vez mais a desvalorização da vida e a valorização do material. O fato de você existir não o enquadra automaticamente como ser humano, como algo importante para o mundo. Você precisa provar seu valor – não demonstrando suas qualidades, mas seu poder aquisitivo. Você tem de ostentar...

Lá fora víamos tumulto. Pessoas fazendo passeatas de cunho político nas ruas, carros fazendo suas propagandas com som alto, algumas gotas de chuva começaram a cair molhando os panfletos de candidatos políticos, papéis que entupiam os bueiros. Era um mar de panfletos, um mar de caras sorridentes, um mar bem colorido, pago de nossos bolsos, que estava provocando o alagamento de várias partes da cidade. Afogados graças a faces sorridentes. Então lá estavam eles nas ruas, apoiando e festejando como em uma grande festa, e, de vez em quando, fazendo sua própria sujeira. Os apoiadores do primeiro partido acabaram se encontrando com um grupo de um partido rival. É uma receita de bolo: junte manifestantes opostos num mesmo lugar, deixe cozinhar por cinco minutos e pronto. Você já arranjou um trabalho para nós.

– Por que eles matam uns aos outros? – perguntei para Sauro.

Ele coçou a cabeça.

– Eles querem uma solução rápida. E a violência geralmente é tida como "solução" para todos os males, infelizmente.

Como de costume, um nome apareceu no meu braço. Tudo que eu tive de fazer foi esperar, conversando com Sauro. Ao longo do dia ocorreram vários confrontos diretos, mas nenhum que acabasse de forma mais séria, apesar de haver alguns ferimentos. Nomes surgiam e depois desapareciam do meu braço. Pelo jeito as probabilidades estavam muito incertas. Muita gente diferente num mesmo lugar deve causar pane no sistema do caos. São muitas variantes e possibilidades.

Só uma coisa importava nisso tudo: o dia estava sendo agradável? Sim, estava, obrigado por perguntar. Acontece que era divertido passar um dia com Sauro, apesar de no começo eu não conseguir suportá-lo. A convivência torna-se muito importante nessas questões. Às vezes você se acostuma com as pessoas mais diferentes de você. Aprender a conviver é uma boa lição, eu aconselho cada um a tentar, se tiver coragem. E se por acaso passarem no primeiro teste e tiverem mais coragem e audácia ainda, os desafio a amar. Só isso, mesmo.

O trabalho ficou enjoativo. Nada de mais acontecia. Era uma rinha de galo sem fim e sem sentido. Aos olhos da Morte, tudo isso era estupidez. Já estava há tempo demais nessa droga de emprego para saber isso. A maior surpresa foi quando vimos um homem inocente, que não participava das manifestações, atravessar a rua com sua bicicleta, cair e quebrar o pescoço. Lá no fundo, ao longe, pude ver um *skatista* com camisa preta mexendo no celular com uma cara de surpresa e indo embora. Pois é, a gente nunca sabe o que vai acontecer, nem mesmo nós, que somos mandados para esse serviço.

Senti um *déjà vu* quando me vi sentando dentro de um ônibus com Sauro novamente. Estávamos indo para o outro lado da cidade, onde a guerra entre gangues partidárias continuava. Passeando de ônibus pela cidade pude ver uma pichação em um prédio abandonado: "*O melhor SEMPRE está por vir, pirata da Morte.*" Poucos sabiam o real significado de tal frase. Sauro começou a rir feito bobo, sem motivo nenhum. Olhei para os lados, caçando o motivo de tanta graça, mas não encontrei nada diferente.

– Desculpe – disse ele. – Mas é que eu não aguento.

Ele apontou o dedo para uma mulher que lia um livro de um escritor famoso, um misto de autoajuda com esoterismo; ou seja, piada feita para Sauro se divertir.

– Pagando por respostas prontas.

A chuva era muito fraca para impedir os manifestantes de irem às ruas e maltratarem uns aos outros. As bandeiras que eles tanto se orgulhavam de erguer tornavam-se boas armas contra os rivais. No meio daquela cruzada, eu buscava o nome marcado no meu braço. O sujeito era bem sortudo, pois eu não o encontrava em lugar algum. Olhei para todos os lados, revisei o meu braço. Eu estava no lugar certo, então onde estava o pobre coitado? Ele tinha 80% de chances de morrer, então devia estar em maus bocados. E "em maus bocados" é quase sempre uma situação bem visível.

– Ah! Por que não pensei nisso antes? – disse Sauro, batendo em sua testa. – Admita, Brian, eu sou um gênio!

– Um gênio louco, talvez. Mas por quê?

– Se nosso alvo não está de um lado, nem do outro, deve estar em cima ou embaixo!

Fiz questão de olhar para cima e receba um olhar de reprovação de Sauro.

– Ah, claro, Brian! – disse ele, pondo as mãos na cintura. – Ele morreu dentro de um balão aí em cima! Morreu nas alturas!

– Onde ele está, então? – eu disse, um pouco emburrado.

Sauro apontou para os meus pés. Entre os meus tênis estava a tampa de um bueiro cinza – mal encaixada, por sinal. Nos entreolhamos, um pouco curiosos, e removemos a tampa pesada. Odeio admitir, mas Sauro acertou na mosca. A pouca luz que entrava no buraco denunciava o corpo inerte de um jovem desacordado, mas ainda vivo. Sangrava muito, e havia uma fratura exposta em seu joelho. Sozinho ele não conseguiria sair dali, e com certeza ninguém ouviria seus gritos de socorro, quando e se acordasse. O coitado morreria de fome. Ele ainda tinha 80% de chance.

– O que a gente faz, agora? – perguntei, abismado.

– Agora? – disse Sauro, chateado. – A gente deixa ele aí. Não podemos interferir em nada.

O coitado fora jogado ali para uma morte certa. Era um fim muito trágico morrer com a camisa de um partido qualquer e só ser encontrado depois das eleições, aparecendo na TV. É realmente o fundo do poço.

– E agora, damos uma de "João sem braço"? – perguntei.

Sauro deu de ombros. Olhei para a baderna na rua. Mesmo se eu deixasse a tampa aberta demoraria muito para alguém vir lhe prestar socorro. A guerra acontecia muito longe dali; ninguém pensaria em olhar dentro do bueiro. Olhei para baixo e vi o coitado molhado e sem nada para protegê-lo do frio. Se deixasse a tampa aberta, corria o risco de ele se afogar se chovesse mais forte…

– Sauro – eu disse, me sentindo bem, depois de muito tempo. – Você tem saudade dos velhos tempos de flibusteiros?

Ele sorriu malignamente.

– O que está insinuando, senhor empregado de escritório? – Sauro mostrava um sorriso sem-vergonha.

– Que tal fazermos um último trabalho, senhor pirata da Morte?

– *Yo-ho-ho, mudar o destino eu vou!* (Era referência a uma música dos flibusteiros chamada "Corram, tem piratas no Quarto Andar!")

Descemos e tiramos o pobre coitado com muito cuidado daquele lugar malcheiroso.

– Fede mais que a sua casa na árvore, Sauro – o provoquei.

– É, e tem até água encanada! – ele completou, rindo. – Vou me mudar para cá. Pelo menos não tem que pagar nada!

Levamos o homem ainda inconsciente para o hospital. Da mesma forma que um entregador de pizza, deixamos a encomenda. Nem tive tempo de comemorar com Sauro, que festejava e orgulhava-se em dizer que era um pirata da Morte, que o mundo não lhe convinha da maneira que lhe era dado. Cantava feliz a música dos flibusteiros entre as gotas de chuva com ele, até que…

– Que droga. Outro? – falei sozinho.

– Mais um trabalho? – perguntou Sauro, esperando uma nova aventura.

Não era um nome para trabalho. Senti como se tivesse comido um balde inteiro de pedras. Tive ânsias de vômito. Minha alma doía, minha cabeça fervia. As vozes começaram a me assombrar novamente. Sauro não entendeu o porquê de eu subitamente começar a bater na minha própria mão e chorar. Caí sentado contra uma parede de propaganda de um partido qualquer.

– Não. Não pode ser! – Comecei a chorar.

– O que foi, cara? – perguntou Sauro, me segurando. – Qual é o problema? Qual é o nome que está escrito? Fala comigo!

Por que a dor nunca acaba? Eu finalmente tinha desistido de buscar o passado, mas o passado veio atrás de mim. Sauro estava certo: eu nunca devia ter buscado vingança. Seria mais fácil continuar em frente. Tudo o que eu fiz ao remoer o passado não foi buscar uma luz no fim do túnel, foi buscar mais dor. Eu me odeio por dentro, como me odeio…

– O que foi, Brian? – gritou Sauro.

– O nome… – resmunguei, sem conseguir me concentrar. Senti que estava prestes a vomitar. – O nome não é de trabalho, Sauro. É do emissário da minha mãe…

– De quem é?

– É do… é do meu pai!

17

Quinze capítulos a menos

— Geralmente é assim – desabafei sozinho, olhando o amanhecer.

O sol demorava ainda para iluminar o meu apartamento. Ele tinha de subir mais alto que os prédios, primeiro. Da janela, eu via aquele amanhecer cinza, uma breve demonstração da alma da cidade, de sua existência. Estava numa máquina do tempo e, com isso, quero dizer que estava olhando o velho retrato de minha mãe, ainda sujo da noite em que saí com Sauro pela primeira vez, quando toda a minha busca começou, e na qual hoje poria um fim.

– Obrigado, mãe – eu disse para o retrato. – Obrigado por ter me amado, mesmo sem utilidade. Por ter me dado a oportunidade de ser o que eu quisesse… – Olhei mais uma vez a aura cinza da cidade. – Obrigado. Acho que vou ver papai hoje, e depois vou me tornar um grande homem. Você sentirá orgulho de mim, mamãe.

No fim do corredor escutei o barulho de uma mala grande caindo no chão. Uma mala sem alça que eu gosto de chamar de "Sauro". Ele dormiu muito mais do que eu. Devia ter passado por sete sonhos diferentes desde que saímos do Quarto Andar. Devia ter se afogado com a própria saliva, pois o escutei tossindo. Não deu outra: lá estava ele, caído no chão, com apenas uma perna em cima do sofá. Se ele acordou, já tinha voltado a dormir.

– Ah, Copélia, não precisa empurrar – resmungou ele, dormindo. – Agora é a minha vez de dar uma volta no rinoceronte voador…

Cutuquei sua costela com meu tênis, e ele acordou assustado.

– Sauro, eu vou embora – disse.

– Ah, tá. Só apague a luz e feche a porta quando sair – disse ele, abanando as mãos e voltando a dormir.

Cutuquei sua costela de novo.

– Para! Eu preciso do meu sono da beleza!

– Estou falando sério. Vou embora, vou abandonar tudo isso.

Sauro abriu o olho direito para ver se eu estava falando a verdade. Como eu parecia decidido, sentou-se na beira do sofá e se espreguiçou. Coçando a orelha, disse:

– Você vai me abandonar, então? Você já não se sente mais atraído por mim? – Ele afinou a voz. – Estou gordo, não é? Pode falar! Você está me deixando para ficar com aquela jararaca, não é? Desculpa, mas é difícil continuar *sexy* depois de três filhos! Conseguiu o que queria, não é? Já se aproveitou da minha juventude, agora vai me deixar só o bagaço!

Ele começou a dar soluços altos, enquanto resmungava que nós homens somos todos iguais. Não pude evitar sorrir.

– Calma, meu amor, sempre teremos a cova! – respondi.

– *Adieu, chérie!* – disse Sauro, fazendo uma careta provocadora.

Depois desse momento de descontração, tudo caiu em um silêncio constrangedor. Ficamos nos encarando, tentando decifrar um ao outro, ou descobrir a melhor coisa para se falar naquele momento.

– *Banana split*! – disse Sauro, primeiro. – Antes de ir, você tem que me comprar uma *banana split*, senão te persigo até o fim do mundo.

– É o melhor lugar para se perseguir alguém... Ou para comer *banana split*!

– Mas falando sério, você quer mesmo ir embora? – Sauro lambeu os dedos quando percebeu que ainda tinha um pouco de chocolate da noite anterior.

– Sim – desabafei. – Quero um lugar mais calmo. Um lugar com menos mortes, com menos trabalho. Ou é isso, ou fazer como Cristóvão e aceitar a minha aposentadoria. Talvez eu vá para o sul; gosto de lugares mais frios.

– Entendo. Seus motivos são tão nobres a meu ver que nem mesmo sendo seu amigo posso recusar. Ainda nos veremos, não é?

– Sim – eu ri um pouco. – Dessa vez eu vou fazer as coisas direito.

Tudo foi sugado para o silêncio novamente. O silêncio funciona como um buraco negro.

– Desculpe – disse Sauro. – Sabe, sobre aquela história de cova e tudo o mais. – Ele abaixou a cabeça e ficou olhando para o carpete. – Eu nunca quis te machucar de nenhuma forma. Não foi a minha intenção. Eu só queria que todos voltassem a ser felizes de novo, como nos velhos tempos…

– Esquece isso. Eu já não me importo mais.

Sauro não parecia muito feliz.

– Mas então – eu disse, um pouco sem jeito –, tem compromisso para hoje?

– Eu? – perguntou Sauro, pondo a mão no peito. – O de sempre. Ver o circo fazer o seu espetáculo.

– Quer conhecer meu pai?

– Sim. Estou pronto para conhecer o meu sogro! – disse ele, mordendo a língua.

– Então vá colocar o seu melhor vestido!

Mesmo eu conseguindo disfarçar bem a camada exterior do meu ser com um sorriso, por dentro era outra situação. Eu sentia como se houvesse um bicho mordendo o meu cérebro, ou como se meu sangue estivesse infectado por algum veneno que aos poucos o coração bombeava para o resto do corpo. Estaria de frente com meu pai de novo, e eu não sabia o que fazer. Nem sabia o que diria a ele primeiro, isso se eu não chegasse dando-lhe um soco, ou tivesse um ataque de pânico outra vez.

Encontrei Angélica ao descer as escadas. Ela evitou olhar para mim. Meu coração estava bem. Por incrível que pareça, eu não me sentia mal em ver o seu rosto; na verdade, eu estava muito grato pelo simples fato de ela ter nascido. Havia me tornado um homem diferente? Tive tempo de pensar nisso enquanto pegávamos o metrô e um ônibus lotado em seguida. Mais tempo ainda esperando ele chegar. Milhares e milhares desses ônibus estavam sendo queimados por manifestantes nessa guerra de eleição. A cidade se tornou um verdadeiro campo de guerra entre os apoiadores dos partidos. E muitos nomes ainda surgiam no meu braço. Levei o maior susto quando uma mulher conseguiu ler as letras!

– Esse é o nome do seu namorado ao seu lado? – perguntou ela, apontando para o meu braço.

O nome "Henrique Gabriel" estava marcado perto do meu pulso. Concentrei-me para mantê-lo do jeito que estava, antes que as letras começassem a se mover. Aquela mulher não trabalhava no nosso ramo, como ela conseguia ler?

– Não, não somos namorados – eu disse, cruzando os braços para esconder o nome. – É uma homenagem a um sobrinho meu que faleceu.

– Ah, sinto muito – disse a mulher, com vergonha. – Sabe, eu também já morri.

Eu e Sauro encaramos a mulher.

– É, morri por cinco segundos, depois os médicos conseguiram me trazer à vida de novo – disse ela, sorrindo.

Sauro não pôde evitar rir; afinal, aquilo não se via todos os dias.

– Acho que eu e você devemos parar de andar juntos – disse Sauro. – As pessoas já estão usando muita da sua liberdade de imaginação para me caluniar! Estão sujando a minha imagem em suas mentes.

– Ah, é? – respondi. – Então arranje um advogado do pensamento, ora essa!

Era como fazer um tour por um campo de guerra. O ônibus cruzava a cidade com prédios e praças destruídos. Olhei para fora e vi vários corpos enforcados embaixo da ponte, como uma cortina de boas-vindas ao povo da cidade. Havia um letreiro enorme, que dizia: "Aqui quem manda é o partido vermelho!"

Devo dizer que meu antigo bairro não mudou tanto quanto eu pensava, mas, mesmo assim, só pude encontrar a minha velha casa me localizando por entre as casas vizinhas. Algumas ainda estavam iguais. Meu pai não morava mais na mesma casa. Tive de perguntar aos vizinhos sobre seu paradeiro. A minha sorte foi que uma velha amiga de minha mãe ainda morava nas redondezas, e ela me reconheceu.

– Mas como você cresceu! Um homem bonito! Entre, vamos tomar um café. Eu faço um bolo pra vocês aqui, rapidinho! – disse a mulher, feliz.

Segurei Sauro antes que ele pudesse invadir a casa da senhora.

– Desculpe, dona Josy – eu logo disse. – É que eu estou com pressa. Eu gostaria de saber se a senhora sabe o paradeiro do meu pai. Tenho umas coisas para resolver com ele.

A mulher ficou surpresa por um momento. Parecia até que eu a havia aborrecido.

– Ah, sim, seu pai... – disse ela, olhando para os dois lados. – Bem, logo depois do incidente com sua mãe... Sua mãe era uma mulher maravilhosa, pena que teve uma vida curta. Deve ter sido muito difícil para você, afinal você era jovem e... – Dona Rosa engolia as palavras, tentando falar apressadamente. – E caiu de bunda no prego enferrujado na rua, e...

– Dona Josy – eu a interrompi antes que ela começasse a contar velhas histórias. – A senhora sabe onde ele está?

– Desculpe. De vez em quando eu falo muito. Sim, sei onde ele está. Todos sabem onde ele está. Depois do incidente com a sua mãe – ela tinha um cuidado com a voz toda vez que mencionava minha mãe –, e depois que perdeu você, ele ficou um tempo sozinho dentro da casa. Nunca mais saiu. Era visto uma vez ao mês e olhe lá. Um tempo depois, descobrimos que ele parou de trabalhar e vendeu a casa. Pra você ver como é a vida, né? A gente nunca sabe. Só pela misericórdia, mesmo.

– Ele está morando onde, agora?

– Ele não mora mais em nenhuma casa, meu filho. Ele mora na rua... – Ela falou com uma tristeza tamanha que até eu fiquei com pena. – Agora ele vive de esmola, bebendo no bar do seu Raphael lá no fim do bairro. Misericórdia. É muito triste. Sinto por sua dor...

– Não sinta – eu disse, friamente.

– Mas, entre, vamos! Vamos chamar todos os amigos. Eles adorariam ver como você se tornou um homem feito! Você se lembra da Bruninha? E do seu Armando? E do Miguel? Lembra aquela vez em que vocês decidiram fazer uma festa no quintal e começou a chover? E quando vocês furaram a piscina do filho da cunhada da dona Luzia? E...

O primeiro passo foi ser o mais breve possível com dona Josy, senão ela continuaria gaguejando, atropelando palavras para nos contar histórias que nunca acabavam. O próximo foi encontrar meu pai. O dono do bar disse que ele morava numa escola abandonada ali perto.

– Ah, como Nero e Marie – complementou Sauro. – Ficou sabendo que eles resolveram ir para a escola? É mesmo, Gaspar deu um jeito de cuidar da educação deles. Depois que Gaspar convenceu as crianças de que Rocco nunca tinha ido a uma escola, elas entraram correndo!

Sauro parou de falar quando avistamos um homem sentado junto aos portões de uma escola velha. Ele nem precisava pular o muro para entrar – o portão era tão amassado que ele podia facilmente dobrá-lo e atravessar por um buraco.

Aquele era o homem que tanto me perturbara, que me fizera derramar lágrimas graças aos golpes de seu cinto? Aquele era o homem que me mandara crescer desde que eu tinha nove anos? Que dava um tapa só porque eu não acordava cedo no domingo? Que me pressionara tanto para ser alguém na vida, e lá estava pedindo um pouco de pão para nós. Com os cabelos brancos, sujo, barba enorme e fedido. O coitado tremia até ao erguer a mão para mendigar.

– Não se lembra de mim? – perguntei.

– Não me bata! Eu não tenho dinheiro! – disse meu pai, tentando proteger a cabeça.

– Não, você não me deve nada, ou quase. Vamos, olhe no meu rosto.

O velho deu uma espiada por entre os braços, não baixou a guarda até ter certeza de que eu não estava mentindo.

– Quem é você? Não te conheço, não. – Ele tirou um cigarro e um isqueiro escondidos de sua manta para o frio.

Senti uma vontade tremenda de chutá-lo. Como assim, não me reconhecia? Respirei fundo; fazia muito tempo, e eu era uma criança. Além disso, os anos deviam ter prejudicado a memória do pobre coitado. Será que meu pai tinha passado pela aposentadoria e não se lembrava de nada?

– Não se lembra? – continuei, com rispidez. – Não lembra que você um dia chegou bêbado em casa e obrigou minha mãe a ser seu brinquedo sexual? Daí eu nasci. E não se lembra de que continuou a fazer isso, mesmo depois que eu já havia nascido? Pois é, eu não estava dormindo, não... pai.

O homem deixou cair o cigarro da boca.

– Você se lembra de que destruiu a minha vida? – terminei de falar.

Meu pai começou a chorar. Ele balançava a cabeça, como se recusasse a minha presença. Como se tentasse dizer a si mesmo que eu não existia.

– Eu não destruí a sua vida! – respondeu ele, enfim, vendo que eu era de carne e osso.

Ergui-o pela camisa. O homem que antes me espancava não era mais alto do que eu. Também não tinha a mesma força da juventude. Dessa vez, eu era o pai.

– O quê? – gritei. – Você matou a mamãe, seu desgraçado! Você destruiu a minha vida! Você tirou a minha luz neste mundo cruel! – Não pude segurar as lágrimas. – Você é um covarde, um monstro!

O homem começou a tossir enquanto chorava.

– O que foi, pai? Não está satisfeito? Você não viu que eu sou um homem forte como você queria que eu fosse?

Joguei meu pai no chão. Ele não fez muito além de ficar em posição fetal e chorar ainda mais. Eu pensava que não seria capaz de olhar em sua face, mas era justamente o contrário. Era ele quem não conseguia olhar para mim.

– Só me diz uma coisa, pai! Por que você matou ela, sendo que era você mesmo o emissário de sua morte? *Por quê?*

Subitamente meu pai me encarou nos olhos, espantado. Ele gaguejou diversas vezes até conseguir formar uma palavra.

– Mas... você sabe? – Meu pai ergueu o pulso trêmulo e mostrou o relógio da morte. – Você sabe quem nós somos?

Mostrei a ele o meu relógio da morte, para lhe tirar toda e qualquer dúvida.

– Me diz logo, pai. Por que você matou a mamãe? Esse não era seu trabalho! Você não amava ela?

O velho voltou a chorar e a bater os punhos no chão, parecendo uma criança mimada. Ele nos ignorou completamente, e talvez o fizesse pelo resto da vida. Mas eu forcei algumas satisfações.

– Por que a mamãe? – gritei.

– Eu não sei! – gritou ele de volta, com raiva. – Eu não sei por que o nome dela apareceu naquele dia! Não sei por que ela tinha de morrer. Nós nunca sabemos, droga! – ele gritou alto para o nada, depois continuou: – Eu não destruí a sua vida, moleque. Eu destruí a nossa vida! Eu amava a sua mãe!

A imagem de meu pai esfaqueando a minha mãe invadiu a minha mente de novo, ao som daquelas palavras. Era exatamente a mesma voz chorosa, dizendo a mesma frase: “Eu amo a sua mãe.” Um ódio gigantesco voltou a me acometer. Mesmo depois de tantos anos, meu pai continuava a afirmar a mesma coisa.

– Porcaria nenhuma! Você a matou! Como isso pode ser amor? – gritei.

– Você não entende, moleque. Eu não sou responsável pela morte da sua mãe. Os malditos daquele escritório é que são!

– O quê? – dissemos Sauro e eu juntos.

– Eles me mandaram o nome dela... – Meu pai se sentou e pôs as mãos no rosto para esconder as lágrimas. – Eles mandaram pra mim! Logo a pessoa que eu mais amava no mundo! Imagine eu tendo de ver a pessoa amada ser morta e não poder ajudar.

– O que você está dizendo, seu desgraçado? – perguntei, revoltado.

– Sua mãe estava marcada para morrer num puteiro, moleque! Num bordel! – Ele despencou a cabeça em mais gritos chorosos.

– Mentira! A morte dela foi marcada por você, e você matou ela!

– Não, Brian. Sua mãe era a única coisa boa que eu tinha no mundo. Eu não conseguiria viver sem ela! Mas um dia o escritório me mandou a sua possível morte num puteiro, lá no centro... Consegue entender, Brian? De alguma forma, ela iria para lá! De alguma maneira, alguém a sequestraria e levaria para o puteiro, onde ela iria morrer! Consegue imaginar o sofrimento pelo qual ela iria passar, antes de morrer? Ser estuprada e depois esquartejada? E logo eu, que a amava? Logo eu, que não podia interferir na morte dela?

Lembrei-me da garotinha que tentei salvar algum tempo atrás. O destino dela foi parecido.

– Então você a matou, seu desgraçado? – gritei, com o maior ódio do mundo. – Você devia tê-la salvado!

– Mas esse não era o meu trabalho! Ela estava marcada para morrer, então ela tinha que morrer de alguma forma! Eu só lhe poupei de um sofrimento maior! Ainda mais, talvez... Talvez ela nem fosse sequestrada. – Meu pai olhava para as próprias mãos trêmulas. E começou a falar, com voz fraca: – Talvez ela estivesse me traindo, e fosse parar lá por conta própria. Eu tive medo de todas as verdades que vinham na minha cabeça!

Pulei em cima dele e comecei a bater nele, não muito, como eu gostaria, pois Sauro me segurou.

– Mas que estupidez é essa? Você achou que ela estava te traindo? Essa é sua desculpa para matá-la? Como você pôde?

– Você acha que sua mãe era uma santa?

Eu queria muito bater nele, mas Sauro era forte o suficiente para me impedir.

– Sabe, nosso trabalho é uma porcaria – disse meu pai, ainda no chão. – Ele mostra como esse mundo é cruel, como você sozinho não pode mudá-lo. Como as pessoas são verdadeiros monstros, disfarçados à luz do dia. É por isso que eu sempre o forcei a crescer, moleque, pois eu sabia que esse mundo ia devorá-lo se você não se tornasse um homem forte. E, pelo que eu vi, você realmente sabe se defender. Estou orgulhoso.

– O quê? – gritei, e me lancei em cima dele de novo. – Você me torturou e ainda matou a mamãe por causa disso? Essa é uma causa justa, para você? É isso que vem dizendo para confortar sua mente durante todos esses anos? É assim que suporta a sua existência? Miserável!

Eu estava prestes a bater nele mais uma vez quando percebi que uma criança de fraldas e chupeta na boca me encarava do outro lado da rua. Ela segurava um pequeno teclado que fazia sons de animais. Lembrei-me do que Gaspar havia dito: "As pessoas criam seus próprios monstros." Saí de cima do meu pai, enquanto a mãe da criança veio correndo buscá-la. Acredito que a mulher, dada a sua expressão facial histérica e preocupada, tivesse ideias de chamar a polícia... então não tinha muito tempo para ficar conversando. Olhei para a escola abandonada que meu pai chamava de lar. Ele não tinha mais nada. Não tinha família, nem casa, nem o que comer. Não valia a pena me estressar com ele. Tudo aquilo era passado, e o presente foi bem mais saudável para mim do que para ele. Só havia mais uma coisa para fazer, antes de me libertar. Só mais uma coisa para que eu finalmente fosse livre de meu passado.

– Pai, você destruiu a vida de nós dois – eu disse, com a voz calma. – Você é um completo idiota, mas, mesmo assim... eu o perdoo. Perdoo por todo mal que você tenha causado a mim ou à mamãe. Não pretendo carregar peso inútil na minha consciência, pretendo esquecer você. Não quero mais carregar você em minha mente. Quero ser livre! E, pra ser sincero, desejo o melhor da vida pra você.

Aquele velho barbudo e sujo me encarou com espanto, depois voltou a chorar.

– Vá embora, seu desgraçado! – gritou. – Por que você veio me assombrar? Por que eu? Por que eu mereço esse castigo? *Por que eu?* – Ele batia a cabeça no chão, rolando de um lado para o outro e esperneando.

– Desista disso – falei. – Pessoas que se fazem essa pergunta não vão a lugar nenhum. Vivem esperando por uma desculpa, ao invés de buscarem uma solução.

Sauro saltou e bateu palmas.

– Meu garotinho cresceu! – disse ele, fingindo secar uma lágrima dos olhos. – Mas espera aí. Isso significa que eu estou envelhecendo? – Sauro começou a tatear a própria face e depois apontou o dedo para mim, zangado. – Para de crescer neste exato momento, mocinho!

– Relaxa, Sauro. Ainda somos jovens...

Desculpem-me, leitores, mas eu sou fraco demais. Não pude honrar a minha pose anterior. Não consegui nem andar duas esquinas antes de desabar e chorar. Felizmente, Sauro estava lá para me dar apoio. Finalmente eu descobrira a verdade. Eu quisera tanto a vingança, mas no final percebi que ela não era importante. Não valia a pena voltar ao passado. Eu estava livre. Eu sempre estivera livre, mas só então pude cair na real. Mãe, eu realmente te amo e não preciso vingá-la para provar isso. Sei que você se orgulharia de mim agora...

Toda a minha concentração foi quebrada graças a uma bolada na cara que levei de um moleque que jogava futebol na rua.

– Ô, tio, desculpa aí! Você pode chutar a bola? – gritou o moleque.

– Se posso chutar, seu pirralho? – eu disse, com a voz séria. O garoto ficou com medo. – É claro que posso, e ainda faço gol! – Desfiz a minha cara de mau.

Entrei na brincadeira das crianças. Sauro não podia ficar de fora, é claro. Tenho certeza de que nós dois tínhamos muito trabalho para fazer naquela tarde, mas, como todo bom malandro, ignoramos. Se houvesse papelada para resolver depois, isso não nos preocupava. Apenas queríamos nos divertir jogando futebol com a garotada da rua. Se você acha que a tarde não poderia ter sido melhor, se enganou. Um irmão mais velho das crianças chegou da sua aula de saxofone e começou a tocar para ouvirmos enquanto jogávamos. O garoto era ótimo no instrumento. Voltei a ser criança pela última vez, antes de partir. Quando chegasse ao meu apartamento, começaria a procurar por um novo lugar para morar, por uma nova vida. Muita coisa para resolver, mas agora não. Agora eu era apenas mais uma criança brincando na rua.

18

Dezesseis capítulos a menos

Eu e a cidade devemos ter almas opostas. Agora que eu me sentia em paz, ela resolveu explodir! Fiz todos os meus planos, arrumei as malas para partir naquela noite, pegar um ônibus para bem longe daquela guerra. O resto da minha mobília o caminhão traria depois. Eu não suportaria mais uma noite com todo aquele caos e papelada, e quanta papelada, devo acrescentar. Os grupos políticos formaram alianças com o tráfico de armas, e agora eles tinham todo o material disponível para se destruírem. Eu não podia acompanhar as mortes; elas mudavam constantemente, e iam para lugares muito distantes em poucos segundos. Meu braço direito ficou lotado de nomes, que se escreviam e apagavam freneticamente. E, quando eu chegava ao Quarto Andar, lá estava uma pilha de papelada para resolver e várias almas penadas descontentes! O pior de tudo era o meu novo mandatário, que não era nem um pouco agradável. Arrotava e soltava pum mais do que respondia às minhas perguntas.

As ruas fediam a cadáveres, os corpos de muitos foram despejados nos bairros mais pobres. Alguns chegaram a infectar rios que abasteciam os moradores desses bairros. Acredito que muitos tiraram proveito da baderna para roubar lojas, e com certeza para fazer queima de arquivos. Sim, muitos inocentes pagaram o pato, muitos sofreram sem razão. Mas a disputa pelo poder da cidade continuava, sem se importar com o sangue. Na política, tudo é justificado para se manter no poder, certo?

Eu estava revisando a minha mala para ter certeza de que não estava esquecendo nada, até que algo estragou os meus planos de continuar escondido até a hora de ir para a rodoviária. Sauro disse que ele e Gaspar estariam lá para se despedir de mim, que me dariam um celular novo de presente para manter contato. Escutei um estrondo. Dei um pulo de susto. Logo depois, veio um segundo estrondo. Corri para a janela e percebi que o condomínio vizinho estava pegando fogo. Uma fina linha de fumaça subiu pelo céu escuro da noite, vinda do chão e batendo direto contra o condomínio. O terceiro míssil foi o suficiente para derrubar metade do prédio. Não só meu braço começou a mostrar nomes aleatórios, mas eles se espalharam por todo o meu corpo. No reflexo da janela eu pude ver nomes de desconhecidos estampados na minha cara.

– Ah, por favor, né? Tá de brincadeira! – resmunguei, ao ver o restante do prédio cair com outra leva de mísseis. – Como você espera que eu marque todos? Droga, vou ter que hibernar o inverno inteiro para resolver a papelada de todos!

Apertei freneticamente o botão do meu relógio da morte, sem me importar com estatísticas.

– Parem de se matar, seus desgraçados! – gritei inutilmente pela janela.

Tentei acalmar os meus ânimos. Logo, logo eu estaria longe de todo aquele caos, não importando a papelada que eu tivesse de resolver depois. Caí para trás com um novo estrondo. O teto do meu apartamento rachou, e poeira caiu na minha cabeça. Não teria mais tempo para esperar. Tinha de sair do prédio antes que ele desabasse. Puxa vida, a cidade decidiu explodir justo na noite em que eu ficaria livre! Agarrei a minha mala e saí em disparada para as escadas. Três andares pareciam uma eternidade ao passo que muitas outras pessoas também corriam desesperadas para fugir.

– *Socorro!* – Ouvi os gritos agonizantes do quarto de Angélica.

Olhei para as escadas, cheias de gente correndo em desespero, e para a porta do seu quarto. Para dificultar mais ainda o meu trabalho, estava trancada.

– Maravilha ... – resmunguei, tentando descobrir um jeito de abrir.

Tentei chutar a porta, inutilmente, e chamar alguém para ajudar, o que também não funcionou. Lembrei que tinha um martelo numa caixa de ferramentas antiga que comprara. Claro, comprei porque vi na TV que estava em promoção, e nunca tinha usado até aquele dia. Busquei a ferramenta e martelei a tranca da porta.

– Quem disse que uma caixa de ferramentas não seria útil um dia, Sauro? – Bati repetidas vezes na porta, até a trancar quebrar.

Quando a porta se abriu, Angélica se jogou nos meus braços, chorando.

– O que aconteceu? – perguntei. – Você se trancou aí sozinha?

– Não – disse ela, soluçando. – Eu discuti com Sérgio. Quando eu dormi, ele me trancou aqui dentro! Ah, Brian, eu fiquei com tanto medo! Pensei que ia morrer sem poder fazer nada.

Ironicamente pude ver de relance que seu nome aparecera bem pequeno na extensão do meu dedo indicador, no meio de tantos outros nomes. Mas ela não precisava saber disso. Ela estava tão nervosa e aturdida que mal conseguia se manter em pé. Carreguei-a nas costas para fora do prédio. Corri com ela por alguns quarteirões, até estarmos longe de possíveis estilhaços do prédio ou de homens armados com mísseis. Angélica voltava à sua cor natural, e respirava normalmente, então a pus no chão e me despedi.

– Adeus? – perguntou ela, indignada, olhando para a minha mala. – Como assim, você está partindo? E não me avisou?

– É, eu vou embora, sim. Mas por que eu teria que te avisar?

– Ah, por nada. – Ela desviou o olhar, com vergonha. Acho que devo ter enfiado uma faca espiritual nela de alguma forma, mas não foi minha intenção, acreditem. – Desculpa por tudo, Brian...

– Não precisa se desculpar, Angélica – confortei-a. – Você apenas tentou encontrar a felicidade, o que não é fácil. Mas acredito que a felicidade que você procura não está comigo. Apenas tente ser feliz. Eu vou fazer o mesmo. Descobri que é a única coisa que vale na vida... ou talvez não. Porém, se não está aqui, devemos procurar em outros lugares. Não se sinta culpada por nada. Adeus, Angélica. Foi um prazer te conhecer.

Ela me abraçou uma última vez, e apenas tocamos nossos lábios. Pois não fizemos nada necessário para chamar aquilo de beijo.

– Adeus, Brian. Vou sentir saudades... – disse ela, abaixando a cabeça. Eu fui embora pela rua escura.

Tive de atravessar a cidade como um verdadeiro espião, tomando muita cautela para não me deparar com nenhuma passeata de apoiadores fanáticos de algum partido político. A cidade estava mais calma por aquelas redondezas. Estava vazia, até demais para uma noite normal. As lojas estavam fechadas, as ruas sem carros e, claro, não era uma noite normal. Ao longe, o eco de tiros conseguiu me alcançar. Os carros de polícia passavam apressados. Por sorte, nenhum deles quis me parar para tirar satisfação quanto ao que eu carregava na mala.

Consegui chegar à rodoviária sem nenhum arranhão. O local estava lotado. Muitas pessoas queriam embarcar e ir embora. Em meio a essa multidão, pude reconhecer Sauro e Gaspar apoiados na grade, cada um examinando sua respectiva caderneta e discutindo. Mesmo de longe, eles me reconheceram. Sauro sinalizou para mim como se eu fosse um avião prestes a pousar. Gaspar apenas tirou seu chapéu.

– Então é isso? – disse Gaspar, bem relaxado, apesar de a cidade inteira estar implodindo. – É o que você realmente quer? Está feliz?

– Estou bem. Acho que é o melhor a se fazer – respondi, tentando me desvencilhar de Sauro, que não largava a minha camisa, chorando. – Quero um lugar mais calmo.

– Concordo plenamente, meu amigo. – Gaspar arrancou Sauro de mim. – Para de bancar o carrapato, Sauro. É só uma despedida.

– Mas eu odeio despedidas! – disse ele.

– Despedidas não são o fim. Nem a morte é! – disse Gaspar, tirando um celular do bolso e entregando em minhas mãos. – Toma aqui um presente. Nós já cadastramos nossos números na agenda, de todos os flibusteiros originais. Quando precisar, é só ligar.

– Eu vou te visitar nas férias, ouviu? – disse Sauro, apontando o dedo. – Sabe, eu até acho que devia ir com você. Essa vida corrida não é para mim. Prefiro morar no pasto, vendo a incrível arte do ruminar das vacas, que não têm de se preocupar com o escritório. Comer grama… isso que é vida! – Sauro olhava para o infinito e balançava a cabeça.

– Falou o cara que trabalha no frigorífico. Mas a Copélia aprova isso? – perguntou Gaspar rapidamente. – Vocês acabaram de reatar e têm uma moradia toda paga, já. Vai largar o seu emprego fixo para tentar a sorte num lugar distante? Não vai querer estragar tudo de novo com essa de fugir, vai?

Sauro riu, mesmo relutante.

– Copélia adora desafios! – disse ele, rindo.

Sauro recebeu um olhar de desaprovação de Gaspar.

– Tudo bem, eu não vou. Mas guarde minhas palavras, Brian: final do ano eu e a Copélia vamos te visitar. E, até lá, quero te ver com uma nova namorada, viu? Amigo meu não fica encalhado!

– Pode apostar, cara. Quando você chegar, eu vou estar com uma baita de uma morena, de dar inveja! – respondi.

– Inveja a mim ou ao Gaspar? – Sauro fez a cara de fuinha para Gaspar.

Gaspar deu um tapa atrás da nuca de Sauro, e a fuinha desapareceu.

– A questão é – disse Sauro, coçando a cabeça –, vamos sentir saudades, cara! Venha nos visitar sempre que puder!

– É o que eu pretendo fazer – falei.

O ônibus que me levaria embora chegou, e não demorou muito para começar a superlotar. Eu me despedi de Sauro e Gaspar pela última vez e entrei na fila para embarcar.

– Isso me lembra o Titanic. – Consegui ouvir o que Sauro dizia, enquanto ele me via partir. – Claro, só não espero que o ônibus bata num iceberg e afunde no asfalto.

Entreguei minha passagem para o motorista e, quando me segurei na lateral para poder embarcar, pude ler o nome de Joana Reis de Assis escrito ao longo do meu braço. Aquele maldito nome estampado na minha cara. Como se a cidade estivesse jogando uma corda invisível para me amarrar e afundar com ela. Contive-me por uns segundos na porta do ônibus, impedindo a entrada dos demais. As reclamações não me afetaram. Joana iria morrer... O que eu podia fazer? Muitos outros também iriam morrer, e não era minha culpa. Eu podia simplesmente ir embora e deixar todo o meu passado para trás, mas logo Joana teve de reaparecer na minha vida? Eu não a via desde os tempos da escola, e agora seu nome aparecia no meu braço, sua sentença.

Antes que eu me aprofundasse mais nos pensamentos, um homem me puxou pela camisa e derrubou do ônibus. Eu caí estatelado no chão, olhando para cima sem me mover. Algumas pessoas perguntaram se eu estava bem. O máximo que eu pude fazer foi erguer o polegar e ouvir algumas acusações de "louco". Eu estava concentrado demais para me importar com os outros. Estava tentando descobrir se trocaria a minha liberdade por mergulhar no passado mais uma vez.

Joana precisava da minha ajuda. Era uma situação diferente. Não era remoer o passado, e meu coração de flibusteiro começou a dar sinais de vida.

– Eu estava só brincando com aquele papo de Titanic, cara. Não precisa ficar nervoso – disse Sauro, fazendo sombra sobre a minha cara. – O que aconteceu?

Mostrei para ele o meu braço.

– Ah, não vai me dizer que você vai voltar atrás agora? – duvidou ele, irritado. – Quem é ela?

– É uma velha amiga minha... – eu disse, sem emoção nenhuma. Não sabia o que pensar. – Eu... eu acho que vou atrás dela, Sauro.

Sauro me levantou e me pôs no banco. Gaspar continuava quieto e atento, sempre ouvindo tudo. Olhei para meu braço, e vi que o endereço da morte era a praça central onde as coisas estavam pegando fogo. E o tempo estava se esgotando.

– Tenho que correr – eu disse, me levantando. – Ela vai morrer, se eu não fizer alguma coisa.

– Qual é! – disse Sauro. – Está ouvindo isso, Gaspar? Coloca juízo na cabeça dele!

Gaspar ficou quieto e pensativo por um momento. Dessa vez ele realmente parecia preocupado.

– Você sabe muito bem que isso é perigoso. Você pretende arriscar tudo? Sua liberdade por uma pessoa que conheceu?

– Agradeça aos flibusteiros – respondi.

Gaspar deu um leve sorrisinho de canto de boca enquanto escondia o rosto no chapéu.

– Eu até iria nessa missão para lhe cobrir, mas não posso ir com você. É perigoso demais para mim. Eu preciso voltar para a minha família. Já não posso me arriscar mais nessas aventuras. – Gaspar encarou Sauro.

Resolvi terminar com a tortura de Sauro, visto que ele queimava o cérebro para decidir o que fazer. Afinal, ele estava com Copélia de novo. Aposto que não gostaria de arriscar a vida.

– Não se preocupe, Sauro – falei. – Vou tomar cuidado. É só não entrar em confronto direto com ninguém e eu vou ficar bem.

– Não! – disse ele. – Eu vou com você, eu sou o seu patrono! Não só o seu patrono, mas também o melhor patrono que a Morte já conheceu! Vamos nessa, vamos fazer um último trabalho de flibusteiros! Aliás, a sorte está do nosso lado! Eu acho...

– Obrigado.

– Vamos fazer uma aposta? Se você morrer, me deve duzentão, hein!

– Se eu morrer, como é que eu vou pagar?

– Lá no escritório você me paga!

Gaspar parecia muito mal, sem saber o que fazer. No fim ele aceitou, abraçou Sauro e nos mandou ter cuidado. O tempo estava acabando, mas Gaspar nos deu carona até onde podia e fizemos o final do trajeto correndo. O lugar estava um verdadeiro caos. Havia policiais jogando bombas de gás lacrimogêneo nos manifestantes, pessoas dos dois grupos rivais se enfrentavam com socos e chutes. Eu e Sauro andávamos a uma distância segura, procurando Joana.

Por que eles não paravam? Por que tantas mortes? Por que se odiavam tanto? Não são tão diferentes quanto pensam! Lutando por poder administrativo, que sequer será deles. São meros peões nisso tudo. Onde estavam seus líderes? Estariam no meio da multidão, pondo seus ideais à prova? Ou estariam em suas mansões, assistindo a tudo pela televisão, se reunindo com assessores, buscando uma maneira de se safar de tudo aquilo e de melhorar suas imagens?

Não éramos apenas eu e Sauro que estávamos escondidos na escuridão. Nossos colegas de trabalho também estavam envolvidos, apenas olhando de longe. Com seus coletes de emissoras de TV, das janelas dos apartamentos, jogando água nos revoltosos, ou até participando diretamente de todo o caos. É como eu disse antes: você pode ser quem quiser, mesmo sendo a Morte. Entre eles estaria Joana, em algum lugar. Mas eu não tinha certeza se a reconheceria.

Uma bomba de gás lacrimogêneo estourou perto de nós e conseguiu nos atingir. Sauro me ajudou a correr sem que eu batesse em algum poste. Enquanto fiquei cego e com falta de ar, lembrei dos tempos da escola, quando Joana me ajudou a estudar para uma prova de História, e quando ela fez um bolo para meu aniversário, quando desabafou que a família dela não aceitava o sonho de ela ser atriz. O que teria acontecido com você, Joana?

Vi um grupo de adolescentes empurrando uma mulher. Não pude enxergar o rosto da mulher, no escuro. Meu relógio marcava 50%. Um deles deu um soco na cara da mulher, o segundo passou uma rasteira. Meu relógio marcava 70%. Os jovens a chutaram no chão. A probabilidade subiu para 80%. Aquela tinha de ser Joana... mas não podia ser. Ela era bem parecida, de longe, os cabelos loiros bem reconhecíveis no escuro. A altura também era como eu me lembrava, e os seus famosos seios nos quais ela muitas vezes me afundou estavam maiores... Ela estava grávida!

– Parem com isso, seus desgraçados! – gritei, ao ver meu relógio marcar 90%. – Ela está grávida, não percebem?

– Mas ela é do partido vermelho! – disseram os jovens. – E essa raça merece morrer! O partido azul é o melhor! Temos de matar os vermelhos antes que se reproduzam! *O prefeito do nosso partido vai salvar esta cidade!*

Olhei para Joana grávida e inconsciente no chão. Senti um terror enorme por seu filho, e então explodi contra os moleques, derrubando um no chão. Lembrei de todas as crianças que estavam na sala dos sem-vida e o que aqueles homens estavam fazendo simplesmente libertou todos os meus anos de frustração.

– Quem disse que essa raça não merece viver? – gritei, dando um soco. – Todos somos dignos de viver! Merecemos ser aceitos!

Acertei outro soco.

– Essa é a lei, somos dignos!

Soquei de novo e sangue saiu do nariz do jovem debaixo de mim.

– Ninguém tem o direito de tirar a vida!

Outro soco, e ele ficou tonto.

– Não sejam idiotas! O que muda o mundo são vocês mesmos! A população é o único agente modificador da sociedade, seus imbecis! Não adianta eleger nenhum líder e acreditar que ele vai mudar o mundo por vocês, que ele vai salvar as suas vidas! Não adianta achar que vocês podem se esconder atrás de um voto, que alguém realizará seus sonhos por vocês! Somos nós que mudamos nossas vidas e a sociedade em que vivemos! Vocês mesmos são os monstros ou os salvadores!

Acertei mais um golpe, e a cabeça dele bateu no chão.

– Parem de se matar e se ocupem apenas com viver! Estão ouvindo? Aprendam a conviver! *Parem de se matar! Parem de se odiar!*

Mandei outro soco.

– *Viva!*

Outro soco.

– *E deixe viver!*

E mais um.

– *Vocês merecem viver!*

Espanquei uma última vez antes que eu levasse uma pancada de bastão na cara e caísse para o lado. Sauro era forte, mas não o suficiente para enfrentar um bando inteiro só para me defender. Fiquei sem ter como revidar, caído no chão, enquanto outros adolescentes me chutavam, cuspiam e xingavam.

– Seu porco nojento! Você não merece viver! – gritavam os jovens, me batendo. – Raça ruim!

– Eu mereço ser amado! – gritei, inutilmente. – Todos nós merecemos! Somos dignos! *Todos merecem ser amados! Eu mereço ser amado!*

Continuei afirmando isso inutilmente, até não ter mais controle da minha boca, nem do restante do meu corpo. Quase engasguei com o meu próprio sangue, que eu tentava cuspir. Não conseguia mais respirar, nem enxergar. Essas eram as cortinas se fechando para mim, já havia acabado o show. Senti a vida indo embora de mim aos poucos, nem os chutes na barriga me incomodavam mais. Também já não era capaz de ouvir os xingamentos. Talvez fosse isso o que Sauro tivesse passado, quando criança. Ver a sua vida partir aos poucos. Tudo se apagou.

Foi como se meus sentidos se limitassem a um só, apenas presença. Nada de corpo, de luz, nem consciência de existir. Não havia nada. E só estou dizendo isso agora pois pude escapar dessa armadilha. Antes mesmo que eu pudesse sentir a luz branca e perturbadora do Quarto Andar, uma voz desagradável trouxe-me de volta.

– Ei, pequeno sonhador!

Comecei a sentir o meu corpo novamente. Logo tomei consciência e senti o cheiro do bafo fedido de Rocco.

– Isso que é ser um flibusteiro, pequeno sonhador! – disse ele. – É assim que as coisas têm de ser! Esses idiotas merecem um gostinho do próprio remédio!

Não entendi direito o que Rocco estava falando. Tentei limpar a cara cheia de sangue e ver o que estava acontecendo ao meu redor. Os grupos políticos se dividiam entre vermelho e azul, mas eles não estavam mais sozinhos. Entre eles havia um grupo de homens e mulheres com camisetas pretas, e todos eles lutavam contra os fanáticos políticos. Olhei para a minha direita, e muitos outros escondidos na escuridão saíam gritando e entrando na guerra. Eles não eram manifestantes normais. Essa era a nossa vingança. Era a vingança da Morte contra as pessoas que matavam descontroladamente, ano após ano! Dessa vez eles não ficariam de braços cruzados, observando. Dessa vez eles iriam detê-los, nem que fosse à base da força! Eles estavam segurando os fanáticos, fazendo de tudo para separá-los. Tirando seus porretes e arriando suas calças, tirando sarro de cada um deles. Essa era a rebelião da Morte, e não estávamos para brincadeira, não seríamos espectadores! Era a vingança da Morte contra aqueles que dela abusavam!

– Gostei de ver, pequeno sonhador! – disse Rocco, me pondo em pé – Você conseguiu fazer esses idiotas acordarem! Nunca pensei que você fosse útil para alguma coisa. Quem diria, causar um motim entre as mortes! – Rocco mostrou seu sorriso maníaco. – Tô começando a gostar de você, pequeno sonhador.

Sauro estava sentado no chão, erguendo o polegar para mim. Ele tinha um pouco de sangue na cara, mas nada preocupante. Quando sorriu, percebi que lhe faltavam dois dentes.

– É isso aí, cara! – disse ele, um pouco bobo. – Merecemos viver! E descer o sarrafo em todo mundo! – Ele caiu tonto para trás.

Voltei minha atenção para Joana, me perguntando se ela estava muito machucada. Ela ainda estava caída na rua, mas felizmente não aparentava ter nenhum ferimento grave. O que me dava mais medo era a criança que ela carregava na barriga. Não sou médico, não saberia dizer qual era o grau de preocupação que eu devia ter. Segurei sua mão, e ela acordou.

– Joana! Você está bem?

Ela abriu os olhos, e logo começou a entrar em pânico. Tentei acalmá-la, pedindo que não se mexesse muito, para evitar estragos maiores.

– E aqueles loucos que estavam me batendo? E o meu filho? – disse ela, pondo a mão na barriga. – Eu vou ficar bem?

– Calma, Joana. Eu vou te levar para um hospital e tudo ficará bem – eu disse, rapidamente. – Você se lembra de mim? Eu sou o Brian... da escola.

Ela me encarou, tentando desvendar minha face. Apesar de eu não me sentir muito à vontade com tais olhares, não me importei. Ela passou a mão no meu rosto para tirar o sangue que escorria da minha testa e me encarou nos olhos.

– Brian... Brian "Meteoro"? – disse ela, sorrindo.

– É, sou eu. Mas não sou tão bom no futebol como antigamente – eu disse, sem deixar de rir. – O meteoro não existe mais.

– Quem diria. Brian "Meteoro" em pessoa. Quanto tempo, hein? Pensei que nunca mais voltaria a ver você, Brian. Você desapareceu!

– É verdade, sim. A vida nos leva por caminhos estranhos. Crescemos e, aos poucos, temos de ver nossos amigos partirem um por um – eu disse, acariciando seus cabelos. – Estou feliz por ter encontrado você de novo, mesmo que seja nessa situação.

– Também fiquei com saudades, meteoro... – disse ela, acariciando a minha bochecha cortada. – Aliás – continuou ela –, ficou sabendo do Cristóvão?

– Fiquei. – Ri.

– Coitado... Ele não parava de falar que tinha morrido, que ele era a Morte, que era uma conspiração e gatos eram os donos da verdade.

– No final das contas, ele não mudou muito, não é?

– Tem razão – disse ela, rindo.

– Mas que festa de arromba! É por isso que eu gosto de sair com você, Brian – disse Sauro, atrás de mim, se esticando. – Você realmente sabe como viver a vida, compadre!

Ele balançou a cabeça para cima e para baixo bem devagar, e falou, com muito gosto:

– E como sabe!

Sauro pôs as mãos na cintura e virou noventa graus para observar a revolta das mortes. Fez um beicinho e disse:

– Taí, gostei. Uma rebelião da Morte. – Ele coçou o pescoço. – Gaspar ficaria impressionado. Não tecnicamente feliz, mas... Por hoje passa, vai! Isso é muito foda!

– Quem é esse? – perguntou Joana, preocupada.

– Um amigo meu – eu disse, brevemente

– Isso vai entrar para os livros de História! – Sauro fingia carregar uma câmera nas mãos.

– Ei, Sauro. Tem como levarmos ela para o hospital?

– Bem, tem como chamar uma ambulância. O Carlos e o Rodrigo podem vir até aqui.

Emprestei meu celular novo para Sauro fazer a ligação. Até a chegada da ambulância, ficamos vendo a revolta da Morte. Mais e mais ceifadores surgiam para deter os fanáticos políticos. Rocco era o que mais estava se divertindo com a revanche. Na verdade, aquilo era só uma desculpa para ele bater em um monte de gente. Ele sozinho derrotou mais de quinze, até onde eu pude contar – todos inconscientes no chão. Logo o número de pessoas vestidas de preto superou o de vermelhos e azuis. Alguns deles até entraram em confronto com policiais, mas não pude saber o porquê.

Subi na ambulância para acompanhar Joana ao hospital. Precisava ter certeza de que ela e o bebê estavam bem, e, claro, aproveitar para me medicar também. Talvez eu precisasse de uma cirurgia de reconstrução facial, depois daquela noite. E aí, sim, poderia partir daquela cidade, como eu tinha planejado.

– Cara... – Ouvi Sauro dizer, um pouco receoso. – Tem um chafariz de sangue saindo da sua cabeça!

Alguma coisa devia ter se rompido para eu estar perdendo muito sangue. Minha visão ficou turva novamente, e eu me sentia enjoado.

– Sauro – me esforcei em dizer. – A gente só pode morrer uma vez, não é?

– A segunda vez não tem mais volta... – disse ele, me segurando e olhando em meus olhos.

– Desculpa arranjar papelada pra você... – foi a última coisa que consegui dizer, antes de apagar.

19

O último dos capítulos

São capítulos a mais ou a menos? É o que você quer saber?

Na verdade, é justamente você que terá de me dizer se o que você acabou de ler foi a mais ou a menos. Assim como muitas coisas na vida, é apenas uma questão de ponto de vista. Afinal, quanto tempo se passou desde que você começou a ler este livro? Você perdeu ou ganhou alguma coisa? A resposta está em você mesmo. Mas, de fato, os capítulos nos levam a um fim.

Antes que vocês comecem a se contorcer de cólicas, comer a carne dos dedos de tanto roer as unhas, rasgar as páginas do livro ou atirar pedras em mim, devo dar continuidade à minha história, mas a minha própria narrativa é falha e entrega o jogo. Vocês podem respirar aliviados, leitores (ou não?): eu estou bem. O que Sauro disse é verdade. Nós temos uma sorte maior para sobreviver do que as pessoas que nunca morreram. Mais duros na queda, digamos assim. É uma grande ironia, se me permite dizer.

Eu não cheguei a atravessar a porta, apenas perdi a minha liberdade. Depois daquela noite, fui parar direto no Quarto Andar. Fiquei uns meses em coma no hospital, então fiquei muito, mas muito tempo naquela droga de escritório. Na verdade, escrevi metade deste livro por lá. Eu precisava ocupar a minha mente com alguma coisa, então escrevi a minha história e também me tornei mandatário. Agora vocês me perguntam como eu sei que estou em coma e não morri? É obvio, intrépido leitor. Sauro me encontrou. Ele ficou muito feliz em saber que, pelo menos no Quarto Andar, eu estava consciente, e, claro, não se esqueceu de me cobrar a aposta!

Todos eles vieram me visitar no tempo que passei preso dentro de um cubículo. Até Rocco encontrou uma desculpa para me visitar sem parecer que ele se importava comigo. Sauro e Copélia me visitavam quase todas as noites. Eles me diziam como o mundo lá fora estava indo. Me disseram que o filho de Joana nascera, e que ela sempre me visitava no hospital com ele. "Olha o homem que te salvou, Charlie", dizia ela para a criança. Em uma das visitas de Gaspar, ele tirou o chapéu e disse: "*Você no fundo é um bom homem.*" Aquela frase me comoveu de uma maneira que eu não consigo explicar. Acho que foi tudo o que busquei a vida inteira. Tudo o que eu sempre quis ouvir.

Não importava o quanto meus amigos me alertassem sobre o futuro, não fiquei preparado para o que estava me esperando depois que eu saísse do coma, ou "se eu saísse", como muitos diziam. Acontece que tive a má (ou boa) sorte de ter sido filmado pelas câmeras de TV no momento em que salvei Joana. E todo o meu discurso foi ouvido por todos na cidade e no país. Muitos se revoltaram, e usaram minhas ideias para fins anarquistas. A parte boa é que a guerra na cidade acabou, ou quase. A parte que não ficou bonita para o meu lado foi que as pessoas se revoltaram tanto que deixaram de votar. Sim, leitores! Todas elas, na cidade inteira, deixaram de votar nos candidatos. Isso gerou uma revolta muito grande por parte da prefeitura, que teve de preparar novas eleições com outros candidatos. Eu fui dado como o "líder" do grupo de rebeldes de camisa preta que sabotou as eleições e fez protestos por toda a cidade. Outro ponto legal é que os índices de violência realmente diminuíram quase pela metade. E pelo menos um dia no mês a cidade não recebe nenhuma queixa de assassinato. Dias em que ninguém morre... Dias de folga!

Pois é. Aprendi a odiar a violência. Mas, no final, acabei entrando numa guerra de mortos e vivos... Tem alguma coisa errada nisso...

Não tive escapatória. Assim que saí do coma, fui levado direto para a cadeia. A caminho do presídio, pude ver pichações pela cidade, e muitas diziam: "Nós merecemos ser amados". Também foi possível ver menções aos flibusteiros, como: "A Morte vive mais que muitos vivos por aí", "Piratas da Morte estão voltando", e outras citações de músicas. Eu, quando fui investigado, neguei qualquer organização chamada de "Piratas da Morte", claro. Mesmo usando o polígrafo eles não detectaram mentira, até porque era verdade, não é? Não sou líder dos flibusteiros, eu não os criei. Eu nunca fiz nada!

Não encontraram provas suficientes para me incriminar, mas conseguiram me deter por um ano por envolvimento. E é exatamente aí que eu estou agora: preso numa penitenciária, esperando o fim da minha pena. Naquele dia, renunciei à minha liberdade para salvar alguém que me era querido. Me sinto como um pai, agora. Afinal, isso é o que acontece com os verdadeiros pais. Eles abrem mão de sua própria liberdade e trabalham feito condenados para dar mais liberdade aos filhos.

Mesmo estando preso tanto no mundo real quanto no Quarto Andar, eu ainda me sinto bem. Sim, voltei a ser feliz. Novos sonhos nasceram na minha cabeça, todos esperando a minha liberdade. Eu até voltei a me imaginar fazendo coisas impossíveis, coisas que eu não fazia há muito tempo, como fingir que posso controlar o fogo ou a água. Isso alivia a minha mente.

Não mudei meus planos de me mudar para um lugar distante. Só preciso ter paciência.

Para passar o tempo, tenho meu trabalho de emissário e de escritor. Passo todas as noites no Quarto Andar escrevendo esta história, que vocês leem agora. No início, era só para matar o tempo, mas agora senti necessidade de contar a verdade a todos. Tinha de mostrar essa minha história para alguém, revelar como as coisas realmente são. Então fiz a única coisa que podia ser feita do meu cubículo no Quarto Andar: enviei esta história por e-mail, da mesma forma que eu envio minhas mensagens para os meus emissários, para o primeiro nome que apareceu na lista de contatos do meu computador. Espero realmente que a pessoa que recebeu esta história não a mude ou roube o meu nome como autor. Mas, se por acaso roubar, o que eu poderia fazer? Gostaria muito que o senhor ou senhora que recebeu a minha história pudesse publicá-la de alguma maneira, e que ela seja vista do mesmo jeito que a transcrevo aqui, sem nenhuma alteração. Obrigado.

Eu estou louco para sair desta prisão. Tem tantas coisas que eu ainda quero fazer, tantos lugares que quero conhecer, encontrar um amor... Mas, por enquanto, só tenho história relevante até aqui. Quero pedir desculpas aos leitores, caso de alguma forma tenham interpretado mal minhas palavras, ou se sentiram ofendidos, mas a culpa não é minha. Estou apenas transcrevendo o que eu vivi. E digo mais: eu sou apenas um cara num Quarto Andar que não existe. Caso algum cético ainda não acredite na veracidade da minha história, que encontre um sujeito chamado Sauro Dino S.". Se encontrar mais de um – o que me parece um absurdo –, procure aquele que é casado com Copélia. Ele lhe confirmará toda esta história, talvez da maneira dele... Pois vocês conhecem o ditado que diz que quando a Morte conta uma história, você deve ouvi-la. Agora, quando a Morte for o Sauro, você deve tomar cuidado com algumas excentricidades.

Ah, e caso você venha parar no Quarto Andar, pergunte por mim! Ficaria muito grato em conversar. Este lugar é muito chato e monótono. Faça uma visita quando chegar a sua hora. Esses loucos do Quarto Andar ainda pensam que vão viver para sempre, mas neste lugar? Quem é o louco que quer viver para sempre? Por fim, lembre-se de que o melhor *sempre* está por vir, piratas da Morte!

Por Brian Alvarez Copolla.

Nota

As situações deste livro são fictícias, mesmo que ele contenha semelhanças com a realidade, em determinados aspectos, bem como nomes e personagens. A ação e as falas das personagens são realizadas apenas no contexto da história; suas opiniões derivam de suas relações e experiências dentro da história, não fazendo apologia de nenhum tipo, nem explicitando a real opinião do autor ou da editora.